『紅楼夢』
——性同一性障碍者のユートピア小説

合山　究　著

汲古書院

『紅楼夢』――性同一性障碍者のユートピア小説　目　次

『紅楼夢』――性同一性障碍者のユートピア小説

一　賈宝玉《かほうぎょく》の人物像

（一）『紅楼夢』における賈宝玉の重要性

『紅楼夢』は、わが国の『源氏物語』と並称されて、東洋の生んだ二大恋愛小説として世界的にも有名である。その主人公の賈宝玉は、『源氏物語』における光源氏と同様に、その存在感は『紅楼夢』中のすべての登場人物の中で際立って大きい。それはあたかも光源氏なくして、『源氏物語』が成立しないのと同じように、賈宝玉なくして『紅楼夢』は語れないのである。

『紅楼夢』において、賈宝玉がいかに重要な人物であるかについて、紅学研究の権威として知られた周汝昌氏は次のようにいっている。

『紅楼夢』真正的主角是誰?·還是賈宝玉、離開了賈宝玉什么都没有了、作者写別的人物也都是為了宝玉。曹雪芹筆下的賈宝玉実在写得精彩、他写宝玉就採用多鏡頭、多角度。（『紅楼夢』的筆法」、『献芹集』三〇五頁）

紅楼夢の真正の主役は誰だろうか。やっぱり賈宝玉であり、賈宝玉を離れては何もかもなくなってしまう。作者が別の人物を描くのもすべて宝玉のためである。曹雪芹の描いた賈宝玉は実に精彩があり、彼は多くのレンズを用いて、さまざまな角度から宝玉を写し取っている。

つまり、『紅楼夢』世界は、賈宝玉という人物の存在なしにはあり得ないというのである。また、『紅楼夢的両個世界』の著者の余英時氏は、

大観園理想世界的一切活動是環繞著宝玉這個中心而展開的。（『紅楼夢的両個世界』一三六頁）

大観園の理想世界における一切の活動は、宝玉という中心人物をめぐって展開している。

といっている。たまたまここには二人の学者の言葉をあげたが、何も彼らの発言を借りるまでもなく、『紅楼夢』を通読したことのある人ならば、誰しも賈宝玉が「全書の主角（主人公）であり、一切の描写の中心である」（呉宓「石頭記評賛」）といった思いを抱くに違いない。

このように、賈宝玉も光源氏も大小説の主人公として圧倒的な存在感を示しているのであるが、しかし、両者のキャラクターには、対称的といってよいほどの非常に大きな相違がある。それは、光源氏が才貌ともに並びなく、その名のごとく燦然と輝く堂々たる英雄的人物として描かれているのに対して、賈宝玉のほうは容貌こそ立派だが、才能は偏頗《へんぱ》で向上心がなく、性格は異常で、振る舞いは女のようにやさしく、何ともとらえどころのない人間であるということである。賈宝玉のような風変わりな個性をもった人物が大小説の中心人物に設定されることは、『紅楼夢』以前の中国小説においてはいうまでもなく、世界の古典小説中においてもおそらく類例がないのではなかろうか。

（二）不可思議な人物像――賈宝玉は一体何者なのか

賈宝玉は一体何者なのだろうか。そのことについて考察する前に、ここではさらに、彼が一体どんな人物として描かれているのかを具体的に見ることにしよう。

一般的に言って、中国古典小説中の登場人物は、良い人間（善玉）と悪い人間（悪玉）とがはっきりしていて、性格が変化することは少ない。立派な人は最後まで立派であり、悪人は最後に悔い改めるか、あるいは処罰されて収束することが多い。ところが、『紅楼夢』の登場人物はそのような描き方とは異なり、よい人間にも悪い面があり、悪い人間にもよい面があるように作られており、各人物の内面の複雑な変化や微妙な心理の動きも以前の小説とは比べものにならないほど詳細に描かれている。この点で、『紅楼夢』は中国の古典小説中で独立無比の地歩を占めているのであるが、わけてもその中心人物である賈宝玉にはそれが特に顕著にあらわれている。いや、余りにも著《いちじる》しすぎて、一体何者なのか、素性の知れない、不思議な感じのする人物として造型されているといったほうがよいかも知れない。まことに、彼の性格には非常に多くの異常性や偏向性が見られるのだが、どうしてそのようなつかみ所のない人物が主人公になったのか、皆目見当がつかないのである。

たとえば、『紅楼夢』中に用いられている賈宝玉の捉らえどころのない性格や振る舞いをあらわす言葉には、次のようなものがある。

（1）貶める言葉――揶揄、非難、嘲笑など

① 馬鹿、気違い、やんちゃ坊主、異常な挙動
「瘋傻」、「憨頑」、「獃獃的」、「傻子」、「瘋癲」、「瘋瘋癲癲」、「懞懂」、「獃病不改」、「獃意思」、「淘気」、「愚頑」、「淘気憨頑」、「獃根子」、「雁」、「傻孩子」、「獃性」、「傻頭傻脳」、「脾気」など。

② 変人、奇人、ひねくれ者、頑固者、厄介者
「稟性乖張」、「生情怪譎」、「頑劣異常」、「迂濶詭怪」、「頑童」、「業根禍胎」、「痴頑」、「愚頑」、「憨頑」、「行動偏僻」、「業障」、「不肖的孽障」、「愚拙偏癖」、「苦命児」、「有些魔意」、「混世魔王」、「該死的奴才」、「古怪的毛病児」、「任情古怪」など。

③ 精神異常、人格障害、痴情、痴病の持ち主
「性格異常」、「旧病」、「有一種下流痴病」、「旧毛病」、「痴児」、「痴狂病」、「獃痴」、「痴頑」、「痰迷」、「痴痴呆呆」、「呆爺」、「痴気」、「有這病根子」、「情痴情種」、「有幾件千奇百怪口不能言的毛病児」（奇怪きわまる、口に出して言うのも憚られる悪い癖がいろいろある。第十九回）、「弄的情色若痴、語言常乱、似染怔忡之病」（様子が痴れ者のようになり、言うことがいつも支離滅裂となり、痴呆症にでもかかられたようだ。第七十回）など。

④ 怠け者、覇気がない、愚かで幼稚、放蕩無頼
「愚蠢」、「無能」、「裏頭糊塗」、「蠢物」、「毫無志気」、「不争気的児」、「一点剛性児也没有」、「儂懶人物」、「濁物」、「糊塗」「愚拙」、「放蕩弛縦、任性恣情」、「天下無能第一、古今不肖無双」など

⑤ 好色の徒、好き者、色男

「好色之徒」「淫魔」、「色鬼」、「在女孩児們身上做工夫」（風月場中慣做工夫）など。

＊ただ、これについては、宝玉は好き者かと思われていたが、そうではなかったと否定されている。

（2）褒める言葉――賞賛、賛美など

一方、右の例に比べるとやや少ないが、宝玉に対する褒め言葉もかなりある。

①芸術的才能があり、また人世に対する洞察力がある。

「聡敏文雅」、「聡明麗慧」、「天分高明」、「情性穎慧」、「本来穎悟」、「天性聡明」、「頭裏很怜悧」、「聡明乖処、百個不及他一個」（利口でおませなことといったら、百人が束になってもこの子一人にはかなわない。第二回）など。

②風貌、性質、人柄が立派で、立ち居振る舞いや言葉遣いが雅びている。

「神彩飄逸、秀色奪人」、「形容出衆、挙止不凡」、「看其外貌、最是極好」、「臉面俊秀」、「好清俊模様児」、「言語清楚、談吐有致」、「相貌也還体面、霊性也還去得」（容貌もなかなか立派だし、頭も結構良さそうですね。第八十一回）、「他那生来的模様児、也還斉整、心性児也還実在」（あれは生まれつき容貌もまあ整っているし、気性もまずまずしっかりしている。第八十四回）、「天性成慣能作小服低、賠身不気、性情体貼、話語温柔」（生まれつき態度が控えめで、人当たりが柔らかく、性質には思いやりがあり、言葉遣いはおだやかでやさしい。第九回）など。

これらの言葉を見ただけでも、賈宝玉がいかに長短善悪を混有する一種言いようのない人物であるかがわかるであろうが、その風貌については第三回に見える戯画化された韻文調の文章がそれをみごとに伝えている。

面如中秋之月
色如春暁之花
鬢若刀裁
眉如墨画
眼若桃瓣
睛若秋波
雖怒時而如笑
即嗔視而有情

面如傅粉
唇若施脂
転盼多情
語言若笑
天然一段風韻
全在眉梢

面《おも》は中秋の月のごとく
色は春の暁の花のごとく
鬢《びん》は刀できったかのようで
眉は墨で描いたかのごとく
頬は桃の花びらのごとく
瞳は秋波のごとくすずやかで
怒っていても笑っているかと思わせ
睨みつけても風情がある

面は白粉をつけたかのごとく
唇は臙脂《べに》をさしたかのごとく
眼差しには情があふれ
語る言葉には微笑《えみ》が含まれ
生まれながらの優美な風情は
すべて眉根《まよね》にあつまっている

これをみるとなかなかの美男子であることがわかるだろう。一方、彼の性格や振る舞いはどうかというと、第三回に右の文に続いて挙がっている「西江月」の戯詞に、次のように詠われている。

無故尋愁覓恨　わけもなく憂えたり恨んだり
有時似傻如狂　時には馬鹿か気違いのよう
縦然生得好皮嚢　たとえ見てくれは立派でも
腹内原来草莽。　中味はもともと何もない
潦倒不通庶務　だらしがなくて世間知らず
愚頑怕読文章　頑固で勉強大嫌い
行為偏僻性乖張　行ないは風変わりで性格はへんくつ
那管世人誹謗。　世間の非難などどこ吹く風

富貴不知楽業　富貴のときには学問に励まず
貧窮難耐凄涼　貧乏すればわびしさに耐えられず
可憐辜負好時光　あたらよき日をむだにして
于国于家無望。　国にも家にも役立たず
天下無能第一　天下第一の無能もの
古今不肖無双　古今無双の不肖の子
寄言紈袴与膏粱　世の若様に申します

莫効此児形状　　　　この子の所行をまねることなかれ

この歌は、賈宝玉を茶化し、滑稽化しているとも評されるが、必ずしもそうではなく、わたしにはこの歌は宝玉の風変わりな人となりを実に巧みに描き出しているように思われる。

いずれにせよ、以上のような宝玉の性格や行動に関する評語や戯詞を見ただけでも、彼がいかに毀誉褒貶の甚だしい人物であるかがわかるであろうが、さらに私なりに、宝玉の性格や行動に見られる矛盾や偏向を整理すると、次のような特徴が見出されるようである。

① 賈宝玉は、儒書を読まず、科挙の学問は一向にやらないが、愚者かというと、そうではなく、道家（老荘）や仏教の書はよく読み、医薬、料理、植物などに関する知識は相当に深く、また文芸の才能にも目を見張るものがある。

② 世事に疎く、社会性が欠如した生活能力のない人間のようだが、既成の道徳観念や社会通念にとらわれず、感覚的、情緒的に人生を把握し、世の中を見通す洞察力には大人も顔負けのところがある。

③ 利《き》かぬ気が強く、母親の王夫人が宝玉のことを孫悟空に退治される「混世魔王」（『西遊記』第二回）に比して、彼は「我が家の混世魔王だ」（第三回）といっているのを見てもわかるように、羽目を外すことの多いトリックスター（暴れん坊）的要素も多少もっているが、一方、誰からも愛される柔和でおとなしく、やさしい若者でもある。

④ 俗人から遊離しているという点で、相当な変わり者でカリカチュア的人物に見えるが、いわゆる道化役者とも

異なって、智慧のあるまじめで誠実な人物でもある。

⑤　小説にしばしば登場する「紈袴少年」（貴族や金持ちの苦労知らずの坊ちゃん）に似たところもあるが、そんな無学の下劣な人物ではなく、人柄がよく、並々ならぬ教養の持ち主である。

⑥　児女の情を解し、女の子にひたすら奉仕するので、稀代の好き者（「淫魔色鬼」「好色之徒」）のように思われがちであるが、淫乱放蕩に及ぶことの決してないきわめて慎み深い人間でもある。

以上あげたいくつかの矛盾や偏向のうちでも、私がとりわけ不思議に思うのは、最後の⑥である。世にも稀なすぐれた風姿をした宝玉は、大観園という男子禁制の広大な庭園の中にただ一人の男性として居住し、数十人もの若い美女に囲まれた生活を送りながら、情欲の念を起こすこともなく彼女たちと親密につきあい、自分が男性であることも顧みずに、女性との同化を望むような振る舞いを四、五年間にわたって続けることである。彼はもともと意志の人ではなく、感情の赴くままに行動する「情痴情種《じょうちじょうしゅ》」であって、道徳的克己心によって欲望を制御しているようには全く見えないのに、一向に性的欲動《リビドー》が起こらず、それゆえに淫乱放縦に陥ることはないが、これはいったいどうしたわけであろうか。

宝玉の人物像に関するこうした異常さ、奇々怪々さについては、作者の曹雪芹と最も密接な関係にあったと見られる脂硯斎《しけんさい》でさえも、当時すでに疑問を持っていたようで、庚辰本《こうしんほん》『石頭記《せきとうき》』の第十九回（「可見他白認得你了、可憐、可憐」）の脂評に次のように記している。庚辰は、乾隆二十五年（一七六〇）のことである。作者の曹雪芹が乾隆二十七年（一七六二）の大晦日《おおみそか》に亡くなったという説に従えば、その二年ほど前に記したものである。

按此書中写一宝玉、其宝玉之為人、是我輩於書中見而知有此人、実未目曾親覩者。又写宝玉之発言、毎毎令人不解、宝玉之生性、件件令人可笑。不独于世上親見這様的人不曾、即閲今古所有之小説奇伝中、亦未見這様的文字。

思うにこの本の中には一人の宝玉を描いているのだが、その宝玉の人となりは、われわれはこの本の中で見てこの人の存在を知ってはいるけれども、実は未だかつて自分の目で見た人はいない。また、そこに述べられている宝玉の発言はつねに人を不可解にし、そこに書かれている宝玉の性格はどれもみな奇妙である。世の中にこんな人をじかに見た人がいないばかりではなく、たとえ古今の全ての小説や伝奇を閲読しても、こんな人物を描いた文章に出くわすことはないだろう。

脂硯斎は、こんな風変わりな人物は世間を見渡しても見たことがないし、また、こうした人物が小説の主人公になったことも、これまでに全くないというのである。

また同じく庚辰本第十九回の脂評には、

這皆是宝玉意中心中確実之念、非前勉強之詞、所以謂今古未有之一人耳。聴其囫圇不解之言、察其幽微感触之心、審其痴妄婉転之意、皆今古未見之人、亦是未見之文字。説不得賢、説不得愚、説不得不肖、説不得善、説不得悪、説不得正大光明、説不得混賬悪頼、説不得聡明才俊、説不得庸俗平凡、説不得好色好淫、説不得情痴情種、恰恰只有一顰児可対、今他人徒加評論、總未摸著他二人是何等脱胎、何等骨肉。余閲此書亦愛其文字耳、実亦不能評出此二人終是何等人物。

これはみな宝玉の意中、心中の確かな思いであり、無理にこね上げていった言葉ではない。だから、宝玉のような人は古今に未だ有らざる人というのである。そのとらえどころのない言葉を聴き、その奥ゆかしく情感豊かな心を察し、その間が抜けた穏やかな思いを知れば、どれもみな古今未見の人物であり、古今未見の文章であることがわかる。賢ともいえず、愚ともいえず、不肖ともいえず。善ともいえず、悪ともいえず。正大光明ともいえず、下劣な不良ともいえず、聡明才俊ともいえず、庸俗平凡ともいえず、好色好淫ともいえず、情痴情種ともいえない。わずかに林黛玉だけが対をなすことができるのである。いま他人がいたずらに批評を加えても、彼ら二人がどんなものの生まれ変わりなのか、どんな人間なのか、どうしてもつかめない。わたしがこの本を読むのは、その文章を愛するにすぎない。実のところ、わたしはこの二人が結局いかなる人物なのかを論評することができないのだ。

ここには、林黛玉も並べてあげているが、彼女についてはひとまず措き、賈宝玉についてのみ見ると、作者と特別に関係が深く、『紅楼夢』を誰よりも熟知しているはずの脂硯斎でさえも、賈宝玉が何者なのかがまったくわからず、それゆえ宝玉の内面にまで踏み込んだ人物批評はできないと、すっかりお手上げのていなのである。これを見てもわかるように、ある面では近代小説の主人公にもなれそうな不可思議な人物が、どうして古典小説の主人公になれたのかはもとより、そのような人物が実際にいたのかどうかさえ、『紅楼夢』の著作当時からして、すでに不分明なのである。曹雪芹はどうしてこのように多くの矛盾と偏りをもった奇妙きてれつな人物を小説の主人公として形象化し得たのであろうか。歴史上に類例がないとすると、全くの空想（想像）によって作り出された人物なのだろうか、考えれば考えるほど疑念が深まってくるのである。

二　性同一性障碍《せいどういつせいしょうがい》（Gender Identity Disorder, ＧＩＤ）について

賈宝玉はいったい何者なのか、その言葉が囫圇不解であり、その心が幽微感触であり、その意が痴妄婉転であるのはなぜなのか、――私は長い間こうした疑問に取り憑かれ、一時期、彼の特異な性格が性的倒錯によるものではないかと考えて、その方面の書物を読みあさったこともあった。しかし、性的倒錯*にもいろいろなタイプがあって、賈宝玉のそれが具体的にどのような種類の性的倒錯に相当するのかを特定できず、結局、この方向からのアプローチを中止したまま、この問題についての考察を長い間放置していた。しかし、賈宝玉は何といっても『紅楼夢』中で最も重要な人物であり、『紅楼夢』の内部世界を展開させるキー・パーソンなのだから、その素性がつかめない限り、いくら外面観察による皮相的な説を立てても、一部を誇大に強調するだけであって、『紅楼夢』の核心をつかむことはできず、作品の本質を真に理解することは不可能ではないかという思いは消え去ることがなかった。

ところが、機が熟すれば真実がおのずからあらわれるように、最近になって、賈宝玉のような人物はいないのではなく、実際にいることがわかった。すなわちそれは、近年、セクシュアルマイノリティ**の一つとして、いろいろな方面で話題を呼んでいる性同一性障碍***である。つまり、私は全く直感的に、賈宝玉という人物のその特異な性格や思想・行動・生き方などは、現代のいわゆる性同一性障碍者のそれに相当するのではないかと思ったのである。

そしてそれ以後わたしは、性同一性障碍に関する医師や研究者の著書や、症状を公表（カミングアウト）した障碍者の報告書を読んだり、さらに実際に何人かの性同一性障碍者に会って質疑を重ねたりして、その実態について調べた。

そしてその結果、性同一性障碍者の特徴と、賈宝玉の性向や行動パターンの特徴とが驚くほど一致しているように思

われたのである。

もし賈宝玉が現在のいわゆる性同一性障碍者であるとすれば、彼のような人物は、当時も今と同じように、ごく少人数ではあっても、現実に存在していたのであろうから、全くの想像によって創り出されたものではないのではないか。これまで誰も賈宝玉の正体を突きとめることができなかったのは、今日に至るまで誰もその種の人がこの世に存在することに思い至らなかったからではないか。そして、もしその推測が正しければ、賈宝玉という不思議な人物の不可解な性格や行動のほとんどが説明可能になるだけではなく、賈宝玉という中心人物をめぐって展開される『紅楼夢』世界の多くの謎や疑問も、さながら大きな疑団が一挙に消え去るように解消するのではないか、さらにまた言い換えれば、この「性同一性障碍」（ＧＩＤ）という呪文を唱えることによって、『紅楼夢』の成立以来約二百五十年、誰一人開けられなかった開かずの間の扉がひとりでに開き、『紅楼夢』世界の深奥部を白日の下に曝すことも可能ではないかとさえ思われたのである。

そこでここでは、そのような立場で、『紅楼夢』に描かれた賈宝玉の特異な性格や振る舞いを分析検討し、それが現代のいわゆる性同一性障碍者のそれに近似するものであることを示し、そしてさらにその結果に基づいて『紅楼夢』世界の多くの謎や疑問を解決し、最終的にこの小説が世にも稀な性同一性障碍者のユートピア小説であることを明らかにしようと思う。

その前にまず、「性同一性障碍」とはいかなるものかについて簡単に説明する。

（一）性同一性障碍（ＧＩＤ）とは何か

「性同一性障碍」とは、もともと精神医学や精神心理学の用語である Gender Identity Disorder（略称をＧＩＤという）を直訳したもので、「身体の性」と「こころの性」とが一致しないことからくる障碍をいう。ごく手短にいうと、次のようになる。

従来、人間の性別は身体的性別にもとづいて、男性と女性とに二分されてきた。大部分の人は通常、この分け方に従って、「自分は男である。男として暮らすのが自分にはふさわしい」、あるいは「自分は女である。女として暮らすのが自分には合っている」と感じて、自己の身体的性別に違和感を覚えずに（つまり、性の同一性を得て）過ごしている。

ところが、二十世紀の半ばごろから、性転換手術（性別適合手術）を求める人の増加などによって、身体的性別とは別に、心理的性別にもとづく「心の性」があることがわかり、「身体の性」と「こころの性」とが生まれつき一致しない人が、少数ながら存在することが次第に明らかになってきた。

そのような「身体の性とこころの性とが食い違った状態」にある人、すなわち、身体的には男性だが、「こころの性」（性自認）は女性である人、または身体的には女性だが「こころの性」は男性である人を、性の同一性（gender identity、性自認、性の自己認知）が阻害されているという意味で、性同一性障碍者というのである。

賈宝玉がもし性同一性障碍者であるとすれば、彼は身体的には男性だから、性同一性障碍者の中のＭｔＦ

（Male to Female）であるということになる。その反対に、身体的には女性であるが、こころの性は男性である性同一性障碍者はＦｔＭ（Female to Male）ということになる。本書では身体的には男性である賈宝玉を検討対象にしているので、主としてＭｔＦ，ＧＩＤについて論じることにする。

自分の身体的性別に対して漠然とした違和感をもち、自分が反対の性別に属し、反対の性別として行動するほうがふさわしいのではないかと感じる人は、以前にもいたであろうが、現代の精神医学がそのような人の存在に気づいたのは、一九五〇年代に入ってからのようである。そのころから欧米では性同一性障碍やジェンダーに関する研究が少しずつ行なわれるようになり、一九五二年にはデンマークで男性から女性への性転換手術（性別適合手術）が行なわれている。その後も欧米では性転換手術がときおり行なわれ、研究もかなり進んだが、わが国では、一九六四年に、三人の男娼から性転換手術を求められた産婦人科医が、十分な診断をせずに男性の性器を摘出した「ブルーボーイ事件」が起こり、その医者が一九六九年に優生保護法違反によって有罪判決を受けたことにより、それ以後、ＧＩＤについての研究や治療はほとんどなされなかった。一九九〇年代に入って、ＷＨＯ（世界保健機関）のＩＣＤ-10（一九九〇年承認、一九九二年出版）やアメリカ精神医学会のＤＳＭ―Ⅳ（一九九四年）に性同一性障碍やその診断基準が掲載されたことにより、ようやくわが国においても本格的な研究が始まったのである。

そのようなわけで、わが国のＧＩＤに関する研究や治療、社会制度の整備などは、欧米に比べて三十年ほど立ち後れたが、一九九五年ごろからその遅れを一挙に取り戻すような活潑な動きが各方面に起こった。たとえば、一九九八年には埼玉医科大学において、日本で初めての公的な性別適合手術（ＳＲＳ）がＦｔＭの患者に対して行なわれ、二〇〇一年には、ＴＢＳ系の人気ＴＶドラマ「三年Ｂ組金八先生」第六シリーズによって、性同一性障碍者の存在が全国津々浦々にまで広く知られるようになった。さらに、二〇〇二年には、日本精神神経学会により「性同一性障害に関する診断と治療のガイドライン」（第二版）が発表され、二〇〇三年には「性同一性障害者の性別の取り扱いの特例に関する法律」が成立する（同法は二〇〇四年七月一六日より施行された）など、性同一性障碍者に対する医療制度や法制度の整備も急速に進んだのである。こうした近年における医学、法学、心理学、ジャーナリズム、マスメディアなどの分野を超えた人々の関心の高さによって、一九九五年以前には、当の本人でさえ自分が何者かをつかむことができず、また精神科の医師にさえほとんど知られていなかったＧＩＤや性同一性障碍者が、今ではセクシュアルマイノリティの中で最も注目されるものになっているのである。

ところで、そのような性同一性障碍（ＧＩＤ）について知識を得るには、どうすればよいだろうか。わたしのやり方はすでに簡単に述べたが、もう一度改めて記すと、

(一) 精神科の医師や研究者のあらわしたＧＩＤに関する著書や報告書を読む。
(二) 症状を公表（カミングアウト）した性同一性障碍者自身の実体験を記述した著書や報告書を読む。
(三) さらに、自分の症状について正確な知識をもった何人かの性同一性障碍者や専門の医師や研究者と実際に面会して、質疑応答を重ねる。

というものである。特に私の場合は、全くの非専門家なので、(一)(二)のような書物による知識の習得だけでは十分ではない。書物には微妙なところまでは書かれていないので、どうしてもわからないことがあり、隔靴掻痒《かっかそうよう》の感を否めないからである。そこで、(三)のように、正確な知識をもった性同一性障碍者か、またはＧＩＤを専門にする医師に会って、得心のゆくまでたずねる必要がある。わたしは、実際に二人の性同一性障碍者（ＭｔＦ）にお尋ねしたが、いずれの方もいろいろな疑問に丁寧にお答えいただき、また有益なご教示を多く賜り、ＧＩＤに対する私の認

識は格段に深まった。

（二）性同一性障碍（ＧＩＤ）に関する診断基準

賈宝玉がいわゆる性同一性障碍者に該当するかどうかを判断するには、アメリカ精神医学会による診断基準（DSM―Ⅳ―ＴＲ）、ＷＨＯ（世界保健機関）による診断基準（ICD-10）、日本精神神経学会が出した「性同一性障害に関する診断と治療のガイドライン」（第3版）などにあげられている診断基準によって、性同一性障碍（ＦｔＭ）がどのような症状を呈するのかについて知る必要がある。それらに共通する主な診断基準には、次のようなものがある。

①「反対の性に対する強く持続的な同一感」（反対の性に強く惹かれる）
②「自分の性に対する持続的な不快感」（自分の身体的性別を強く嫌う）
③「自分の身体的性のもつ性役割についての不適切感」
④「男の子の場合、女の子の服を着るのを好む」
⑤「反対の性の遊び仲間になるのを強く好む」

これらは、性同一性障碍に見られる最も基本的な症状である。性同一性障碍者であるかどうかを判断するには、まずこれらの診断基準に合致する症状があるかどうかを精察する必要がある。これらはもちろん現代のＧＩＤの診断基準であるが、賈宝玉のジェンダー・アイデンティティ（性自認）が男女どちらにあるかを判定するには、この診断基準を拠り所とするほかないのである。

具体的な方法としては、『紅楼夢』中にあらわれた賈宝玉の心理的、行動的、社会的な性役割（gender role）に関わると見られる特徴を取り上げ、上記の診断基準に照らして検討するのである。たとえばそれには、①男らしい性格、女らしい性格といった人格パーソナリティ　②身なり、しぐさ、言葉遣い、外見（髪型、衣装、化粧などを含む）③男として、あるいは女として求められる社会的役割（性別役割）などがある。それらにおいて、性同一性障碍者はおおむね自分の身体の性とは反対の性別、つまり自分の「心の性」のほうを指向する傾向があるので、それが真に性同一性障碍に当たるかどうかを多角的、総合的に検討して、最終的に、その人が性同一性障碍者であるかどうかを決定するのである。

ただ、『紅楼夢』の主人公（賈宝玉）は、実在する人間ではなく、中国の古典小説中の虚構人物なので、普通の人間のように疑問点を問いただすことはできない。また、たとえ性同一性障碍者の実在人物をモデルにしたとしても、人物造型の上で作者の作為が加わっている可能性がある。また彼は現代人とは異なって、旧時代の人なので、彼がおかれた当時の社会背景や時代情況は、現代のジェンダー事情とは相当に異なっていることも考慮する必要がある。しかし、そういった難しさも、生きている人間を扱うよりは容易《たやす》いといえるかもしれない。生きている人間は複雑で、矛盾が多く、変化しやすく、時には誇張したり、心にもないことを意図的にいうことがあり、何が飛び出してくるか予測もつかない。それに比べれば、小説の中の人物は、小説に描かれた時点で固定されるので、それ以上に変化することはない。したがって、われわれはたとえそれが作為や虚構に満ちた人物であっても、作品に描かれた人物をあるがままに俎上《そじょう》に載せて、普通の人間を診断するのと同じように診断すればよいのである。

ただ、問題は、わたしのような性同一性障碍者でもなく、専門医でもなく、全くの門外漢に過ぎない者の認定に信用がおけるかどうかであろう。わたしはつねにその点に一抹の不安を覚えたので、先に挙げたような方法でGIDの診断基準をベースにしながら、できるだけ客観的に検証し、疑問点は先に述べたように当事者にお尋ねして確かめた。その結果、賈宝玉は現代のいわゆる性同一性障碍者の有りように驚くほど似ており、ほぼ間違いなく性同一性障碍者であることを確信したのである。

（補記）

なお、性同一性障碍について全く知識のない方が本書を読んでくださることもあるかも知れないので、その方々のために、わたしが研究をはじめたころ、すぐにはのみこめなかった事柄について、留意点として二、三記しておくことにしよう。

○「身体の性」よりも「心の性」が優先される

「身体の性」と「こころの性」との不一致によって葛藤や違和感が生じたときには、「こころの性」のほうが「身体の性」よりも優位にあるので、「こころの性」を「身体の性」に従わせようとしてもどうしてもうまくいかない。つまり、身体を心に合わせることはある程度可能だが、心を身体に合わせることはほとんど不可能であるということである。したがって、現代では、身体の性と心の性の不一致に耐えられなくなってくると、その違和感や苦しみをやわらげるために、ホルモン療法や性別適合手術（性転換手術）などを行なって、自分の身体を改造して、可能な限り、自分の望む「こころの性」に合致させようとするのである。もちろん『紅楼夢』の時代には、そのような医療的対処法はなかったが……。

○外見ではＧＩＤの判断はできない

性同一性障碍者であるかどうかは、外見では判断できないので、外見によって判断しないことが大事である。というのは、たとえばＭｔＦならば、身体の性は男性だが、心の性は女性なので、ややもすると「女らしいこころ」をもっているとか、「女らしい振る舞い」をすると思いがちになるかも知れないが、実態は決してそのように単純ではない。いかつい風貌をした男性にも、女性的なやさしい心をもった人がおり、優しげな容姿をした女性にも、男性的な強く激しい心をもった人がいるように、こころの状態は外見とは異なるからである。長く一緒に暮らしていると、何となくおかしいと感じることはあるかもしれないが、それが本当に性同一性障碍（ＧＩＤ）によるものかどうかは、やはり多角的、総合的に注意深く診断する必要があるのである。

○賈宝玉は両性具有者ではない

主人公の賈宝玉の性格に広い意味の性的倒錯の傾向があることは、すでに知られている。しかし、これは、『紅楼夢』を読めば誰しも感じることであって、別段、取り立てていうまでもないことであろう。問題は、その性的倒錯が一体何であるかがわからないのである。ただ、そのなかに、賈宝玉を両性具有者だとする説がある。両性具有とは、女性と男性とを兼備していることであるが、厳密には、アンドロギュノスとヘルマフロディトゥス（半陰陽）とがあり、前者がジェンダー（文化的特性）の、後者がセックス（性器）の兼備を指し、往々にして両者は混同して用いられることが多いという。賈宝玉の場合、身体的には半陰陽（間性、インターセックス）ではないので、明らかに両性具有者とはいえない。心理学的な両性具有（アンドロギュノス）であれば、賈宝玉にもその傾向が見られないわけではないが、その場合には、漠然とそんな傾向が存在するというのではなく、それが何に起因するかについて納得のいく説明が必要になるだろう。

注

* 性的倒錯とは、以前は変態性欲などともよばれ、性嗜好や性的行動の異常や偏倚をいう語として用いられてきたが、現在ではパラフィリアと呼ばれることが多い。それには、フェティシズム、サディズム、マゾヒズムなどをはじめ多くの類型があがっているが、それらは現在のいわゆるセクシュアルマイノリティ（Sexual Minority、性的少数者）には含まないようである。

** セクシュアルマイノリティには、同性愛者（ゲイ Gay 男性同性愛者、レズビアン Lesbian 女性同性愛者）、両性愛者（バイセクシュアル Bisexual）、半陰陽者（インターセックス Intersex、性分化疾患、間性、両性具有者ともいう）、性同一性障碍者（ＧＩＤ）、異性装者（トランスヴェスタイト Transvestite）、その他のトランスジェンダー（Transgender、性別違和感をもつ人の総称）が含まれるが、賈宝玉の場合は、後述するように、他のどれよりも性同一性障碍（ＭｔＦ）に近い。

*** 「性同一性障碍」は、性別移行、トランスジェンダー、トランスセクシュアリズムなどといった言い方で呼ばれることもあるが、現在、わが国では「性同一性障碍」という言い方が最も広く用いられているので、ここでは一律に「性同一性障碍」（ＧＩＤ）の語を用いることにする。

なお、「性同一性障碍」は、一般には「性同一性障害」と表記されているが、もともと中韓日の漢語圏においては、「障害」という語はほとんど用いられておらず、「障礙」「障碍」（碍は礙の俗字）が用いられてきた。ところがわが国では、戦後、「礙」や「碍」が当用漢字に含まれなかったので、あて字として「害」が多用されるようになったという。「障碍」であれ、「障害」であれ、実態が変わるわけではないから、どちらでもかまわないようにも思うが、「害」の字を強く嫌う人がいるので、本書では「碍」の字を用いることにした。その他のセクシュアルマイノリティに関する言葉や精神医学に関する言葉は、国や時代によって呼び方が異なったり、言い方が変化したりするので、注意する必要がある。「性同一性障碍」は、中国では主として「性別認同障碍」と呼んでいる。

三　「身体の性は男子だが、心の性は女子である」
——賈宝玉が本来もっている性同一性障碍者的特徴

性同一性障碍者（ＭｔＦ）が普通の人と異なる最大の特徴はなにかというと、やはり「身体の性は男子だが、心の性は女子である」というＧＩＤの定義に帰さざるを得ないだろう。宝玉の特異な性格や行動の根本的な発生源も、すべてそこに起因すると見られる。その点に関しても、『紅楼夢』中には、賈宝玉がＧＩＤの定義に当てはまる人物であることを示す言葉が何度か見られる。たとえば、第七十八回には、賈家の最高権力者である賈母《かぼ》（史太君）が、宝玉の母親の王夫人たちに向かって次のようにいっている。

宝玉がさきざき妻や妾を娶っても、その諫めをおとなしく聞くような人間でないことは、わたくしも十分わかっているつもりですよ。ところが、そのわたくしにも理解できないことがあります。それは、これまでこんな子供を見たことがないことです。ほかの悪ふざけならみなあっても当然かも知れませんが、あの子があんなふうに女の子たちと仲良くするのは、なんとも珍しいことですね。わたくしもそのことでいろいろと心配して、いつも冷静に観察してきました。宝玉が女の子とばかり遊ぶのは、きっと身体も心も成長して、男女のありようを知ったので、女の子たちと親しくしたがるのだろうと思っていました。そこでよく調べてみたのですが、どうもそうではないようですね。何とも不思議なことではないですか。きっとあの子はもともと女の子だったのが、まちがって男に生まれてきたのではないでしょうかね。

宝玉はこのとき、数十人の絶世の美人に囲繞《いにょう》された大観園生活をはじめてから、すでに二年半ほど経過していた。しかし、彼は相変わらず彼女たちと親密につき合い、楽しく遊び回るばかりで、一向に情欲の念を起こすことはなかった。つまり、彼には性的欲動が起こらないのである。不思議に思った賈母が、よく観察し調べてみたが全く理由がわからず、「きっとあの子はもともと女の子だったのが、まちがって男に生まれてきたのではないでしょうかね」といぶかるのである。傍線部分の賈母の言葉は、きわめて重要である。この言葉は、「身体の性は男子だが、心の性は女子である」というＧＩＤの定義にみごとに適合しているように思われるからである。

また、第四十三回には、下僕の茗烟《めいえん》（焙茗）が宝玉に代わって、自殺した金釧児《きんせんじ》（宝玉の母の王夫人の侍女）の霊に祈っているが、その口上の中にもそれが見られる。

> 若さま（宝玉）のお心の内は、口に出してお述べになることはできませんので、わたくしめが代わってお祈りさせていただきます。もしもあなた様の芳しい御霊《みたま》に感情がありますならば、幽明境を異にするとはいえ、もともと知己の間柄なのですから、どうかいつもやって来られて、若さまをたずねてくださっても、別段悪いことはないでしょう。あなたさまもあの世において、若さまをお守りくださいませ。若さまが来世では女の子に生まれ変わられ、あなたさまがたのお仲間としてご一緒に遊び暮らすことができますように。そして二度と再びこんな鬚眉の濁物（むくつけき男ども）に生まれ変わられませんように。

これは、下僕の茗烟が祈った言葉ではあるが、宝玉の日ごろの気持ちを代弁したものだと見なされている。庚辰本のこの箇所の脂硯斎の評語にも、茗烟はこれまで、「礼を守って嫁ぐ日を待っている女の子のような宝玉の引き立て役となっていたので、宝玉の日ごろの女性的な色っぽさは特に描かなくても、おのずとあらわれていた。ところが今回は、宝玉を極めて軽俊で羞怯な女子と見なし、茗烟を極めて利口で気だてのよい腰元と見なそうとしている」といっている。つまり、茗烟が宝玉に代わって祈りを捧げているさまは、軽俊な恥ずかしがり屋の女主人に仕える丫環《こしもと》のようだというのである。いずれにせよ、宝玉を男子ではなく、女の子に見立てているのである。

上文の中、とくに傍線部の、「どうか若さまが来世では女の子に生まれ変わられ、あなたさまがたのお仲間としてご一緒に遊び暮らすことができますように。そして二度と再びこんな鬚眉《しゅび》の濁物《だくぶつ》に生まれ変わられませんように」と言っているのは重要である。これも、「身体の性は男性だが、こころの性は女性である」というＧＩＤの定義や、「反対の性に対する強く持続的な同一感」という診断基準にみごとに合致しているように思われるからである。

現代人でも、再度この世に生まれ変わるとしたら、自分の生物学的性別を選ぶ者が多いといわれるのに、男尊女卑の男性優位時代に、大貴族の若さまとして何不自由のない生活を送りながら、男性という優位な性別を棄てて、敢えて劣位な女性に生まれ変わりたいと望むことが、いかに非常識であるかは言を待たないであろう。宝玉がなぜそんなに女子になりたがるのか、その理由について、われわれはもっと追究しなければならないのではないだろうか。

引例は前後するが、さらにまた第五回において、賈宝玉は夢の中で天界の太虚幻境という女仙の国に遊び、その国の主宰者である警幻仙姑《けいげんせんこ》から、普通の男性とは異なって、本来淫欲の念を持たない「意淫《いいん》」の人となるべく申し渡されている。太虚幻境《たいきょげんきょう》は宝玉がこの世に降生してくる前に住んでいた天界の理想郷であり、彼は前世において警幻仙姑の下僕として仕えていたのである。したがって、警幻仙姑の思し召しは彼にとって絶対的なものであるが、その警幻仙姑は宝玉に向かって次のようにいう。

「淫」といっても、その意味はいろいろあります。世の中の淫を好む連中は、ただ容貌を悦び、歌舞を喜び、あくことなく女にちょっかいを出し、性交に耽り、天下の美女という美女を残らず自分の一時の悦楽に供することができないものかと思っています。しかし、これらはみな皮膚濫淫《らんいん》（肉欲に耽る）の蠢物《おろかもの》にすぎません。ところが、そなたのようなのは、天分として生まれながら持っている**痴情**であって、わたくしどもはそれを『**意淫**』と称しております。この『意淫』ということばは、ただ心で会得することができるだけで、口で伝えることはできません。精神で理解することはできても、言葉では伝えられません。今そなたはただひとりこの二字を体得しておいでなのです。そこで、女の子たちと過ごす場合には、無論、そのよい友だちとなることができますが、世間を渡る場合には、迂闊で偏屈なところが抜けないため、多くの人から嘲りそしられ、目に角を立てて睨まれることでしょう。

これを見てもわかるように、宝玉は皮膚濫淫をなす「好色の徒」とは異なり、いくら女性に囲まれて暮らしていても、決して淫蕩猥褻に及ぶことのない人として、女仙の国の主宰者によってあらかじめ性格規定されてこの世に降生しているのである。このことは、宝玉というたぐいまれな異常性格者の人となりを検証するうえに、きわめて重要な要素となるであろう。

とりわけ傍線部には、ＧＩＤの診断基準に関連のある言葉がいくつか見られるので、原文を引いて少し説明することにしよう。

如爾則**天分中生成一段痴情**、吾輩推之為「**意淫**」。惟「意淫」二字、可**心領**而不可口伝、可**神会**而不可語達。

汝今独得此二字、在閨閣中固可為良友、然于世道中未免迂闊詭怪、百口嘲謗、萬目睚眦。

まず、彼は「天分」としてもって生まれた「痴情」、すなわち「意淫」を生得的にもちあわせているという。「意淫」とは、「淫」（性行為）によらず、「意《こころ》で淫する」、つまり、性的欲動を伴わない精神的、友情的恋愛をなすことをいうのであるが、宝玉はこの「意淫」による恋愛のやり方を、「心領」「神会」によって生まれながら会得しているというのである。したがって彼は、皮膚濫淫を好む多くの軽薄な男どもとは異なって、女性たちに囲まれた遊楽生活を何年間も送りながらも、性行為なしの精神的、友情的な恋愛をずっと続けることができる。また、彼は「閨閣中《けいかく》」（婦人の部屋）で女子たちと過ごすときには、いわゆる淫蕩な男女関係ではなく、「仲のよい友だち」関係を維持しながらうまくやってゆける。しかし、「世道中」（いわゆる世間、つまり男性社会）に乗り出して活動しようとすると、迂闊なひねくれ者と見なされて、社会との間に軋轢《あつれき》を生じ、嘲り謗《そし》られ、白眼視《はくがんし》されて、ひどい目にあう、というのである。

この警幻仙姑の言葉もまた、短いけれどもきわめて意味深長である。というのは、ここには「身体の性は男子だが、こころの性は女子である」というＧＩＤの定義に直接関連する言葉は見えないが、「閨閣中に在りては固より良友たるべし」という言葉はＧＩＤの診断基準の「反対の性の遊び仲間になるのを強く好む」ことに合致しており、また「世道中においては未だ迂闊詭怪《うかつきかい》を免れずして、百口嘲謗し、萬目睚眦《がいさい》す」という言葉は、同じくＧＩＤの診断基準の「自分の身体的性のもつ性役割についての不適切感」に該当しているように思われるからである。警幻仙姑という女仙の国の絶対者が宝玉を下界に降ろすに当たって彼に賦与した性格には、今日のいわゆる性同一性障碍者の特徴が極めて明瞭に示されているのである。

以上見てきたように、宝玉が所属する天界の女仙の国の支配者である警幻仙姑や、彼が人界において所属する賈家の最高権威者である賈母（宝玉の祖母）や、小者《こもの》とはいえ茗煙が、宝玉に代わって神様（金釧児の霊）に祈った言葉などから見てもわかるように、賈宝玉は現代のいわゆる性同一性障碍者と共通する特徴を生まれながら具備した人物として造型されているのである。

四　ＧＩＤ診断基準
「反対の性に対する強く持続的な同一感」に該当する事例

前章において、賈宝玉が普通の男子と大きく異なるところは、性同一性障碍者（ＭｔＦ）の定義である「身体の性は男子だが、こころの性は女子である」に適合するということであった。それらの事例を見ただけでも、『紅楼夢』の作者は驚くべきことに、現代のいわゆる性同一性障碍者（ＭｔＦ）のことをすでに知っており、主人公の賈宝玉を通してその実態をわれわれに知らしめようとしているようにさえ思われるが、さて、本章から第七章に至るまでは、宝玉の性格や言動にあらわれたさまざまな特異現象を選び出し、それらをＧＩＤ診断基準に照らして検討し、彼が今日のいわゆる性同一性障碍者に該当することを示すことにしよう。

本章ではまず、ＧＩＤ診断基準の大きな柱の一つである「**反対の性に対する強く持続的な同一感**」、すなわち「**所作、態度、発言、物腰、服装などにおいてあらわれる反対の性であることを示す症状**」について見ることにする。以下に挙げる宝玉のさまざまな行動上の特徴は、すべて「**反対の性別に対して強く惹かれる**」性同一性障碍者の行動パターンに合致していると思われるものである。

（一）女子の住むような住居や部屋で暮らす宝玉

大観園中の宝玉の住所の名を「怡紅《いこう》院」というが、その命名は院内にあった西《せい》府《ふ》海棠《かいどう》にもとづくものである。この西府海棠は、「女児棠」と呼ばれ、「女児国」に産したものであるが、「葩《はなびら》は丹砂を吐く」といわれるようなまっ赤な花の色をしていた。宝玉はその海棠と院内にあった芭蕉とを並べて「紅香緑玉」と名づけていたが、元春貴妃が里帰りしたおり、これを「怡紅快緑」と改め、彼の住まいに「怡紅院」の名を賜ったのである。宝玉はその中に起居臥室を設け、「絳雲軒《こううん》」と名づけて住んでいる。それについては、第十七回に、

こちらには数本の芭蕉が植わっており、あちらには傘のような姿かたちをした西府海棠が一本あって、緑の糸を垂らし、丹砂のようにまっ赤な花を咲かしている。人々は、「いやあ、みごとな花でございますな。これまで海棠は随分見たことはございますが、こんなにすばらしいものは一度も見たことがありません」といってほめた。賈政はいった。「これは〈女児棠《じょじとう》〉といって、外国種なのです。言い伝えでは、女児国からきたもので、その国ではこの種類が最も多く植えられているそうです」……宝玉がいった。「おそらくそれは風流な文人や詩人が、この花の色が赤く、そのまわりはほんのりと紅をさしたようで、また病いをおして立っているようなよやかな風情が乙女の姿を思わせるところから、女児棠と名づけられたのでございましょう」、と。

住居の名の由来からしても、このように女子との関係が深いのであるが、さらにその内部の宝玉の居室は、女子の部屋と見まがうばかりに飾り立てられていた。たとえば、第四十一回には、酒をしこたま飲まされて酔っぱらった劉ばあさんが大観園中で道に迷い、宝玉の部屋に入り込んで居眠りをしたが、目を覚ました劉ばあさんは侍女の部屋に連れていかれたあと、次のようにいっている。

「あそこはどのお嬢さまのお部屋でございましたか。なんとも美しゅうて、わたしゃまるで天国へ行ったような気分でしたよ」と劉ばあさんが言うので、これに対して、襲人が笑いながら、「あそこですか、あそこは宝の若さまの寝室ですわ」といったところ、この返事に劉ばあさんはびっくりして、物もいえなかった。

また、第五十一回には、宝玉の侍女の晴雯《せいぶん》が病気になったとき、新規にやってきたお医者が宝玉の居室を女の部屋とばかり思って、処方箋を間違えてちょっとした騒動を引き起こす場面がある。

「それでは、先ほどのお方はお嬢さまではなくて、若さまでいらっしゃったのですか。あのお部屋はたしかにご婦人のお部屋のようでしたし、それに帳《とばり》をおろしてお脈をとりました。若さまのはずはありますまい」とお医者が言ったので、婆やはくすくす笑って、「おや、この先生たら。道理でさきほど若い者が、今日は新しい先生にきていただいた、と言っていましたが、では、先生はこちらのお屋敷のことはなんにもご存じないのですね」と言った。

宝玉の居室はこのように女子の部屋と見分けがつかないように設《しつら》えられていたのである。これは、女子たちが遊びに来やすいようにしている面もあるかもしれないが、何よりも彼自身、女性の部屋の雰囲気を好み、その中で暮らすことに居心地のよさを感じていたからである。

（二）女性の持ち物を好む宝玉

（1）女性の化粧品を愛好する

宝玉は、紅《べに》（胭脂《えんじ》）、白粉《おしろい》、釵《かんざし》、腕輪などの女性の化粧品や持ち物を愛好するが、女性の化粧品の中で賈宝玉がとりわけ好むのは紅（胭脂）や白粉である。彼の胭脂愛好癖については『紅楼夢』中に少なくとも八回以上（第二、九、十九、二十一、二十三、二十四、三十六、四十四回など）述べられており、周知のこととなっている。たとえば、第二回には、

宝玉が満一歳の誕生日のこと、父の賈政が宝玉の将来を占うために「抓周」の行事を行ない、いろいろな品物をたくさん並べて、勝手に取らせたところ、宝玉はほかのものには目もくれず、紅、白粉、釵《かんざし》、腕輪などといった女の持ち物ばかりをつかみ取って、弄ばれたそうでございます。そこで賈政さまは大変お腹立ちになり、こやつは将来きっと道楽者（「酒色の徒」）になるだろうとおっしゃって、その後はあまり可愛がることをなさらなくなったそうでございます。ところが、お祖母さまの史太君（賈母）だけは、なんとそのお孫さまをまるでご自分のお命同様にみなしてお可愛がりになっていらっしゃるんですよ。

抓周《そうしゅう》（試児、試周、周歳拿周ともいう）の行事とは、『顔氏家訓』（風操第六）などに見えるように、中国で古来行なわれている小児の生後満一年たった誕生日に多くの品物を並べて選び取らせて、その子の将来を占う「物選び」（選

び取り）のことである。宝玉がその場において紅や白粉を真っ先につかんだということは、彼が女性の持ち物、とりわけ紅や白粉を好む性癖を生まれつき持っていたことを示している。しかし、彼は父の賈政が恐れた「酒色の徒」や「淫魔色鬼」にはならず、それとは似て非なる「意淫」の人になったのである。

また、第二十一回には、紅を食べようとして史《し》湘雲《しょううん》に咎められる場面がある。

宝玉は鏡台のそばに並んでいる化粧道具を、手当たり次第に手にとって弄んでいたが、ふと紅を入れた盒《はこ》をつまみ上げ、とっさに口へもっていこうとした。しかし、湘雲に咎められはせぬかと、ちょっと躊躇《ちゅうちょ》していたら、はたして湘雲がうしろから目ざとく見つけて、片方の手でお下げ髪を握り、もう一方の手でピシャリと宝玉の手から盒を打ち落とし、「この悪い癖はいつになったら直りますの」と言った。

彼にはこのように紅《べに》（胭脂）をなめたり、食べたりする性癖があり、また特製の紅や白粉を作ったり、それを煉ったり、曝したりする特技ももっている（第四十四回）。さらにまた、第五回には、こんな場面もある。夢の中で太虚幻境の警幻仙姑に招かれた宝玉は、仙姑の部屋に遊ぶのであるが、そこで彼は「唾絨」（噛み切って吐きつけた糸くず）や「粉汚」（白粉の染み）を発見していたく喜ぶ。

（宝玉が）やがて部屋の中を見わたすと、琴もあれば、鼎もあり、古い画もあれば、新しい詩もあって、なに一つ備わらぬものはない。なにより嬉しいのは、窓の下に噛み切って吐きつけた糸の端がこびりついており、鏡台のあちこちに白粉や口紅の染みや汚れが見られることであった（更喜窗下亦有唾絨、奩間時漬粉汚）。しかも壁にはやはり一幅の対聯が掛かっていて、「幽微霊秀地、無可奈何天」と書いている。宝玉はこれらを見て、羨ましくてたまらなかった。

宝玉はなぜ、このうえもなく美しい仙女の部屋において、女性が噛んで吐きつけた糸くずや白粉や口紅の染みや汚れがこびりついているのを発見して、非常に喜んだのであろうか。いくら仙女崇拝の流行した当時においても、普通の男子ならば、これを見て仙女の部屋にはそぐわない汚らしい光景だと思うことはあっても、嬉しくなることはないだろう。ところが、彼はこれを見て喜んだのであるが、それには理由がある。噛み切った糸くずというのは、南唐の李《り》煜《いく》（後主）の詞句に「紅き絨《いと》を爛嚼《かみつぶ》し、笑いつつ檀郎《こいびと》に向けて唾《は》きかく」（「一斛珠」詞）とあるように、古来、中国女性の最も愛らしい仕草の一つとされており、また白粉のこびりついた鏡台は女性がつねに愛用したものであり、ともに女性の暮らしがまざまざと実感できるからである。したがって、女性になりたい気持ちを抱いている彼の心は、そんな些細な、一見汚らしいと思われるものにさえ敏感に反応するのである。脂硯斎は、その箇所について「是れ宝玉の心事なり」といい、対聯の「幽微霊秀の地、奈何《いかん》ともすべき無きの天」について「女児の心、女児の境」と評している。傍線部は、卒読すれば何も感じないかも知れないが、こんなところにも宝玉の微妙な心の動きが実に細緻に描写されているのである。

更にもう一つ例を挙げると、第三十六回には、

宝玉の性格が風変わりで、めでたい話を聴くと、嘘っぱちで空々しいと言って嫌がるし、そうかといって、誠を尽くしたまじめな話を聴くと、こんどはすぐに感傷的になってしまう彼の性質を、襲人はよく知っているので……

そこでこんどは宝玉が日ごろ好んで口にしている話題に切りかえた。まず彼に春の風や秋の月などの景色の話をし、次にお化粧（「粉淡脂紅」）の話、それからまた女の子というものがどんなに好いものであるかという話などをした。

宝玉はここにもいうように、女性のお化粧のことや女性がいかに好ましいものであるかといった話が、何よりも好きなのである。それは自分がなりたくてたまらないものだからであろう。

＊　＊　＊

報告書に見える事例

針間克己監修・相馬佐江子編著『性同一性障害30人のカミングアウト』（双葉社、二〇〇四）より

☆「鏡台に並べられた母の化粧品にはとても興味がありました。家の者に見つからないようにそっと手に取ってみたり、蓋を開けて匂いをかいでみたり、ときには顔に塗ってみたりしました。それから、母や姉の洋服を出してみて、触ったり、着てみたこともあります。」（一五〇頁）

☆「同級生の女の子がブラをつけているのを見て、自分もつけてみたいと思いました。それで中学一年生のとき、母が外出した際に母の服を身につけてみました。女性の下着や服のツルツルとした肌ざわりがちょっぴり不思議でしたが、何かとてもほっとするような気持ちがしました。」「そのうちに、だんだんと化粧品店に出かけて買い物をしたり、オーデコロンに夢中になったりと、少し大胆になりました。」（二〇六、七頁）

（2）女性の化粧を手伝う

賈宝玉は男子でありながら、女性の化粧品について非常に精しく、高価な化粧品を女子たちよりも多く所持し、時にはそれを女性に与えたり、女性が化粧するのを手伝ったりする。たとえば、王熙鳳《おうきほう》の誕生日に祝宴が開かれているとき、彼女の夫の賈璉《かれん》がどさくさにまぎれて下男の鮑二の女房と密会していたが、それがばれて騒動が持ち上がり、賈璉の妾の平児《へいじ》が濡れ衣を着せられて、熙鳳らに殴打されたあと、宝玉のところに避難してきたことがあった（第四十四回）。その時、宝玉は実にやさしく平児の世話をやき、彼女を慰めた。それから、彼は、「化粧も直さなくちゃね」といって、彼女のために胭脂《べに》白粉の名品を出してやり、また鉢植えの並蔕《へいたい》の秋蕙《しゅうけい》を竹ばさみで切って平児の鬢にさしてやった。

平児は宝玉に化粧を直すようにいわれて、それもそうだと思い、すぐに白粉をさがしたが、見あたらなかった。すると宝玉は急いで化粧台の前に走って行き、宣徳焼の磁器の盒の蓋《ふた》を取ると、玉簪花棒（ギボウシの花に似せて作った白粉の名品）が一列に十本ならんで入っていた。その中から一本取って平児に渡し、笑いながら言った、「これは鉛の白粉じゃないんです。紫茉莉《まつりか》の種を砕いて粉にして、香料をまぜて作ったものです」と。平児がそれを手のひらにのせて見ると、なるほどその軽やかさといい、白さといい、紅《あか》さといい、香りといい、まことに四拍子そろってこの上もなくすばらしい。顔につけても、のりがよい上に、肌につやが出て、ほかの白粉のようにむらがない。そのあと胭脂《べに》をみると、これも一枚ごとに薄くのばしたものではなく、小さな白玉の盒の中に、まるで玫瑰《はまなす》の膏のようなものが盛られていた。宝玉は笑いながら、「市《まち》で売っている胭脂は、どれも汚らしくて、色も薄いんですよ。これは上等の胭脂で、べにの汁をしぼり出し、その滓《かす》をのぞき、香水と調合したのを蒸留したものなんです。細い簪《かんざし》の先でほんの少し掻《か》いて手のひらにとり、水を少し垂らして溶かしてから、唇にぬればよいのです。手のひらに残ったものは、頬《ほお》やあごにつけると、いいんですよ」と言った。平児が言われた通りにすると、なるほど、見違えるほどにあでやかになり、あまい香りが顔中にただよった。宝玉はまた、植木鉢に咲いた蔕《へた》の二つ並んだ秋蕙を竹鋏《たけはさみ》で一枝切り取って、平児の鬢にさしてやった。

平児がいかにかわいそうな状態にあるとはいえ、堂兄《いとこ》の妾をこのように親身になって世話をするのも異常であるが、女性の化粧品への強いこだわりも、当時の普通の男性においてはほとんどあり得ないことであろう。宝玉は閨閣中の事に詳しく、とりわけ胭粉（べにおしろい）の類に関することは彼の専門であるとさえいわれているが、以上見てきたように、彼の女性の化粧品に対する強い執着心には尋常ならざるものがあるのである。

宝玉のこうした行為は、一見、性的倒錯の一種であるフェティシズム（Fetishism）のように見えるが、すべての事例をよく読めば実はそうではなく、これとは似て非なるものであることがわかる。異性の持ち物に対して異常な愛着を示すフェティストの行為は、性的興奮や性的快感をともなうが、性同一性障碍者（ＭｔＦ）の行為にはそれがともなわないのである。つまり、性同一性障碍者が女性の持ち物を愛好するのは、生活上の外観を自らの「こころの性」（女性）に一致させようとして、異性の一員であるという一時的な体験を享受したり、甘い匂いを嗅いでいい気分になったり、単なる趣味や美的対象としてそれらを愛好したりするにすぎないのである。賈宝玉の場合は、女性の化粧品を蓄えても、性的欲動が見られないので、性同一性障碍者の性的興奮を伴わないフェティシズムに相当すると思われる。

＊　＊　＊

性同一性障碍者（ＭｔＦ）のコメント

Ｎ．Ｍ．さん曰く、「女性として女性の中に同化したい気持ちは私も幼いころからあり、「紅を食べる行為」以外は、わたしにもすべて経験があります。〈性的興奮を伴わないフェティシズム〉は、ほとんどのＭｔＦに見られることだと思います」。

（三）女装愛好と男装の女子を好む宝玉

（１）宝玉の女装愛好（服装　髪型　履物）

宝玉はなぜ女性とも男性ともつかぬ身なり（服装）をしているのであろうか。

①　服装

ＧＩＤの診断基準の一つに、「男の子の場合、女の子の服を着るのを好む、または女装をまねることを好む」というのがあり、現代の性同一性障碍者（ＭｔＦ）の診断基準では、かなり大きなウエートを占めている。しかし、『紅楼夢』中には宝玉が女装を好むということをはっきり述べたところはない。ただ、宝玉が日ごろどんな衣装をしていたかについては、ときどき記述があり、総じて言えば、完全な形の男装でもなく、また完全な女装でもなく、その中間の、つまり、女子と見まがうような独特の装いをしていたようである。そのために、宝玉はときどき女の子に間違えられたり、似ていると言われたりしている（第三十回、第五十回、第六十三回）。

ただ、賈宝玉が性同一性障碍者であるならば、なぜ完全な女装をしないのか、なぜ女性とも男性ともつかぬ中間的な身なりをしたのかについて疑問をもたれる向きもあるかも知れないので、そのことについて少しく述べることにしよう。私見によれば、それには次のような理由が考えられる。

① 完全な女装は身分上からも出来ないし、またもし女装をしていることが厳格な父親の賈政などに見つかったら、きびしく折檻《せっかん》されるだろうから、完全な女装はできなかった。

② 彼は日ごろほとんど女性の中で違和感なく楽しく暮らし、ほぼ女装に近い服装をしているのだから、女性と完全に同じ服装をしなくてもよかった。

③ 中心人物である男性の宝玉が完全な女装をすると、他の女性と全く区別できなくなるので、女子たちとは多少異なる服装にしなければならなかった。

④ 宝玉の服装上の特徴は、赤い色の服を着るということになっているが、当時、赤い色（紅）は女性の象徴色だったので、赤い色の衣服を着用するだけで心理的には女装しているに等しかった。

右の理由のうち、④の「赤い色の衣装」は宝玉の服装上の特徴としてよく知られており、また宝玉が性同一性障碍者であるかどうかの診断基準の一つにもなり得るので、ここではこれについてのみ説明することにしよう。

○ たとえば、第三回には、外出から帰った宝玉の様子が記されているが、そのとき宝玉は「百蝶が花に戯れている図柄を金の糸で刺繡したまっ赤な筒袖《つつそで》の長衣を着て」おり、また、普段着に着替えたときにも、「身には花模様を散らした薄紅色（「銀紅色」）のふだん着の長上衣を着、……厚底のまっ赤な靴」をはいていた。

○また、第五十回には、雪の中で「真紅の羅紗《らしゃ》の服」を着てあらわれた宝玉を見て、賈母が女子の宝琴と見間違えている。第六十三回の夜宴の場面では、「宝玉はまっ赤な（「大紅」）木綿の小さい上衣を着ただけで、下には緑の綾子《りんず》に霜降り模様のある袷《あわせ》の褌子《ズボン》」をはいていて、女役者の芳官と瓜二つだねといわれている。

○さらにまた、第七十八回には、父親の賈政に従って他家を訪問した宝玉は、大観園に帰ってくるなり、しきりに「暑い」「暑い」といって、歩きながら冠をぬぎ帯を解き、上の長衣もみな脱いで、薄黄色の夾襖《あわせ》一枚きりになった。すると、下に穿《は》いている血のようにまっ赤な褲子《ずぼん》が露わに見えたという。これは丫頭の晴雯が手作りでこしらえたものであるが、他家を正式に訪問するようなときには、まっ赤な上着を着て行くことができないので、下着などの見えないところに赤い色の着物を着用したのであろう。

○あるいはまた、第百二十回には、まっ赤な毛織りの釣り鐘マントを羽織った男（宝玉）が、賈政に向かって今生の別れをなすべく平伏して挨拶している。

ここに挙げたのはほんの数例に過ぎないが、齋藤喜代子氏は宝玉が赤い衣服を着ていた例として、第一回から第八十回までに二十五例を列挙している（「『紅楼夢』と『源氏物語』の色彩表現について」、二松学舎大学大学院紀要『二松』一九九〇年第四集）。おそらく『紅楼夢』全巻（百二十回）では、四十例近くにはなるだろう。このように、赤い色（大紅、銀紅、大紅猩、絳、紅、猩猩、大紅猩猩など）の衣服は、宝玉の衣裳上のトレード・マークとしてよく知られているのである。

それではなぜ宝玉はそれ程までに赤い色の衣服を好んだのであろうか。それはやはり、赤い色（とくに紅色）が当時の女性のシンボル・カラーであったからではないかと思う。赤い色が当時の女性の象徴色であったことは、紅妝

（紅装）、紅袖、紅裙、紅涙、紅顔、紅粉、紅袂などの「紅」が女子（美人）を意味していることを見ても容易に想像がつくであろうが、具体的にも、たとえば、清代の婦女子は、寡婦を除いて、下裳には多く裙子《スカート》をはいていたが、それには紅色が最も貴ばれたという（『中国歴代服飾』二六四頁、学林出版社）。また、明代の皇后・皇妃は常服として真紅の大袖衣を着、宮女は紅裙をはいていたといわれ（『奩史』巻六三、六四）、『品花宝鑑』の相公《かげま》もまっ赤な下着を着ていることなどによってもわかるだろう。だとすれば、宝玉が女性の象徴色である赤い色の衣服を着用したがるのは、女性との同化を願う彼の「こころの性」の然らしめるところであったと見られ、これも彼が性同一性障碍者であったことを示す診断基準の一つに該当するのではないだろうか。*

なお、清代後期の画家による第六十三回の夜宴の場面を描いた絵画における宝玉は、『紅楼夢』の記述通りに、まっ赤な外衣を着ており、彼のふだんの生活の様子がよくあらわれている。口絵の夜宴の図を参照されたい。

注

＊　セクシュアルマイノリティ教職員ネットワーク編『セクシュアルマイノリティ第2版』第二部「心の性と性同一性障害」（明石書店刊、七九頁）に次のような記述がある。

『Yomiuri Weekly』（二〇〇一年十一月四日号）という雑誌に、『ブラジャーをする男たち』という記事が載っていました。女性でありたいと考えているわけではありませんが、毎日、会社に行くとき、スーツの下にブラジャーをしている男性たちのルポでした。このような男性を指して、フェティシズムというのは簡単ですが、フェティシズムだけでは割り切れない、男性としての性に対して、何らかの違和感があると考えられる人もいると思います。

②　髪型

宝玉がどんな髪型をしていたかは、第三回、第二十一回に見える。たとえば、第二十一回には、宝玉は史湘雲に自分の髪を結ってもらおうとして、次のようにいう。

「わたしはどうせ外出しないんだし、それに冠も飾り物もつけないんだから。ただ、何本かに分けてお下げ髪にしただけでいいんですよ」と、宝玉からしつこく頼まれた湘雲は、とうとう拝み倒されて、やむなく彼の髪を結ってやることにした。

宝玉は家にいるときには冠はかぶらないし、総角《あげまき》にすることもなく、ただまわりの短かい髪の毛を小さなお下げ髪に編んで、それを頭のてっぺんのところで束ねて、一本の大きなお下げに編んだあと、赤いひもで結ぶのである。そして頭のてっぺんのお下げの元から先まで、一列に真珠を四つ並べてつけ、さらにその下に金の根付けをさげるのである。

また、第三回の記述はこれより簡単な結い方であるが、「頭のまわりを一めぐりしていた短い髪は、残らず小さなお下げに結い上げて、赤い紐で結わえ、それを頭のてっぺんの真ん中に集めて、一本の大きなお下げ髪に編んだのが、漆のように黒光りしている」という。

通常、清代の普通の男子は辮髪《べんぱつ》（編んで垂らすお下げ髪）だけでなく、必ず薙髪《ちはつ》（頭髪をそり上げること）していたはずなのに、宝玉はちょっと綰《わが》ねただけの辮髪にしているだけで、薙髪（剃頭）のことは一言も述べられていない。これはおそらく、『紅楼夢』の主要な女子の脚が纏足なのか、天足（自然の足）なのかわからないように描いているのと同様に、宝玉の場合も、髪だけ見たのでは清代（満族）の男子とも明代（漢族）の男子とも、あるいは男子とも女子ともわからないようにしているのではないかと思う。この髪型は、第六十三回に見える女役者の芳官の髪型とほとんど同じであるから、当時の男子と女子の髪型を折衷したような特異な髪型であるといえよう。清朝では、女子の髪型は、男子とは異なり、特に制限を設けず、満洲人は固有の結髪をし、漢人は本来のやり方をしたというので、宝玉のような髪型ならば、ほとんど違和感をもつことなく女子と一体化して暮らすことができたのではないかと思われる。

これらは宝玉が家にいる時に、常日ごろ結っていた簡易な髪型であるが、外出する時にどうであったかは詳しく述べられていないのでわからない。ただ、きらびやかな冠をかぶって出かけたことが記されているだけである。外出時の髪型について詳しく述べなかったのも、やはり宝玉が髪型によっていつの時代の人か、満族か漢族かなどが特定されることを避けるために、そうしたのであろう。

③　履物《はきもの》

履物についての描写は、第三回の林黛玉との初対面の場面に見える。外出から帰った宝玉は「黒緞子白底の小さな礼式用長靴」をはいていたが、着替えをしてあらわれたときには「厚底のまっ赤な短靴（厚底大紅鞋）」をはいており、それがちらちら見え隠れしていたという。これを見れば、彼はたまの外出には礼式用の長靴を履くけれども、家庭内の日常生活では赤い短靴を履いていたようだ。

また、第二十七回には、探春に編んでもらった綾絹で作った鞋《くつ》（短靴）を履いている。

「あなた（探春）が靴のことをいったので思い出したのだが、いつだったか、あなたに作ってもらった靴をわたしが履いていたら、まずいことにお父さまに出くわしてね。お父さまは不機嫌なお顔をなさって、誰がそんなものをこしらえたのだ、と訊ねられたんだ。まさかあなたとは言えないでしょう。そこでわたしは、とっさに先日わたしの誕生日に薛叔母さまがくださったのです、と申し上げたのさ」といった。

この靴は恐らく普通の男子のはかない特殊な短靴、つまり、女子に作ってもらった美しい刺繍を施した女物の鞋か、あるいはそれに近いものだったので、厳格な道学者である父の賈政が不機嫌な気持になったのであろう。

以上、宝玉の女装愛好、あるいはそれに近い装いについて見てきたが、彼の場合、完全な女装の愛好とはいえないかも知れないが、おおむねそれに近い状態をずっと続けていたようである。このような彼の服装上の嗜好は、「異性の一員であるという一時的な体験を享受するために生活の一部で異性の衣服を着ているが、より永続的な性転換願望はない」とされる「両性役割服装倒錯症」に該当するだろう。「両性役割服装倒錯症」は、異性の衣服を着用することによって、外観を自らの「こころの性」に一致させる行為、つまり、異性装をすることによって女性との同化の喜びや美的興趣を見出すだけの行為と見なされて、GIDの診断基準の下位分類に位置づけられているのである。

ところが、異性の衣服を着ることによって性的興奮をおぼえたり、性的快感を得たりする行為は、「フェティシズム的服装倒錯症」(異性装的フェティシズム)と呼ばれ、性同一性障碍には該当しないとされ、性的倒錯(paraphilia)の一つと見なされている。両者の行為はよく似ているが、女装をする時に性的欲動が見られるかどうかによって区別されるのである。このような分類法を知らない者は、賈宝玉の行動を見て、性的興奮や欲情の発露があるものと思うかも知れないが、これらの場面をよく観察すれば、賈宝玉にはそんな兆候がほとんどないことが看取されるだろう。

とすれば、賈宝玉のこの種の行為はフェティシズムによるものではなく、ただ女性との生活の同化、趣味の共有をはかりたいという性同一性障碍者にありがちな感情から出たものと見ることができるのではないだろうか。

（2）男装の女子を好む

女子が男装すること（女扮男装）は、史湘雲がこれを好み、第三十一回、第四十九回、第六十三回において男装や戎装をしている。たとえば、第三十一回には、他人の服を着るのが好きな史湘雲が宝玉の袍《ながぎ》を着、長靴を履き、はちまきを締めて立っていたら、賈母が間違えて宝玉かと思った。やっとそれに気づいた賈母は、「湘雲は男装をしたほうが似合うね」と言って笑っている。

ところで、賈宝玉は女子の男装についてどう思っているのだろうか。特に意見を述べていないのではっきりしないが、第六十三回に、宝玉が少女役者の芳官に男装させ、耶律雄奴という男名を与えて連れまわったので、史湘雲もそれにつられて自分付きの葵官《きかん》を男装させ、さらに宝琴つきの荳官《とうかん》にも男装させることになり、一時、少女役者たちの間で男装ブームが起こったことが記されている。これからみれば、宝玉が女性の男装に嫌悪感をもたず、むしろ好感をもっていたように思われる。

しかし、本当にそうなのかどうか、また彼が性同一性障碍者だとしたらどう思うのか、わたしには判断できないので、ＭｔＦのＮ．Ｍ．さんに女性の男装について、たずねてみた。すると、「私の経験上も女子の男装については、〈男装した女子〉と同化できるので、好感をもっていました」という答えが返ってきた。だとすれば、宝玉が性同一性障碍者（ＭｔＦ）であっても、女性の男装に対して、嫌悪感ではなく、好感を抱いていた可能性が強い。ただ、それは、われわれが女子の男装に見出す面白さとはやや異なった視点、すなわち性同一性障碍者的な立場から見た好感といえるのではないだろうか。

（四）赤い色を好む宝玉

『紅楼夢』には赤い色（とくに「紅」が多いが、他に絳、赤、朱、緋、茜、丹、霞、瑕、猩猩色、臙脂色などもある）が多く用いられているが、それはまたとりわけ宝玉において多い。彼はもともと天界の「赤瑕（霞）宮」（瑕は、玉の小さく赤いものをいう。「霞」は赤い雲気をいう）に住む神瑛侍者であり、この世に降下して賈宝玉となるのであるが、彼自身「絳洞《こうどう》花主」（絳花洞主）や「怡紅《いこう》公子」などの別号をもち、大観園における住まいを「怡紅院」といい、起居の臥室を「絳雲軒」といい、そしてさらに「絳珠仙草」の生まれ変わりである林黛玉を愛する。このように、彼の身辺には赤い色に関するものがとりわけ多い。

また、すでに述べたように、宝玉には「紅《べに》」（臙脂）を嘗めたり食べたりするような赤いもの好きの癖（「愛紅的毛病児」）があった。第十九回には、「それから、僧侶や道士の悪口を二度とおっしゃらないこと。紅や白粉をいじったり弄んだりしないこと。いえ、それよりももっと大事なことがございます。それは、今後ぜったいに人が口にさしている紅を食べたり、例の赤いもの好きの癖を出したりしないことです」と、襲人から釘をさされている。

さらにまた、これも「宝玉の女装愛好」のところでもふれたが（四一頁～参照）、宝玉はいつも銀紅色《ピンク》の長上衣を着（第三回）、真紅の厚底の靴をはき（第三回）、銀紅色の紗の上着を着たまま眠っており（第三十六回）、真紅の羅紗の服をまとい（第五十回）、夜宴の席でまっ赤な綿紗の小さい上衣を着（第六十三回）、まっ赤な毛織りの釣り鐘マントを羽織り（第百二十回）、深紅色の毛糸でこしらえた簪纓（冠のかざり）をつけ（第八回）、血のようにまっ赤な褲子《ずぼん》をはいていた（第七十八回）。すでに述べたように四十に近い事例がある。このように、宝玉の衣服は赤い色と深くかかわっており、「紅」や「大紅」・「粉紅」などは彼のシンボルカラーとなっているのである。

あるいはまた、宝玉が茜香国の女王からの献上品のまっ赤な腰帯《しごき》（「大紅巾子」）を蔣玉菡からもらって所持していたこと（第二十八回）や、大観園の女子たちの窓の格子には「霞影紗」（茜紗）という赤い色の薄絹が貼《は》られており（第七十九回）、賈宝玉はその下にいたので「茜紗《せんさ》公子」とも呼ばれていたこと（第二十一回脂評の回前総批に引く詩中の語）など、赤い色に囲まれているかのようである。

その他、賈宝玉とは直接的には関係はないかもしれないが、作者の曹雪芹の書斎を「悼紅軒」ということ、この小説の名の一つを『紅楼夢』ということ、曹雪芹の有力な協力者の斎号が脂硯斎であること、『紅楼夢』の現存する最も古い写本である甲戌本『石頭記』（『紅楼夢』の別名）の脂硯斎の批評が朱墨で書かれていることなども、『紅楼夢』における赤色の偏重と何らかの関係があるかもしれない。*

赤い色は仙人や神仙世界とも関係があり、また、一般的にも中国では赤い色が好まれる傾向にはあるが、何にせよ、宝玉のこのような圧倒的な赤色の愛好には、やはり特別の意味あいがあるに違いない。わたしはそれが『紅楼夢』の中でも、宝玉にとりわけ多く用いられているのは、すでに述べたように、当時は「紅」が女性を象徴する色であったので、彼が現代のいわゆる性同一性障碍者（ＭｔＦ）と同じような、女性の「こころ」をもった男性であることを示唆しているのではないかと思う。現代では、性同一性障碍者（ＭｔＦ）の好む色は、淡く、やさしい感じのするピンク色であるが、『紅楼夢』の時代には紅や赤が女性を象徴する色とされていたからである。

そのようなわけで、賈宝玉は赤い着物を着た女子にはすぐに心が動くのである。第十九回には、次のような描写がある。

侍女の襲人の従姉妹《いとこ》が紅い着物を着ていたのを思い出して、「今日おまえの家にいた赤い服を着ていた人たちは、おまえの何に当たるの」とたずねると、襲人が「あのふたりが赤い服を着るのは、ふさわしくないとおっしゃりたいのでしょう」と反問する。すると宝玉は、「違うよ、違うよ。あのような人に紅い服を着る資格がないなら、いったい誰に資格があるのさ。実にすばらしい人たちだと思ったからだよ」といい、彼はその子たちに親戚として屋敷に来てもらおうとする。襲人は宝玉が女の子に眼がないのをいやしんで、ではあの子らをお金で買って、お屋敷にお入れになったらいいでしょう、という。これに対して宝玉は笑いながら、「そういわれると、わたしは何と返事してよいかわからないね。わたしはただ、あの人のことをすばらしいと褒めただけだよ。あのような人こそ、こういう大きな屋敷に生まれるべきで、わたしのようなつまらぬ人間（「濁物」）が、ここに生まれることはなかったんだ、と思っただけなのさ」という。

傍線部の箇所は、宝玉を普通の男性としてみれば、単に赤い服を着ていた女子に目移りしただけだと思って、さっと読み飛ばすかも知れない。あるいは彼はまたしても女性を性愛の対象として閨房に入れようとするひどい好色漢だと解するかも知れない。しかし、彼が性同一性障碍者であるとすれば、実はそのどちらでもないのである。彼のこのような行為は、後述するように、美しい女友だちを多く集めて楽しく遊びたいという単純な願望の発露にすぎない。侍女の襲人も、それを見抜けなかったので、宝玉を普通の男性のように見て、その好色性をなじったのであろう。

注

＊なお、脂硯斎の「脂」は、面脂、口脂などの脂で、胭脂《べに》であり、女性の化粧品をいう。『紅楼夢』の批評家であり、作成協力者であるとみられる脂硯斎（名字不明）が、なぜそんな別号を用いたのかについては定かでないが、明末の名妓として知られた薛素素の持ち物であったという脂硯を所有していたからだとか、胭脂を研《す》った汁を入れた硯で批語を記す意より脂硯斎と名乗ったのだといった説などがある。また、甲戌本の脂評は、脂評の原本ではないといわれているが、その他の抄本（写本）がほとんど墨筆で書かれているのとは異なり、朱筆で書かれているので、原本の趣を伝えているのではないかと見なされている。しかし、これらにはなおいろいろ不明な点がある。

＊　＊　＊

性同一性障碍者（MtF）のコメント

（著者の質問）

『紅楼夢』では、紅色が特別に愛好されています。なかでもとりわけ宝玉に関して多いようですが、これは性同一性障碍と関係があるでしょうか。

（K．S．さんの回答）

「あか」は「ピンク」と同様に一般女性に好まれる色として認識されていることから、性同一性障碍者（MtF）には「紅《あか》」い色を好む傾向があるように思われます。

（N．M．さんの回答）

女性に同化したいという思いが強いため、その当時、女性の象徴色が紅であれば、それを特別に好むことは大いにあり得ると思います。

（五）涙をよく流す宝玉

『紅楼夢』は、涙をながすことの多い小説として知られている。それは、賈宝玉の恋人である林黛玉《りんたいぎょく》の前身の絳珠草が、天界において神瑛侍者《しんえいじしゃ》（宝玉の前身）から受けた養育の恩に、この世に降生したあと、涙を流すことによって報いる（「還涙」）という奇妙な趣向によるものである。実際に作品を読んでも、黛玉自ら作った「眼は空しく涙を蓄え涙は空しく垂る、暗に洒《そそ》ぎ閑に抛《なげう》つは却って誰《た》が為ぞ（眼空蓄涙涙空垂、暗洒閑抛却為誰）」や「珠を抛ち玉を滾《ころが》して只だ偸《ひそ》かに潸《な》き、鎮日《ひねもす》心なく鎮日閑なり（抛珠滾玉只偸潸、鎮日無心鎮日閑）」（第三十四回「題帕三絶句」）などの詩句からもわかるように、黛玉は宝玉との感情のもつれを慨嘆したり、自己の薄命を悲傷したりして、しじゅう涙をながし、哭泣している。

ところが、黛玉に劣らず、男性の主人公の宝玉もまた、しじゅう落涙哭泣しているのである。このことは意外に知られていないが、注意して見ると、彼も黛玉同様、ほんのちょっとしたことで、人目も構わずぽろぽろと涙を流したり泣いたりしていることがわかる。わけても、黛玉との間の感情の行き違いや彼女の薄命に対する同情などによって泣くことが多く、互いに涙の共演をしているかのような感じがするほどである。ただ、その他にも、彼の好む女子が大観園から追放させられたり、自分につれなく当たったり、落花などの自然の移ろいに感じたり、人生の無常を感じたりしたときなど、理性的に物事に対応せず、感情を抑えることもなく、ところかまわずすぐに悲傷し、哭泣するのである。わたしは「還涙」という奇妙な趣向は、作者が林黛玉のためというよりも、むしろ男性の主人公の賈宝玉に思い切り泣かせるために設定したのではないかとさえ思っている。そのような例は非常に多いが、たとえば、

○宝玉はいつであったかここで昼寝をして、太虚幻境の夢を見たことを思いだして、なんとはなしにぼんやりしていたが、秦氏がそんな身の上話をするのを聞くと、まるで万本の矢が胸に突き刺さったかのような気持ちになり、思わずぽろぽろと涙を落とした（「那眼涙不知不覚就流下来了」）。（第十一回）

○「ああ、さっきはあんなことを言ってこの人（黛玉）と口論すべきではなかった。いま彼女はあんなに苦しそうな様子なのに、わたしは代わってあげることもできない」と、思わずはらはらと涙を落とすのであった（「也由不得滴下涙来」）。（第二十九回）

○襲人に向かって「わたしにどうしろというんだ。この胸が張り裂けても、誰もわかってくれる人はないんだ」といって、思わずはらはらと涙を落とした（「不覚滴下涙来」）。（第三十一回）

○宝玉はこの様子を見て、頭から冷や水を浴びせかけられたような心地がして、じっと竹を見つめたまま、茫然としていた。……そしてまるで魂が抜けたように知覚を失い、ふらふらと歩いていって、そこにあった石の上に腰をおろしてぼんやりしているうちに、思わず涙がぽたぽたとこぼれ落ちた（「不覚滴下涙来」）。（第五十七回）

○宝玉はまたしても黛玉を怒らせはしまいかと心配した。しかし、みずからかえりみて、自分はこころから黛玉のためを思ってしているのだと考えると、急にまた悲しくなって、思わずぽろぽろと涙をこぼした（「因而転急為悲、早已掉下涙来」）。（第六十四回）

○宝玉は香菱のそうした振る舞いを見て、悲しくなり、茫然として長いことじっと立ちつくし、あれこれと思いめぐらしていたが、思わずぽたぽたと涙をこぼした（「思前想後不覚滴下涙来」）。（第七十九回）

このように、涙もろい宝玉は周りの女子にいやみを言われたり、仲間はずれにされそうになったり、別離をほのめかされたりするようなほんの些細なことにでもすぐに心を動かされ、思わずはらはらと涙をこぼすのである。右の引例に原文を入れたのは、宝玉の涙は、いわゆる「男泣き」のような、涙をこらえたり、抑制したりした形跡がほとんどないことを示すためである。彼の涙は、感情のおもむくままに思わず知らずほろほろとこぼれ落ちるのである。

一体に、涙を流したり泣いたりすることは「児女の情」といわれるように、また「男児有涙不軽弾」（男は簡単には涙を流さない）という諺もあるように、女性的なめめしい行為であるとされており、中国の古典文学には、男子の涙を詠ったり描いたりした文学作品は、日本の古代中世の文学に比べても遙かに少ない。そのような中国文学の中で、『紅楼夢』の賈宝玉のように頻繁に涙を流す者は、例外中の例外であるといえよう。おそらく賈宝玉は、中国文学に登場する全ての男性の中で、涙を流したり泣いたりすることの最も多い人物であろう。これはいったいどうしてであろうか。

わたしはやはり、宝玉が性同一性障碍者であるからではないかと思う。彼が本来的に女性のこころを持っているので、自分の性自認に応じた行動様式を取ろうとし、女性の中にいるとつい気を許し、自制を働かせることなく、「児女の情」の発露としての涙をこぼし、誰はばかることなく哭泣するのではないだろうか、と思うのである。

＊　　＊　　＊

性同一性障碍者（ＭｔＦ）のコメント

（著者の質問）

林黛玉が涙を流すことは、周知のことになっていますが、賈宝玉もそれにおとらず頻繁に涙を流しています。彼が涙を流したり泣いたりするさまは、感情の動くままに思わず涙があふれ出て、声を立てて泣くような女性的な泣き方であり、涙が出るのにぐっと耐えたり、感極まって「男泣き」したりしたような感じのものではありません。当時、涙は「児女の情」の象徴とされ、女性にはつきものと見なされていましたので、宝玉が女の心をもっていて、理性ではなく、感情に基づいて行動しているとすれば、女性と同じように涙もろくても、不思議ではないと思われますが、ＭｔＦの方は実際にはどうでしょうか？

（Ｎ．Ｍ．さんの回答）

ＭｔＦが涙もろいかというと、普通の男性より涙もろい気がします。私も実際涙もろいです。数値ではどうなのかわかりませんが……。作者自身がＭｔＦだとすれば、涙を女性心理のあらわれとして表現するのは十分にあり得ます。一般的に女性は涙もろいとされていますので、女性に同化するような行為を好むことが多いのです。

報告書に見える事例

『性同一性障害の社会学』（現代書館、二〇〇六）に、著者の佐倉智美さんは男性の性同一性障碍者（ＭｔＦ）が思う存分に泣けないことの苦しみを述べて、次のようにいっている。

☆「男の子が泣いてはいけないということも規範性の高い事柄のひとつである。女の子であれば許容されるようなケースでも、男のくせにメソメソするなどと言われることはよくある。これによって男性はしだいに感情表現ができなくなっていくなどの弊害も指摘されてきており、〈女の子だったら泣いてもいいのか？〉という疑問は正当である。本来は、泣いていいか悪いかは、シチュエーションによって規定されるもので、そこに性別を持ちこむことに不合理がある。特にトランスジェンダーの場合、自らの属する性

別への強い拒否感を心に刻む体験ともなる」（三八頁）

（六）女性に対してやさしい心遣いをする宝玉

宝玉は、若く美しい気立てのよい女の子であれば、身分の高下にかかわりなく、侍女にでも小間使いにでも女役者にでも非常に優しく接し、とても大貴族の御曹司とは思えないくらいに気をつかいサービスをする、女子にとってこのうえもないよき理解者であり、庇護者であった。その一つの例として、彼がしばしば下々の女子のやるべき仕事を彼女たちに代わって為していることを挙げることができるだろう。これは宝玉という人間の一つの特徴として特筆しなければならない。たとえば、第十九回には、そのような彼の性格がうかがえる描写がある。

宝玉は侍女の襲人に酥酪《チーズ》を食べさせようとしてとっておいたが、それは彼の留守中に李ばあや（宝玉の乳母）に食べられてしまっていた。彼は襲人が「それよりわたくし、乾栗《ほしぐり》が食べとうございます。ねえ、むいてくださいませんか」というので、宝玉は栗を取ってきて、灯火の下できれいなのを選んでむいてやった。

おいしいものがあると、侍女に食べさせるために取っておいたり、侍女に乾栗をむいてやったりするような優しい主人は、当時の中国においてはきわめて珍しいのではないだろうか。また、第五十一回には、次のような描写がある。

そのとき宝玉は、襲人の母の容態を心配してじっと坐ったままふさぎ込んでいたが、ふと晴雯が「人がやっと暖まりかけているのに、うるさい人ね」というのを聞くと、すぐに立って行って、自分で鏡の覆いをおろし、かけがねをかけて戸締まりをした。そしてまた入ってくると、「おまえたちは暖まっていなさい。わたしがみなやっておいたからね」といった。

こんな場面を見ると、どちらが主人か召使いかわからないほどである。このような事例は、実に多い。たとえば、第三十五回には、「宝玉は自分の手に火傷《やけど》をしたのに、それには少しも気がつかずに、玉釧児《ぎょくせんじ》のことを心配して、「どこどこ、火傷したところは。痛むかい」と聞いたので、みんなはどっと笑った。「若さまは、ご自分が火傷をなさっているのに、わたしのことばかり気にかけて……」と玉釧児にいわれて、宝玉はやっと自分の手の火傷に気づく始末であった」とあり、これについて二人の老女が、「なるほど、宝玉さまというお方は、外見は立派だが、おつむのほうはだめで少しおかしいね。見かけだおしだといわれるのも、もっともで、ほんとにだいぶ抜けたところがおありなさるようだね。自分が火傷をしていながら、人に向かって痛くはないかだって……。男らしいところがこれっぽっちもなくて、あんな端女《はしため》に怒られても、黙って我慢していらっしゃるそうな」と陰口を言っている。

また、第四十四回には、賈璉の妾の平児が濡れ衣を着せられて、熙鳳らに殴られ、宝玉のところに避難したあと、宝玉が平児のためにいろいろと世話をやき、やさしく慰めたことは、前に述べたが（三八頁～参照）、その時彼は、「やがて、また起きあがると、さきほど平児の衣装に吹きかけた酒も、半ば乾いていたので、さっそく火熨斗《ひのし》をかけて、きちんとたたんだ。すると、平児がハンカチを置き忘れていったのに気づき、それに涙のあとがまだ残っているのを見て、洗面器の中で洗って乾かしてやった」のである。そんなことまで、貴族の若さまが自ら進んでやっているのである。なんだか彼の振る舞いには、貴族の若さまよりも小間使いの女子になるのを望むような雰囲気さえただよっている。

さらにまた、第八回には、寒いなか、部屋の入り口に彼の書いた書を侍女の晴雯《せいぶん》に貼らせたが、その晴雯を気遣って、「すっかり忘れていたよ。冷たかったろうね。どれ、わたしが暖めてやろう」といって、晴雯の手を握って暖めてやっている。第五十二回には、盗みをはたらいた小女中を庇《かば》ってやったことに対して、「宝玉さまはあなたがたのこととといえば、異常に肩入れし、親身になって心配なさり、意地を張ってかばいなさるお方でしょ」といわれている。第五十八回には、女役者の藕官《ぐうかん》が、死んだ女役者の薬官のために大観園内で紙銭《しせん》を焼いて祭っていたのを、老婆にきびしくとっちめられていたとき、通り合わせた宝玉のおかげで助けられ、感激した藕官は宝玉を「自分たちと同じ仲間のお人だ（他是自己一流人物）」といっている。宝玉がいかに下層の女子にもやさしい人柄の持ち主であったかがわかるであろう。

このような例は、他にもまだあるが、宝玉は侍女や下女が失敗や不始末をしでかしても、代わって処置したり、身代わりになったりするなど、身分関係の非常にきびしい中国の旧時代においてはほとんど考えられないようなことを何度もしているのである。宝玉のこのような人となりについては、庚辰本第二十二回（「山木自寇、源泉自盗」）の脂批に次のように評している。

宝玉有生以来、此身此心為諸女児応酬不暇、眼前多少現有益之事尚無暇去做、豈忽然要分心於腐言糟粕之中哉。可知除閨閣之外、並無一事是宝玉立意作出来的。

宝玉は生まれてよりこのかた、身も心も、女の子たちとの交際に捧げて、非常に忙しく、眼前にある多くの利益になる事ですら、なす暇がない。どうして不意にそんな陳腐な古語（「山木自寇、源泉自盗」）に心を振り向けようか。女子のことを除けば、宝玉が自分の意志で為そうとしたものは一つもないことを見てもわかるだろう。

また、蔡家琬（二知道人、一七六一―約一八三五）の『紅楼夢説夢』にも、

宝玉能得衆女子之心者、無他、必務求興女子之利、除女子之害。利女子乎即為、不利女子乎即止。推心置腹、此衆女子所以傾心事之也。

　宝玉が多くの女子の心を得ることができるのは、ほかでもなく、女子の利益になるようにひたすら努め、女子の損害をなくすようにひたすら努めるからである。女子にとって利益になれば即座にそれをなし、女子にとって不利であれば直ちにやめる。誠意をもって女子に対する、これこそ多くの女子がまごころを込めて彼に仕えるゆえんなのだ。

宝玉一視同仁、不問迎・探・惜之為一脈也、不問薛・史之為親串也、不問襲人、晴雯之為侍児也、但是女子、倶当珍重。若黛玉、則性命共之矣。

　宝玉は分け隔てをしない。迎春・探春・惜春が賈家の血筋であろうとなかろうと、薛宝釵《せつほうさ》・史湘雲が親類であろうとなかろうと、襲人・晴雯が侍女であろうとなかろうと、およそ女子であれば、みな必ず大切にする。黛玉のような人には、彼は命がけで尽くすのである。

などといっている。宝玉はこのように、大貴族の御曹司という身分を忘れて、女子のためにサービスするのを無上の

楽しみとしているのである。女性に対して真にやさしい心をもった人物でなければ、できないことであろう。このようなことが、彼にはどうしてできたのだろうか。従来、宝玉にはもともと「体貼《おもいやり》」の性質があったからだという以外には何の説明もされていないが、私はこれもやはり、彼が性同一性障碍者だったからではないかと思う。すべての性同一性障碍者（ＭｔＦ）が優しい性格をもっているとはいえないかもしれないが、ＭｔＦの方には往々にして女性にやさしく、こまやかな心配りをし、サービス精神のある人が多いことからみても、宝玉の場合も、もともとの優しい性格の上に、さらに自分の性自認に随って女性として認められたいと望んでいるので、余計そうなったのではないだろうか。宝玉は容貌が立派で美しく、言動が雅やかであるうえに、小間使いにまで優しく接するので、「この広い世界に、殿方といえば、まさか宝玉さまがお一人しかいないというわけでもないでしょうに、どうして誰もかれもがあの方をお慕いしているのかしらね」（第九十四回）といわれるように、女子たちに人気があるのも無理からぬことだろう。

＊　＊　＊

性同一性障碍者（ＭｔＦ）のコメント

（著者の質問）

宝玉は大貴族の若さまなのに、身分の低い小間使いや下女に対しても実にやさしく、自分から彼女たちの仕事を手伝ったり、代わりにやってやったりしており、どちらが主人かわからないほどです。身分関係のきびしい当時においては、こんなことはほとんどあり得ないことです。ＭｔＦの方にはこまやかな心配りをする心やさしい方が比較的多いのではないかと思いますが、如何でしょうか。

（K．S．さんの回答）

身分とは社会上の上下関係であり、男性社会の闘争文化だと思っています。また、「やさしさ」や「甘え」は女性特有のものだと考えられます。もともと男女区別による男としての役割に嫌気がさしているMtFが、男性社会の象徴である闘争を嫌い、女性に代表される「やさしさ」をもって、身分や男女に関係なく救いの手をさしのべるというのは、何も不思議なことではないでしょう。

（七）女性的な所作や振る舞いをする宝玉

青山山農の『紅楼夢広義』（中国文学研究彙編『紅楼夢巻』巻三所収）に、「宝玉は鬚眉《おとこ》にして巾幗《おんな》」とか、「宝玉は温柔なること女子の態の如し」などと評するように、彼には確かに女の子のようなところがある。たとえば、第十五回には、熙鳳から「宝玉さん、あなたは身分のあるお方で、女の子のようなお人柄です。ほかの人の真似をして、馬の上にしがみつくのはおよしなさい」といわれており、第六十六回には、尤三姐《ゆうさんしゃ》から「わたしたちがあの方（宝玉）にお目にかかったのは、一度や二度ではないでしょう。立ち居ふるまいや、物の言い方、食事のご作法などには、もともと何となく女の子のようなところがありますが、あれは毎日奥にばかりいるのでそうなってしまったのでしょう」といわれている。

また、第三十八回には、皆で菊花詩を競作したとき、宝玉が艶体詩ふうの艶っぽい詩を作ろうとするので、探春《たんしゅん》から「さっき申しあげた通り、女っぽい文字を用いるのはいっさい許されませんよ（総不許帯出閨閣字様来）。よく気をつけてくださいね」と、機先を制されている。

さらに第六十二回には、薛蟠《せつぱん》の妾の香菱《こうりよう》は、宝玉が地面にじっとしゃがみこんで何か変なことをしているのを見た。何をしているのかと思ったら、宝玉は、木の枝で穴を掘り、まず落花を拾ってきて下に敷き、さっき闘草《くさあわせ》で用いた夫妻蕙と並蒂菱とをそっと入れて、さらにそれを落花で覆い、その上に土をかけてならしているのであった。香菱は彼の手をひっぱって笑いながら、「まあ、何をなさっていらっしゃるの。なるほど、あなたはいつも陰でこそこそと変なことをなさるって、みなさんがおっしゃるのももっともですね。こんな虫酸が走るようなことをなさるんですものね（怪不得人人説你慣会鬼鬼祟祟的。作這使人肉麻的事呢）」といった。これは、周汝昌氏の「紅楼紀暦」によれば、宝玉が十四歳のときのことであるが、彼はこんな気持ちの悪い振る舞いを陰でこそこそとやっていたのである。これも、当時の一般的な男子としては異例のことであろう。

このような女々しい振る舞いのほかに、宝玉の所作には女の子のような甘え方をするという特徴がある。甘え方の一つの特徴は、母親の王夫人の「首にかじりついたり」、「膝に抱かれたりして」甘えることである。第二十五回には、

王子騰《おうしとう》夫人の誕生日のお祝いから帰った宝玉は、母親の王夫人に甘える。お部屋の中に入って王夫人に会って、ほんの型どおりの挨拶をすませると、さっそく女中にいって抹額《はちまき》をとらせ、礼服や長靴をぬがせてもらうと、すぐに頭を王夫人の胸もとにこすりつけて甘えた。王夫人もところかまわず宝玉のからだを手で撫でさすられ、宝玉もまた王夫人の首にかじりついて、あれこれとしゃべりまくっている。

なんという甘えん坊なのだろう、と思われるかもしれないが、宝玉は外出すると、外部の人たちとの儀礼的な応対に耐えられず、甘えずにはいられないほど疲れるのであろう。周汝昌氏によれば、これは十三歳の時のことである。

また、第五十四回には、

林黛玉は生まれつき虚弱で、パンパンという爆竹の音を怖がるので、お祖母さま（賈母）はさっそく彼女を胸にお抱きになった。……また王夫人もすぐに宝玉を胸にお抱きになった。すると煕鳳が笑いながら「わたしたちは、誰も可愛がってくれないのね」といった。

これは、周氏によれば、宝玉が十四歳、元宵節の爆竹を怖がってのことであるが、前の例にも負けないくらいの甘えっぷりである。

もう一つの特徴は、賈母の史太君などに「ねじり棒飴のように」まつわりついて甘えることである。それは、第二十二回、第二十三回、第二十四回に見える。たとえば、第二十三回には、宝玉が父の賈政から急に呼び出しを食らったときのことであるが、宝玉は賈政のところに行きたくないので、賈母にねじり棒飴のようにまつわりついて、離れなかった。

宝玉はこれを聞いて、まるで雷にでも打たれたように、急に気落ちし、顔色を変えてお祖母さまの手にすがりつくと、ねじり棒飴のようにまつわりついて、どうしても行こうとしない（扭的好似扭棍児糖似的、死也不敢去）。

このとき彼は十三歳（周汝昌氏による）であったが、その年齢からすれば、当時の男子としては、余りにも子供じみた仕種《しぐさ》といわねばならないだろう。また、第二十四回には、賈母の侍女の鴛鴦《えんおう》に甘えて、

（宝玉は鴛鴦に）いきなりすりよって、笑いながらあつかましくも言ってのけた。「ねえ、おねえさん、あなたの口につけている紅《べに》をわたしに舐めさせてよ」。そう言いながら、ねじり棒飴のようにまつわりついた（扭股糖是的粘在身上）。

現代で言えば、中学生ほどの男の子である宝玉が、若い未婚の女性である鴛鴦に口紅を食べさせてくれと迫り、ねじり棒飴のようにくっついて離れないのである。

このような例はほかにもまだあるが、宝玉はどうして年甲斐もなく女の子のような甘ったれた振る舞いをするのであろうか。一般的には、宝玉のこうした所作や振る舞いにはなお幼児性がのこっているからだと見なされるかも知れない。しかし、これは幼児性の残存とは異なるものではなかろうか。というのは、彼はこのときすでに十三、四歳の少年であるが、当時の普通の士大夫の男子であれば、この年齢になれば、たとえば、甥の賈蘭《からん》などを見てもわかるように、十分に男子としての自覚を持ち、ひたすら受験勉強に励んでいるからである。とすれば、これもおそらく、宝玉が性同一性障碍者（ＭｔＦ）であったがゆえに、女の子のような仕種で甘えることによって、自己の「こころの性」との一致をはかったのであろう。

（八）女性との同化を強く願う宝玉

（1）女性の匂いを嗅ぐ

林黛玉のにおいをかぐ（第十九回）

宝玉は、女中たちがみな出払い、黛玉がひとり部屋に寝ているところに入ってきて、彼も横になってふたりで話をしようということになった。しかし枕がないので、彼が「一つ枕で休みましょう」といったが、黛玉は肯んぜず、自分のあてていた枕を彼に貸し、自分は別のものを取ってきた。ふたりは向かいあって横たわった。すると、宝玉の左の頬に、ボタンほどの血の痕がついているのを見つけ、「誰に引っかかれたの」とたずねた。彼は、「引っかかれたのじゃありません。さっきみんなに紅を溶いてやったから、たぶんそのはねがかかったんでしょう」といって、ハンカチでふこうとした。黛玉が諌めたが、彼はそんな話には全く耳をかさず、ただなんともいえぬ馥郁たるにおいが黛玉の袖の中から、かすかにただよってくるのを嗅ぎながら、身も心も酔いしれて、とろけてしまいそうな気持ちであったが、いきなり黛玉の袖をつかみ、中に何がはいっているのか見ようとした。さらに、宝玉は身を翻して起きあがると、両手に息を吹きかけて、いきなり黛玉の両方の脇の下をめったやたらにくすぐりはじめた。すると、黛玉は生まれつきくすぐったがり屋なので、たちまち息もつけないほどに笑いこけて、「宝玉さん、いたずらはやめなさい。わたしは怒りますよ」といった。

鴛鴦《えんおう》のにおいをかぐ（第二十四回）

宝玉は寝台のへりに掛けて短靴をぬぎ、長靴を履こうとしながら、ふとふり返って鴛鴦のほうを見ると、彼女はピンクの綾子《りんず》の上衣の上に黒の緞子《どんす》の背心《そでなし》をはおり、白縮緬《ちりめん》の腰帯を締め、むこう向きにうつむいて襲人が縫い取りをするのを見ており、その首には赤紫の絹の襟巻きを巻いていた。宝玉は鴛鴦の襟脚《えりあし》に顔を近づけて香油の臭いを嗅ぎ、しきりに手で撫でまわした。その白くて肌理《きめ》のこまかいことは襲人にもおさおさ劣らない。

これらの場面を読んだ読者は、宝玉をなんという変態的な好き者なのかと思うかも知れない。こんなことを男女間で行なうと、すでに危険水域に達しているのだが、結局、これらの場面もここに描かれている以上のことは何も起こらない。しかし、それこそが、宝玉の他の男子と異なるところであり、また、『紅楼夢』が他のいわゆる淫書と異なるところでもあるのだ。

(2) 女子の洗面後の残り湯で顔を洗う

史湘雲の洗面がすんで、翠縷《すいる》がその使い残しの水を棄てようとすると、宝玉が「ちょっとお待ち、わたしもついでにそれで洗わせてもらうよ。そうすれば、あちらに洗いにゆく手間が省けるからね」と言いつつやって来て、さっそく腰を曲げて両手で顔を洗いはじめた。紫鵑《しけん》が石鹸を渡そうとすると、「いらないよ。この洗面器の中にたくさんはいっているんだから」といって、また顔を洗うと、「手拭いをちょうだい」、と言った。翠縷は、「相変わらずだわね、例のご病気。いつになったらなおるのかしら」と口をすぼめて笑った。(第二十一回)

女性の洗面後の残り湯を「脂水」といい、杜牧「阿房宮賦」に「渭流漲膩、棄脂水也」とあるので、この故事にヒントを得たのかも知れないが、しかしこれはあまり知られていない故事である。また、原文は「脂水」ではなく、「残水」となっているので、この場面は恐らく作者の創作にかかるものであろう。

（3）女性的な行為をしたり、まねたりする

自ら女性の髪を梳く（第二十回）

麝月《じゃげつ》は鏡台と化粧箱をもってきて、髪飾りをはずし、髪をほどき、宝玉は櫛で彼女の髪をすきはじめた。すると、ほんの四、五へん梳いたとき、晴雯が銭を取りにばたばたと駆け込んできた。晴雯は二人の様子を見ると、薄笑いを浮かべながら、「おや、契りの杯もまだ交わしていないのに、もう髪を結うとはね」と、皮肉をいった。

この場面は、『紅楼夢鑑賞辞典』（上海古籍出版社刊）の「情節場面」にも「麝月篦頭」としてあがっているが、普通このようなことをするのは、三三九度の杯（「交盃」）をすませてから行なうことであるのに、麝月が少し頭がかゆいといっていたことから、彼女のために髪を梳いてやるのである。

自分の髪を女性に梳いてもらう（第二十一回）

髪を結い終わった史湘雲に向かって、宝玉は「ねえ、ねえ、わたしにも髪を結ってくれないかな」とねだった。「そんなこと、できないわ」と湘雲がはねつけると、宝玉は笑いながら、「ねえ、ねえ。じゃ、どうして前には結ってくれたのさ」とさらにねだった。湘雲が結い方を忘れたというと、彼は「なにどうせわたしは外出なんかしな

いんだし、それに冠も髪飾りもつけないんだから、何本かのお下げに編むだけでいいんですよ」と頼み込む。湘雲は何度も拝み倒されて、とうとう根負けし、宝玉の髪を結ってやることにした。

女性が髪を梳く姿にうっとりと見とれる（第四十二回）

宝玉は黛玉に彼女の鬢の毛がほつれているのを知らしめるために目配せをしたことがあった。その後、宝釵が黛玉の髪を手で梳いてやっているのを傍でうっとりと見とれていた宝玉は、「さっき黛玉さんに目配せして鬢のほつれをなおさせるんじゃなかった。そのままにしておけばよかった。そうすれば宝釵さんが黛玉さんの髪をすいてやる情景が見られたものを」といって後悔した。

なお、第百一回にも、結婚後、髪を梳く妻の宝釵の姿に、「二つの目を大きく見開いてぼおーっとして見惚れる」宝玉を描いた場面がある。

（4）女性と同じものを所有しようとする

第三回には、こんな場面がある。

林黛玉が南方からやって来て、七、八歳の宝玉と初めて対面したときのことであるが、宝玉は黛玉が自分と同じような玉をもっているかどうかをたずねた。黛玉がもっていないというと、宝玉はとたんに気が狂ったような発作を起こし、下げていた彼の命の種ともいうべき通霊玉をもぎ取ると力まかせに投げつけ、「こんながらくたなんか、わたしはいらないよ」と言いながら、顔じゅうを涙でくしゃくしゃにして泣きわめいた。

初対面の女の子が持っていないからといって、突然このような狂乱状態に陥るなどということは、普通にはあり得ない。これも宝玉の幼児性のあらわれのように解されるかも知れないが（周汝昌氏によれば、彼はこのとき七歳である）、必ずしもそうではなく、その場面において宝玉が発した「うちの姉妹たちはみな持っていないのに、わたしだけが持ってるなんて。それがつまらないと思っていたのです」という言葉からもわかるように、姉妹たちとすべて一緒でありたいのに、自分だけ異分子であることに対するやりきれない気持ち、すなわち、彼女たちに同化したいと切望する性同一性障碍者の特徴が早くもあらわれたからではないだろうか。というのは、さらに成長して少年になっても、女子と同じものを所有したがる宝玉の性格は一向に変わらないからである。

また、第二十九回には、宝玉は張道士からもらった品物のうちに、湘雲がもっていたものに似た純金に翡翠《ひすい》を散りばめた玉の麒麟があったので、それをそっと取って懐に入れた。すると、傍にいた黛玉がそれを目ざとく見つけたので、照れくさくなって、「これって、とってもおもしろそうだから、あなたのために取っておくことにしたんですよ。うちに帰ったら、紐を通して、お下げになさったらどうです」と言いつくろったけれども、黛玉から「そんなもの、わたしはありがたいとは思いませんわ」と、すげなく拒否される場面がある。このとき、黛玉は、宝玉が湘雲に好感をもっているから、懐に入れたのではないかと邪推したのだが、実はそうではなく、この場合も、女性と同じ持ち物をもちたいという性同一性障碍者的気質から出た行為と見るべきではないだろうか。

以上、多くの事例を挙げたが、これらはおおむねみな、普通の男子が行なえば、変態といわれ、色きちがいと見なされて、まわりの者の顰蹙《ひんしゅく》を買うたぐいの行為であり、また、性愛的なにおいも漂うので、背後にそのような事実の存在を読み解こうとする人もいる。しかし、それらはみな深読みというべきである。『紅楼夢』では描写された行為以上のことはまったく起こっていない。もし宝玉が性行為に嫌悪感を抱く性同一性障碍者（ＭｔＦ）であるとすれば、それらの行為はすべて彼の性自認の対象である女性との同化、一体化を求めて為された友情的な戯れにすぎないのであって、性愛的なものを求めて為されたものではないのである。総じて言えば、これらの事例を見てもわかるように、賈宝玉には性別違和が実態的に存在し、「反対の性に対する強く持続的な同一感」を求める気持ちが継続的に続いているといえるのである。

五　ＧＩＤ診断基準「反対の性の遊び仲間になるのを強く好む」に該当する事例

前章で見てきた賈宝玉の性格や行動上の特徴は、ＧＩＤの重要な診断基準の一つである「反対の性に対する強く持続的な同一感」に相当する例として挙げたものであるが、ここではまた一つの診断基準である「反対の性の遊び仲間になるのを強く好む」こと、子供の場合には、「ごっこあそびで、反対の性の役割をとりたいという気持ちが強く持続すること」に相当する宝玉の特異な行動について見ることにしよう。

（一）女の子と楽しく遊ぶことを切望する宝玉

従来、『紅楼夢』の研究者で、女子たちと「遊ぶこと」に執着する賈宝玉の姿勢の異常さに注目した人がいただろうか。よしんばいたとしても、女の子と遊ぶのが好きな奇妙な少年だぐらいにしか思わなかったのではないだろうか。実はわたしも以前はそうだった。しかしながら、賈宝玉が性同一性障碍者ではないかと思い始めてから、彼の女子と遊ぶことへの執着心がただならぬもののように思われてきた。宝玉のそれはまさに渇望といってもよいかもしれない。だが、それもそのはず、彼はこの世に降生する前に、天界の女仙の国の主宰者の警幻仙姑から、「閨閣中に在りては、固より良友たるべき」人間となって、女の子のよい友だちとして遊び戯れるように性格規定をされて下界に送り出されているからである。

　そこでまず、宝玉がいかに女子たちと楽しく遊ぶ（「游玩嬉戯」）ことを好んでいたかについて見ることにしよう。そのような事例は至るところに看取できるが、たとえば、第三回には、林黛玉がはじめて栄国邸にやってきたとき、彼女が母親から宝玉についてこれまで聞かされていたのは、宝玉が「異常なほど強情で、学問が大嫌いで、若い女の子たちといっしょに遊ぶのが大好き（極悪読書、最喜在内幃厮混）」な子供であり、「お祖母さまが甘やかし溺愛なさるものだから、だれ一人その頭を押さえる者がいないとのことであった」。そこに居合わせた宝玉の母親の王夫人も、「もし姉妹たちがあの子（宝玉）にちょっと一言余計なことを言おうものなら、あの子は有頂天になって喜んで、何をしでかすかわかりません」といっている。このように彼は、子供の時分から一貫して、女子と遊ぶ（「与女子厮混」）ことを何よりも喜びとしていたのである。

　このような賈宝玉の女性との交遊癖は、周りの者からも特別扱いされており、それゆえ彼は、少年期に入っても（周汝昌氏によれば十三歳）、女性たちと同じ立場で遊び戯れ、嫂嫂《あによめ》・侄媳婦《おいのつま》・姨娘《ちちのめかけ》・嬸娘《おじのつま》などの閨房の中へも自由に入ってゆけるのである。第十九回には、里帰りした元春貴妃が宮中へ戻られたあと、賈家の者たちが芝居見物に興じているとき、男性たちと遊ぶよりは女性たちと遊ぶほうが好きな宝玉は、「そのあまりの騒がしくにぎやかなありさまに耐えがたくなって、ほんのちょっと席について見物しただけで、そうそうに中座して、あちこち遊びまわった。まず奥へはいって、（寧国邸の当主の賈珍の妻の）尤氏やその侍女たちを相手にしばらくふざけてから、さっと二の門から出ていった。……しかし、みんなは宝玉が座にいなくても、奥へいって遊んでいるのだろうぐらいに思って、気にもとめなかった」という。性愛に対して非常に厳しい明清時代において、少年の賈宝玉がいとも容易く閨房に出入りできるのも不思議なことであるが、ともかくこのように宝玉は、だれからも咎められずに、どんな女性の部屋へでも楽々と闖入することができたのである。第二十三回には、大観園に入った直後の宝玉の様子について次のような描写がある。

さて宝玉は、園に移ってからというものは、もはや何一つ欲しいものはなくなり、すっかり心も満ち足りて、毎日姉妹や侍女たちといっしょに過ごし、本を読んだり、習字を書いたり、琴を弾いたり、碁を打ったり、絵を描いたり、詩を吟じたり、さては鳳凰《ほうおう》の下絵を描いて刺繍をしたり、草合わせ（闘草）をしたり、花を簪《かざ》したり、小声で詩歌を口ずさんだり、拆字《じあて》遊びや猜枚《なんこ》遊びをしたりと、それこそしたい放題のことをして、心ゆくまで楽しんだ。

ここに挙がっている遊びは、男性だけが行なうものはなく、男女共通の遊びか、あるいは女子だけが行なうものである。女の園の大観園で暮らしているのだから、男性の遊びが出てこないのは当然かも知れないが、実は彼はもともと男子の遊びが好きではないのである。たとえば、宝玉は「武術の稽古はしない」（第六十六回）といわれ、また、男の遊びである弓術についても、賈蘭が弓で鹿を射ているのをあざ笑ったり（第二十六回）、賈珍が弓の稽古をするというふれこみで、貴族や金持ちの子弟たちを集めて、賭場を開帳したことがあったが、宝玉はこれにも参加していないので（第七十五回）、弓術にも不快感をもっていたことがわかる。

一方、女子が多く行なう「賞月」（月見）の宴や「闘草」（草合わせ）、あるいは男女とも行なう「放風箏」（たこ揚げ）などには加わっている。ただ、女性の遊びなら、すべて好きかというと、そうでもないようで、彼が鞦韆《ぶらんこ》をこぐ情景は『紅楼夢』には一度もあらわれない（わずかに賈珍の妾の佩鳳、偕鴛がブランコに乗っている記述が、第六十三回に見えるだけである）。これは恐らく、身体的には男性である彼が女性の遊びであるブランコ好きというのはあまりにも異常だと思われることを考慮したからか、あるいはブランコ遊びがいささか俗であり、貴族的で文雅な雰囲気をもった宝玉にはふさわしくないと見なしたからか、いずれかの理由でこれを避けたものであろうが、とにかく、『紅楼夢』には、男子だけの遊びは少ない。わけても宝玉に関しては特にそうである。われわれは宝玉が男性の遊びをやらないだけではなく、むしろ忌避しているかに見えることに対してもっと注意を払うべきであろう。

さらにまた、このような例をいくつか挙げてみよう。第三十六回には、

宝玉は毎日園内で遊び暮らし、朝のうちに、お祖母さまと王夫人のもとへちょっと顔を出して帰ってくるだけであった。そしていつも喜んで召使いの女の子たちのために仕事をしてやり（甘心為諸丫頭充役）、のんびりと満ち足りた月日を送っていた。

第六十六回には、

尤三姐が宝玉についてたずねたのに対して、下僕の興児がいった、「あんなに大きくなっていらっしゃるのに、若さまだけはまともに学校へ上がられたことがないんです。お屋敷ではご先祖さまから賈璉さまにいたるまで、「寒窓十年」のご勉強をコツコツとなさらなかった方はございません。ところが、若さまだけは、勉強が嫌いなんです。……毎日、勉強をなさるでもなく、武術の稽古をなさるでもなく、そのうえ人に会うのも毛嫌いなさり、ただ女の子たちの中に入って遊びほうけることだけが大好きなのです（毎日又不習文、又不学武、又怕見人、只愛在丫頭群裏鬧）」、と。

第七十一回には、

尤氏が笑って、「あなたのように心配事もなく、姉妹たちとのんきに遊びたわむれているお人はどこにもいませんよ。お腹がすけば食べ、眠くなったら睡り、何年たっても、相変わらずこんなありさまで、将来のことなんか、ちっとも考えてないんでしょう」というと、宝玉は「わたしは姉妹のみなさんと一日一日を楽しく暮らせたら、それで十分なのです。死んでしまえば、一巻の終わりですからね。将来のことなんか、どうだっていいんです」と答えた。

第七十九回には、

宝玉は薛蟠が金桂を娶るというのを香菱（薛蟠の妾）から聞き、香菱のために心配し、さらにいろんなことを憂慮して、体調をこわした。一ヶ月を経てようやく快方に向かい、さらに百日を経てほぼ癒えたが、なお門前に出ることさえ許されなかった。そこで、宝玉は部屋の中で侍女たちと一緒にしたい放題のことをして、思う存分にふざけ散らした。……しかも、幸いにも、賈政から勉強を強いられることもなく、この百日の間、怡紅院だけは何一つ干渉を受けなかったので、宝玉は女の子たちを相手に、広い世間に類のないようなむちゃくちゃなことをして、ふざけ遊んだ。

宝玉は、このように、女性たちと楽しく遊び暮らすこと以外に、人生に何の目的も生き甲斐ももたなかったかのようである。第三十七回には、宝玉は宝釵《ほうさ》から、別号を「無事忙」（用事もないのに忙しい）としたら、と提案されている。「無事忙」というのは、彼が世事にではなく、女子の間を周旋し、遊び戯れることに忙しい人間であることを皮肉ったものである。そんな彼は、女子たちと遊ぶことがどんな意味をもつか、また他人の目にどう映るかがわからないようである。言い換えれば、女子と遊ぶことと恋愛や結婚をするということとの区別がつかないようである。さらにいえば、彼には「年頃」や「男女の大防《たいぼう》」といった観念がまったくなく、彼女たちが結婚適齢期を迎えても、昔のままにひたすら遊びを続けたいとばかり思っているようである。たとえば、第二十八回には、黛玉との間に感情の行き違いを生じたとき、彼は黛玉に対して次のようにいっている。

「はじめ、あなたがいらっしゃったときには、わたしはあなたのお相手をして楽しく遊んであげたではありませんか。たとえわたしが大切にしている物でも、あなたが欲しいといえば、わたしはすぐに差しあげました。わたしの好きな食べ物でも、あなたがお好きだと聞けば、箸もつけずにそのまま取っておいて、あなたに差しあげました。同じ卓で食事をし、同じ寝台で休みました。侍女たちに行きとどかないところがあると、あなたがお怒りになるのではないかと心配して、わたしは侍女たちに気をつけるように仕向けました。わたしは心の中でこう考えていたのです。わたしたちはみな子供のときからいっしょに大きくなった仲だから、どんなに親密であってもよいので、この親しい間柄を最後まで保ってこそ、他の人とは違うよさがあるのだ、とね。ところが今ではどうでしょう。あなたは身も心も大きくなられて、わたしなど眼中にも置かれず、かえって血のつながりの薄い宝ねえさんや鳳ねえさんとやらを心にとどめていて、かんじんのわたしには三日もかまってくれず、四日も会ってくださらないのですからね」。……そういって、宝玉は思わずはらはらと涙をこぼした。

これは、黛玉との間に取り交わされた会話の中で発せられた言葉であり、二人の間に恋愛感情の見られる場面の一つであるが、彼は成人してもなお、子どものころと同じように男女が親しくつきあうべきだと黛玉に向かって言っている。宝玉は黛玉よりも一歳年長であるにもかかわらず、彼には依然として「男女別あり」や「男女に内外の分あり」の意識が全く見られない。ただ、やみくもに黛玉に対して、昔と同じように一緒に親しく過ごしてくれ、女の子とばかりつき合わずに自分とも遊んでくれ、と懇願しているようである。男女の恋愛が認められなかった当時において、こんなことを言う男子はあまりいないのではないだろうか。やはり、宝玉が性同一性障碍者であって、性愛や結婚といったことよりも、最も「気の合う」黛玉との友情、ないしは友情愛の持続をひたすら望むがゆえに発せられた言葉だと見るべきではなかろうか。

このような彼の性格は、結婚後も変わらない。宝玉は結婚後長い間、痴呆状態を続けるが、その間、妻の宝釵との間には夫婦の契りが全くなされなかったと見られる。しかし、一年余りたって、やっと両者の間に房事がなされる。だが、それで彼らが普通の夫婦のような関係になったかというと、決してそうではない。宝釵はなるべく「夫婦別あり」の立場を取ろうとしているのに、宝玉は相変わらず昔と同じように、友だちの延長といった子供っぽい気持ちで宝釵に接しているのである。第百十回には、結婚後の宝玉の様子について、まわりの人々が次のように噂しあっている。

賈蘭とちがって宝の若さまは、お嫁さんまでもらわれたお人なのに、まだあんなに子供っぽさが抜けないでいらっしゃいます。この何日かお殿さまに従っていらっしゃるところを見ていますと、いかにも辛そうですが、お殿さまがちょっとお出かけになると、すぐに駆けだして奥さま（宝釵）のところへ行き、何やらしきりにひそひそと話しかけておいでです。あんまりべたべたまとわりつきなさるので、宝の奥さまが相手にしなくなると、こんどは宝琴お嬢さまのところへいらっしゃるんです。宝琴お嬢さまもあの方を避けておられますし、邢岫烟《けいしゅうえん》お嬢さまもあまりお話ししようとはなさいません。かえってこちらのご親戚の喜鸞《きらん》お嬢さまや四姐児お嬢さまといったお方のほうが、お兄様、お兄様と言って親しくなさっていらっしゃるようでございます。私どもの見ますところでは、あの宝の若さまは奥さまやお嬢さまがたと遊び惚けることよりほか、おつむの中は空っぽなのではございませんかね。

宝玉は女の子と遊ぶ（「玩耍」、「要鬧」、「胡鬧」、「玩笑」など）のが好きで、いつまでたってもそれをやめない。結婚しても、変わることなくそんな遊びを続けようとする。なぜそんなにまでして女の子と遊ばねばならないのだろうか。私があえてこんな場面ばかりいくつも列挙したのは、実はここにこそ宝玉という人間の重要な特質、ある面では真骨頂ともいうべきものが示されており、そしてそれが『紅楼夢』の文学の基調をなしていると思うからである。実のところ、宝玉の生存意義も、彼の居場所も、大観園内で女子と遊び惚けることにしかなかったのである。外の世界は、彼にはおおむね不適合、不具合なのである。仲のよい女子の友だちと一生遊び戯れたい、それが彼にとってはほとんど唯一の願望であり、存在目的であったのだ。したがって、彼にとっては、女子と遊ぶことが命を賭けるほど重要であったのだ。そのことは、宝玉が「わたしは姉妹のみなさんと一日一日を楽しく暮らせたら、それで十分なのです。死んでしまえば、一巻の終わりですからね。将来のことなんか、どうだっていいんです（和姉妹們過一日、是一日、死了就完了、什麼後事不後事）」という先に引用した第七十一回の言葉からもわかるであろう。われわれ読者は宝玉の女の子と遊びたいという涙ぐましいほどに切実な願望をくみ取る必要があるのではないだろうか。

なおついでにいえば、宝玉には美しい女性に会うとすぐに心を動かされ、囲い込みをはかろうとする傾向が見受けられるが、しかしそれはいわゆる好色の念によるものではない。たとえば、第十五回には、十七、八歳の田舎娘に心を引かれ、車に乗って帰るとき、後ろ髪を引かれる思いで、ふり返りふり返って見やっている。また、十九回には、赤い着物を着た美しい襲人の従姉妹に目移りし、彼女を屋敷にあがらせようとしている。こんな場面に出くわすと、多くの読者は、宝玉は好色の眼差しで女性を見ていると思い、美女に目のない好色漢《すきもの》と思うかも知れない。あるいはまた、多くの美女を集めて、ハーレムや大奥のような世界を形成しようとしていると思うかも知れない。ところが、宝玉にはそのような気持ちはさらさらないのである。彼はみんなで楽しく遊び戯れることのできる楽園を築くために、気に入った多くの美女を集めたいだけなのである。文学的に言えば、彼の役割は女子たちの間を遊び回ることによって、『紅楼夢』という舞台を回転させる進行係り的な役割を果たしているにすぎないのだ。

その点からすれば、兪平伯の「情場懺悔説」はいささか見当違いの説ではないかと思う。兪平伯は「紅楼夢は情場を懺悔《ざんげ》して作ったものである」とか、「紅楼夢は一部の情孽《げつ》（情のもつ罪業）を懺悔した書」であると説き、『紅楼夢』は作者が「情場」、つまり情の世界、さらに言えば、若き日の恋愛生活を後悔し、反省し、懺悔した小説であると見るのであるが、賈宝玉に関するかぎり、女子たちとの交遊を後悔したり、反省したり、懺悔したりする気持ちは全く見当たらない。彼は最後の最後まで、女子たちと大観園で楽しく遊ぶことを希求し、それが完遂できないことを悲嘆しているに過ぎないのである。作者もまた、大観園世界をこの世のユートピアとして美しく描いているのであって、女子たちと楽しく過ごした日々のことを反省したり、後悔したり、懺悔したりするために描いたようには見えない。

総じて言えば、大観園世界は作者にとっても、宝玉にとっても、この世におけるユートピアとして、でき得れば永遠に持続してほしい世界であったのだ。

＊　＊　＊

性同一性障碍者（ＭｔＦ）のコメント

（著者の質問）

以上述べたような女子と「遊ぶ」ことをひたすら希求する宝玉の行為は、彼が性同一性障碍者であったことを示す症例の一つといえるのではないかと思うのですが、いかがでしょうか？

（N．M．さんの回答）

「女性的な生活に安定を示し、男性的な生活に極端な不適合を示していること」は、ＧＩＤの診断基準として重要なものの一つですが、賈宝玉の場合はこれが一貫して続いているように思われます。また、女性の中に違和感なく入っていけることについていえば、私も若い頃（ＧＩＤの言葉すらない時代に）、自然に女の子の輪の中にいたり、あるいは「あなたには男性を感じないのよね」などといわれた経験があり、そこが、もしくはそれらの言葉が、とても居心地よく、またそれに執着をもっていたことを思い出します。

(二)　女の子たちから仲間はずれにされるのを恐れる宝玉

以上見てきたように、宝玉は多くの女子にかこまれて遊び暮らすのを、無上の楽しみにしているが、一方、女子たちから嫌われたり、仲間はずれになったりするのを極度に恐れる。普通の男子は少年期に達すると、女子と遊ぶよりも、男同士で遊ぶことにより多く楽しみを見出すのに、宝玉はいつまでも女子たちとばかり遊ぼうとし、彼女たちから相手にされなくなったり、そっぽを向かれたりするのを、ひどく恐れる。

たとえば、第二十三回において、彼が男子であるにもかかわらず、大観園に入ることを許されたのは、元春妃《げんしゅんひ》が「それから、宝玉のことだが、あの子は幼いときから大勢の姉妹たちに囲まれて育ってきたので、他の弟たちとは違う。もしもあの子を園の中に入れてやらなかったら、冷遇されたと思うだろうし、おそらくお祖母さまもお母上もお喜びにはなられまい。やはりあの子も園に入れて一緒に住まわせてやったほうがよさそうだ」、と考えたことによる。傍線部の原文は、「又怕冷落了他」である。この「冷落」という語は、「冷遇する」「冷たく扱う」「なおざりにする」「粗末に扱う」といった意味であるが、この語を見てもわかるように、宝玉は常日ごろ、女子たちの仲間に入れてもらえないことを冷遇視されたように思っていたのである。この年齢の普通の男子ならば、女子と一緒に暮らすようにいわれたら、喜ぶどころか、却って人間失格を言い渡されたような屈辱感をおぼえるだろうが、宝玉は不思議なことに、女子と一緒に暮らせないのを「冷遇された」と感じるのである。第二十二回にはまた、次のような描写がある。

黛玉の立ち居振る舞いが子役の女役者にそっくりだと言った湘雲が、黛玉と気まずい関係になったのを、宝玉は両者の間に入って、なんとか仲たがいさせまいと懸命に努力するが、かえって両者の板挟みになって苦労するばかりで、双方から拒絶されてしょげかえる。その時、襲人が助け船を出して、「でも、他の皆さんは仲よくなさっていらっしゃるのですから、若さまも皆さんと一緒に仲よくなさったらよろしいのではございませんか」といった。すると宝玉は、「なにが皆さんと一緒なんだ。あの人たちにはみんなと一緒ということがあるだろうが、でもわたしは、ひとりぼっちで、天涯孤独の身なのさ（我只是赤條條無牽掛的）」。そこまでいうと、思わず涙がこぼれた。襲人もこのありさまを見て、何もいえなかった。宝玉はこの一句の意味をつくづく考えると、こらえきれずに大声をあげて泣き出した。

傍線部の宝玉の言葉は、その前に演ぜられた戯劇の歌詞「赤條條、来去無牽掛」をふまえたものであるが、なぜ宝玉はこの句を用いたとき、わっと泣きだしたのだろうか。それは恐らく、男子に交じって暮らすことのできない宝玉にとっては、女子たちから見捨てられたら自分の居場所がなくなってしまい、ただひとり取り残されてしまうと思って、悲嘆にくれたからであろう。この語には彼の無限の悲愁がこもっているのである。宝玉がもし性同一性障碍者であるとすれば、当時の社会情況は今日よりもはるかに厳しかったに違いないので、宝玉の感じる不安や孤立感はわれわれの想像以上に深かったことであろう。

ところで、そのような宝玉の不安や恐れを分析すれば、大別して二通りあるようである。その一つは、**「女子たちが自分を〈かまってくれなくなる〉ことへの不安や恐れ」**である。たとえば、第五十七回には、

「お嬢さま（黛玉）が近ごろ若さまから遠ざかろうとなさっても、なお遠ざかり足りないといっておられることを、若さまはお気づきになりませんの」と、紫鵑《しけん》がいうと、宝玉はその様子を見て、頭から冷水を浴びせかけられたような思いがして、じっと竹林を見つめたまま、まるで気が抜けたようにぽかーんとしていた。そこへ祝ばあやがやってきて、土を掘り、竹を植え、竹の葉を掃きだしたので、宝玉はきょとんとした様子でそこを出た

が、しばらく魂が抜けたように何がなんだかわからなくなり、そのままそこにあった石の上に腰をおろしてぼんやりしているうちに、思わず涙がぽたぽたとこぼれ落ちた。半時ほどあれこれと考えてみたが、どうしたものやら、よい考えは浮かばなかった。そこへたまたま雪雁《せつがん》が通りかかって、やさしく彼を慰め、また紫鵑が宝玉を捜しにくると、彼は紫鵑に向かって、「将来、だんだんみなわたしをかまわなくなってしまうだろう（将来漸漸的都不理我了）。わたしはそう思ったので、一人で悲しんでいたんだよ」といった。

これは、林黛玉や侍女たちが年頃になって、「男女別あり」の道徳的な立場から宝玉と気やすくつき合わなくなったことを描写したものであるが、何にせよ、彼のショックの受け方は尋常ではない。まさに一種の解離性障害（ヒステリー症状）を呈しているといってよいだろう。普通の男子ならば、彼女たちがなぜ自分から遠ざかろうとするのか、すぐに理解できるだろうが、彼はそれさえほとんど気づいていないかのようである。たとえ気づいていたとしても、気持ちを制御できないほどに、気が動転していたのだろう。女子たちから仲間はずれにされたり、相手にされなくなることは、彼の居場所がなくなってしまうのと同じであるから、彼にとっては最も切実な問題であったのである。

ここに見える「不理我了」の「理」という字は、宝玉のそういう気持ちを示す言葉として、『紅楼夢』中にはとりわけ頻繁に用いられている。こういう場合の「理」の意味は、日本語に訳すと、「かまう」「気にかける」「相手にする」「かかずらう」などに当たり、「不理」はその反対に、「構わない」「気にかけない」「相手にしない」「ほうっておく」などに当たる。「不理我罷」（「かまってくれなくてもいいよ」、第二十一回）、「千万別不理我」（「かまってくれないのだけは、どうか勘弁してください」、第三十回）のような言い方でしばしば用いられている。平凡な語ではあるが、賈宝玉の心理や行動を見るときのキーワードの一つといってよいだろう。そして、宝玉の女子たちから「かまわれなくなる」

ことへの不安は、後になればなるほど強まってゆくのである。たとえば、第百六回には、

賈家が差し押さえを受けたあと、史湘雲の家から見舞いにきた。そこで、宝玉は湘雲が嫁に行くことを聞き、しばらくの間きょとんとしていたが、「どうして女の子が生まれて成長すると、必ず嫁にやらねばならないのだろう。しかも一度嫁にいったらすっかり人間が変わってしまう。湘雲さんのような人でさえ、叔父さんから無理やりよその男に嫁がされる。あの人も、これから先、わたしに会っても、きっとかまってくれなくなるだろう（必是又不理我了）。人間が誰からもかまわれないような状態になってしまったら、生きていたとて何になろう」という。

このときは、賈家が差し押さえを食らった後だが、それでも宝玉付きの下男や女中がいなくなってしまったわけではない。だから、彼の世話をする人がいなくなってしまうことを嘆いて、傍線部のような言葉を発したものではないことは確かである。彼は日ごろ、結婚して男子の臭気に染まった女性は、女の心（児女の真情）をもった本当の女性とは思っていないので、史湘雲とも以前のように心おきなく付き合うことが出来なくなることを慨嘆したものであろう。ただ、彼女が恋人だったわけではないのに、「人間が誰からもかまわれなくなってしまったら、生きていたとて何になろう」というのは、あまりにも異常である。やはり、彼が普通の男子とは異なる性同一性障碍者的性質をもっていたといわざるを得ないのではなかろうか。

その二つは、**「女子たちが嫁に行ったり、暇を取ったりして、彼だけが〈取り残される〉ことへの不安や恐れ」**で

ある。

宝玉は女子たちが嫁に行ったり、暇を取ったり、追放されたりして大観園を去ってゆくことを極度に恐れる。具体的にいえば、彼女たちが「嫁入りする（「出嫁」）」、「ひまを取る（走去）」「出て行く（出去）」などという言葉を発するたびに、彼はそれに異常に反応し、ひどく怯えるのである。たとえば、第十九回には、

襲人が、「あの子（襲人の従妹）はわたしの叔父や叔母が掌中の玉といつくしんで育てた娘でして、今年十七になります。嫁入り道具もすっかりととのいましたので、来年には嫁にまいります」という。すると、宝玉は「嫁入り」（出嫁）という言葉を聞くと、思わずふうっと二度ほどため息をつき、やるせない気持ちになった。さらにそのあと、襲人が「ひまを取る」（贖身）と言い出し、宝玉が何とかして彼女を引き留めようとするが、どうしても出てゆくと言い張ると、彼はまたため息をついて、「出てゆくことが前からわかっていたら、わたしのところに来てもらうんじゃなかったよ。最後には、わたしだけが取り残されてひとりぼっち（孤鬼）になってしまうのだろう」と言っている。

また、第五十八回には、

宝玉は邢岫煙にすでに婿がきまったことを思い起こし、「結婚は男女の大事で、行なわないわけにはいかないとはいえ、また一人立派な女の子が欠けてしまうという事実はどうしようもない。」……そんなことを考えているうちに思わず悲しくなり、しきりに杏の木に向かって嘆息していた。

第七十七回には、

ちょうどそのとき、宝玉が外から入ってきて、司棋《しき》が連れ出されて行くのを見、またその背後に多くの包みを抱えた者がついてゆくのを見て、このまま出て行ったら、司棋はもう二度と帰ってこられないだろうと思った。……宝玉は思わず悲しくなり、涙を浮かべて言った。「おまえがどんな大事をしでかしたのか知らないが、晴雯も怒って病気になるし、今またおまえが出てゆこうとする。これは一体どうしたらいいんだ」と。……何人かの女房たちは有無を言わせず、司棋を引っ立てて出て行ってしまった。宝玉は彼女たちに告げ口されるのを恐れて、うらみがましく彼女たちを睨みつけるだけだった。

第百回では、大観園に集まっていた遊び相手の女性たちが、みんな出て行ってしまい、自分だけが取り残されるという寂寥感にさいなまれ、楽園の崩壊を予測して悲嘆にくれる宝玉の姿を見ることができる。

宝玉はあまりに泣いたので、物も言えないありさまだったが、やがて気持ちが落ち着いてから、言った。「もうこんな日々を送るのは、わたしには耐えられないよ。姉妹たちはみな一人また一人とちりぢりになってしまった。黛玉さんは仙女になって去って行かれた。元春お姉さまはというと、もうとっくにお隠れになっている。もっとも、これは仕方がない、毎日ご一緒に暮らしていたわけではないのだから。迎春姉さんはあんな恥知らずなろくでなしに出くわされた。こんどは探春ちゃんが遠方へお嫁に行くことになったので、もう二度と会えなくなるだろう。湘雲ちゃんもいつまたどこへお嫁に行くことになるのか、知れやしない。宝琴ちゃんにはもう嫁入り先がきまっている。まさか姉妹たちは一人も家に残らないのじゃあるまいか。わたしだけ一人ぼっちで取り残されて、いったいどうしたらいいんだ」、と。

このような場面は非常に多く、例を挙げれば切りがないので、これぐらいに止めるが、これらを見てもわかるように、賈家の経済状態が悪化することにはほとんど心を動かさない宝玉も、親しい女友だちが次々に去って行くことには一方ならず心を傷め、このままゆけば遠からず大観園が崩壊するのではないかという不安と恐れに怯えるようになっていった。それは彼にとって賈家の崩壊以上に怖いことであったのだ。『紅楼夢』世界が次第に憂愁の影を深く帯びるようになることについては、ややもすれば賈家の抄没《とりつぶし》（財産没収）という外的要因にのみ目が向きがちであるが、内部世界に目を向ければ、主人公の賈宝玉が遊び友だちである女子たちをつぎつぎに失ってゆくことに対して孤立感や不安感、恐怖感を増大させていったことによる面も大きいだろう。

以上述べたように、「遊びを希求する」気持ちと、「仲間はずれになる」のを恐れる感情とは、宝玉の心のうちに表裏をなして存在するものである。女性たちと「遊びを希求する」彼の気持ちが強ければ強いほど、その反対の「遊び友だちを失う」ことは、彼にとって何よりも怖く忌まわしいことであったのだ。宝玉は、どこまでも彼女たちとの遊びを持続させたいのである。なぜなら、何度も言うように、女性たちと遊び暮らす以外に居場所も目的ももたない彼には、遊び仲間をなくすことはとりもなおさず生存の意義や手段を失うことに等しかったからである。

＊　＊　＊

性同一性障碍者（MtF）のコメント

K．S．さん曰く、「MtFにとっては、安寧を得られる女性社会から追い出されたり、それが崩壊につながったりする事象については神経質にならざるを得ず、またそれが絶対的存在であれば恐怖に感じるかも知れません。GID患者には、頼るべき人が少なく、その人が亡くなったりすると、生きる場所、居場所がなくなるという思いが人一倍強い。頼るべき人はきわめて重要なので、そんな気持ちになることはあります。」

六　ＧＩＤ診断基準「自分の性に対する持続的な不快感」に該当する事例

特別な理由がない限り、人間は普通、自分の生来の身体の性を肯定し、その性別によって生まれて来たことを是認するといわれている。ところが、賈宝玉は男尊女卑の旧時代において、女子よりもはるかに優位な男子として生まれ、しかも大貴族の御曹司という特別に恵まれた境遇にありながら、男性としての自尊心や誇りを全くもたず、自らの性別を一貫して嫌悪し、否定し続ける。またその反対に、女子にあこがれ、女子になりたいという気持ちを終始もち続ける。どうしてそんな気持ちになるのだろうか。この大きな謎を解き明かさなければ、宝玉がいかなる人間なのかが皆目わからず、また彼を主人公とする『紅楼夢』がいかなる小説なのかも解明できないのではないだろうか。そこでここでは、ＧＩＤの診断基準の一つである**「自らの生物学的な性別に対して抱く強い不快感・嫌悪感」**に相当する事例について見ることにしよう。

（一）極端な男性蔑視・男性嫌悪、自己卑下・自己否定をする宝玉

宝玉には男性としての自己に対する強度な自己嫌悪、自己卑下があり、また自分の性別である男性一般に対しても、父親や伯叔父、兄弟などから下々の男子に至るまで、ほとんどの男性に対して強い嫌悪感をもっている。僧侶や道士においても、甄士隠のような真の出家者やさらに上位にある渺渺真人（跛足道人）や茫茫大士（癩頭和尚）のような真に俗世を超越し、この世の迷妄を看破した人物に対しては深く尊敬しているけれども、寺観に住《じゅう》して布施を乞うよ

うな俗臭紛々たる僧侶や道士は一様にみなひどく嫌悪し、侮蔑している。大半の男性は物欲や出世に汲々とし、酒色や賭博にうつつを抜かすような手合いだと見ており、男性には尊敬に値する者はほとんどいないかのようである。

しかも不思議なのは、一般男性がそんな「臭男人」や「鬚眉濁物」であるというのならまだしも、自分自身の性別についても強い嫌悪感を抱き、自分をも「鬚眉濁物」とか「怡紅院濁玉」とか呼んで、男子という嫌らしい「性」を捨ててしまいたいという気持ちをしばしば吐露していることである。庚辰本第七十八回の「怡紅院濁玉」の脂評に、「自謙すること更に奇にして、蓋《だいた》い常《いつ》も濁の字を以て天下の男子を評し、竟《つい》に自ら謂う。所謂《いわゆる》人を責むるの心を以て己を責むるなり（自謙的更奇、蓋常以濁字評天下之男子、竟自謂。所謂以責人之心責己矣）」というがごとくである。

一般男子への蔑視や嫌悪に止まらず、自己嫌悪、自己否定にまで及び、それが異常に強く執拗なのは、どうしてであろうか。それは結局のところ、女子に対する尋常ならざる思慕や希求があるにもかかわらず、どうしても女子になれない男性としての身体を持っている自分自身に対するいらだちや絶望感があったために、このように強い発言となってあらわれたのではないだろうか。

たとえば、次のような表現はおよそ十数例ほど見られる。第二回には、

> 言うも不思議なことですが、そのお子は今では七つか八つに成長されて、そのわんぱくぶりも異常なんですが、またその利発でおしゃまなことといいましたら、百人が束になってもこのお子一人にかなわないほどです。それが子供のいう言葉とは思えぬような奇妙なことをおっしゃって、たとえば、「女の子の身体は水でできているが、男の身体は泥でできている。わたしは女の子を見ると、気持ちがさっぱりするが、男を見ると、とたんに鼻もちならない濁臭を感じるのだ（濁臭逼人）」などというそうです。なんともふるっているではありませんか。

これは、賈宝玉が語った、『紅楼夢』中で最もよく知られた言葉の一つである「女子は水でできた身体であるが、男性は泥でできた身体である（女児是水作的骨肉、男人是泥作的骨肉）」の見える箇所である。また、第五回には、

夢の中で太虚幻境に遊んだ宝玉は、仙女たちが警幻仙女に向かって、「どうしてこんな汚らわしい濁物（宝玉）を連れてこられて、この清浄な女子の世界をお汚しなさるのですか（何故反引了這濁物来、汚染這清浄女児之境）」と抗議しているのを聞いた。宝玉はびっくりしたが、いまさら退き下がろうにも退き下がれず、それに言われてみれば、たしかにわが身がひどく汚く穢れていることが感ぜられるのであった（果覚自形汚穢不堪）。

これは、宝玉が太虚幻境の仙女たちから「濁物」として罵られて、自己嫌悪に陥る場面である。この箇所の有正本の脂評には、「貴公子、豈に人の此《かく》の如く厭棄《えんき》するを容《い》れ、反って怒らずして反って退かんと欲するや。実実《みこと》に宝玉の天分中の一段の情痴を写《か》き尽し来る」と評している。さらにまた、第二十回には、

さらにもう一つ、宝玉は実にばかげた考えを心の中にもっていました。みなさんはそれがどんな考えだとお思いですか。それは、彼が幼いときから大勢の姉妹たちの中で育ち、実の姉妹には元春と探春がおり、父方の従姉妹には迎春と惜春、親戚には史湘雲・林黛玉・薛宝釵などのすぐれた女子がいることから、「もともと天は人を生んで万物の霊長としたけれども、およそ天地の間の精気は女子のみに集中してしまい、男どもはせいぜいその残りかすか、濁ったあぶくにすぎない」と思いこむようになってしまったことです。こんなばかげた考えをもっ

ていたために、彼はいっさいの男性をみな不純な濁った存在で、いてもいなくてもよいものだと見なすに至ったのです（天地間霊淑之気、只鍾于女子、男児們不過是些渣滓濁沫而已。因此把一切男子都看成濁物、可有可無）。

という。この言葉にも、徹底的な女性崇拝と男性蔑視の見解が一体的に表明されており、当時においては驚くべき主張であろう。彼自身も男性としての自分の存在に見切りをつけているかのようである。

その他、これに類する男性嫌悪、自己卑下の念を表示した例は、第十九回、第三十六回、第四十三回、第五十八回、第六十二回、第六十六回、第八十一回、第百九回、第百十一回など、多くの箇所に見えるが、これらには殆どみな上記の表現と同じように強烈な女性賛美と男性蔑視の言葉が織り込まれ、表裏一体的に表出されている。強い男性蔑視や自己嫌悪も、女性賛美や女性崇拝の裏返しとして、同じ基盤から発せられているのである。

＊　　＊　　＊

性同一性障碍者（ＭｔＦ）のコメント

（著者の質問）

宝玉には、非常に強い男性蔑視、男性嫌悪、自己嫌悪、自己卑下などが見られます。また、その裏返しとしての異常なまでの女性崇拝、女性賛美が見られます。これらは『紅楼夢』の男性観、女性観の中でも大きな特色の一つと見なされているものですが、ではなぜ、これほど強い男性嫌悪や女性賛美が賈宝玉によってなされたのか、その理由については、当時の時代情況の影響ということなどで説明されていますが、もちろんそれはさほど説得力のあるものではありません。

私はこの場合も、宝玉が性同一性障碍者であるが故に、こうした考えを強調することができたのではないかと思うのですが、如何でしょうか？GIDの精神療法のところに、「非寛容によりもたらされがちな自己評価の低さを改善させる」とありましたが、性同一性障碍者は、自己評価の低さ、つまり自己卑下や自己嫌悪の念が募ってくるのではないかと想像されるのですが、どうでしょうか？

（N・M・さんの回答）

自己卑下や自己嫌悪は、大いにあります。性別は自己認識の中心的な部分に位置し、GIDは身体の性とこころの性が一致しないため、自分の自己認識に自信をもてないことにより、自己が確立できず、自己否定や自己嫌悪を起こす人が極めて多いのです。その結果、鬱病や鬱症状を併発している場合が有意（確率的、統計的）に多いと、GIDで医者の友人も言っておりました。

報告書に見える事例

佐倉智美著『性同一性障害の社会学』（現代書館、二〇〇六）には、次のようにいう。

☆「幼少期に〈男は男らしく〉などと直接言ってくるのは、どうしても親の役回りとなる。こうした親のジェンダーバイアスが、子供にとってはストレスとなる。また、父親、母親を問わず、自分と同性の子供には、独特の期待を寄せる傾向がある。……こうした期待がプレッシャーであり、また期待にうまく応えられないため、自己評価を低下させ、親子関係にも傷を残すことになりがちである。」（三三頁）

（二）女子に対して極端な崇拝と賛美をする宝玉

前述の引例によってもわかるように、宝玉の「自らの生物学的な性別に対する強い嫌悪感」は、しばしば反対の性別（女性）に対する崇拝感情と結びついて表出されていた。しかし、現代のGID（MtF）の診断基準には、「女性崇拝」「女性賛美」といったものは含まれていない。ただ、これらは現代では意味がないかも知れないが、旧時代の男女分離社会においては重要な要素であったのではないかと思われるので、ここでは前記の引例以外の事例を引いて、宝玉の男性蔑視、自己嫌悪の裏返しとしてあらわれた「女性崇拝」「女性賛美」についても少しく触れることにしよう。

たとえば、第四十九回において、宝玉は親類の妹たちを見たあと、侍女の襲人らに向かって次のようにいっている。

それよりもっと不思議なことがあるよ。おまえたちはいつも宝釵姉さんを絶世の美人のようにいっているが、さあちょっとあのかたの妹さん（薛宝琴）を見に行ってごらん。それに、上のお嫂《ねえ》さん（李紈）の二人の妹さん（李紋、李綺）たちも、なんとも形容しようがないほどの美しさだね。ああ、天よ、天よ。あなたはどれほどの精華霊秀をお持ちになられて、これらの「人の上なる人」（絶世の佳人）をお生みになられたのでございますか。たしかに、わたしは井の中の蛙だったよ。今この家にいる幾たりかの人を、ずっと唯一無二の人たちだと思ってきたが、ところがどうだ、何も遠方までさがしに行くまでもなく、この足元に、いずれ劣らぬ美人がいたのだね。おかげでこんどは、わたしもまた一つ勉強したよ。

傍線部の「老天・老天！你有多少精華霊秀、生出這些人上之人来！」という言葉を見ても、宝玉の女子を褒め称える言葉には常に尋常ならざる迫真力があることがわかるだろう。

また、第五十八回には、「天がこのような人（芳官）を生んでいる以上、どうしてわたしみたいな鬚眉《しゅび》の濁物がこの世界を汚すことがあろうか」という。さらに下って、第百九回には、黛玉が死後、仙女になったと、何度もつぶやく宝玉の言葉が見える。

「きっとあの人は天上界へ昇られたので、わたしみたいな俗界の凡人は神様と交感できないと思っていらっしゃるのだろう。だから一度も夢にあらわれてくれないのだろう」。

「昨夜、黛玉さんはとうとう夢にあらわれなかった。あるいはあの人はもう仙女になってしまわれたのかも知れない。だから、わたしのような濁物には会いに来る気にならないのだろう。それも大いにありそうなことだ」。

このような女性崇拝は、女性をこの世の普通の人間として見た女性賛美や女性礼賛ではなく、『紅楼夢』の主要な女性を天界から地上に降りたった仙女の化身たちと見る当時流行した仙女崇拝思想に基づくものである。これは、宝玉の女性崇拝の根底をなす観念の一つであり、『紅楼夢』の枠組みとも深い関わりをもっている（小著「『紅楼夢』新論」第五章「仙女崇拝小説としての『紅楼夢』」参照）。

また、第百十一回には、お祖母さま（賈母）の侍女の鴛鴦《えんおう》が、賈母のあとを追って殉死したという知らせを聞いた宝玉は、驚きのあまりきょとんと目がすわったままでいたが、襲人らに言われて懸命に努力してやっと泣き声をあげた。

そして心の中で、「鴛鴦のような人は、なるほどこのような死に方をするのか」と思い、また、「実にこの天地の間の霊気は、すべてみなこれらの女子の上に鍾《あつ》まっていると見える。あの子は死に場所を得たというべきだ。それに比べたら、わたしたちは所詮一個の濁物でしかない。お祖母さまの子孫だというのに、だれもあの子（鴛鴦）に及ぶ者がいないではないか」と思った。

これは、「天地秀麗の気が、男子ではなく、女子に鍾《あつ》まる」という、明末以後の女性観を踏まえて現れたものであり、また一つの『紅楼夢』の女性崇拝の特徴を示している（小著「『紅楼夢』新論」第二章「明末清初における女性尊重の進展と『紅楼夢』」参照）。

先に述べたように、現代のＧＩＤの診断基準には、「女性崇拝」や「女性賛美」は含まれていない。しかし、もし当時において、士大夫を対象にしたＧＩＤ診断基準のようなものがあったならば、おそらく「反対の性に対する持続的な一体感」の一つのあらわれとして、「女性崇拝」や「女性賛美」も含まれていたのではないかと思われる。というのは、現代では幼稚園のころから男女共学であり、男子も女子も異性のことを昔に比べてはるかによく知っており、また現代には仙女に見立てて女性を尊崇する風習もないので、このような項目は必要ないだろうが、男女の交際が良家の子女の間にほとんどなかった当時においては、却って女性を異常に美化し、崇拝しがちであったので、そんな診断基準があったとしても何らおかしくないと思われるからである。したがって、賈宝玉がもし性同一性障碍者（ＭｔＦ）であったならば、男性としての自尊心を全くもたない彼が、却ってこのような強い女性崇拝感情をもち、極端なほめ言葉で女子を褒め称えることは、大いにあり得ると言わねばならないだろう。

＊　＊　＊

性同一性障碍者（MtF）のコメント

（著者の質問）

前述の自己卑下、自己嫌悪とは逆に、儒教倫理にもとづく男性社会へはどうしても入れないという性同一性障害者（MtF）としての思いが、非常に強い女性崇拝、女性賛美の言葉となってほとばしり出たというふうには考えられないものでしょうか。この場合の女性は、今日われわれの周りにいる普通の女子とは違って、天界の仙女の化身とされる理想化された絶世の佳人たちです。

（K．S．さんの回答）

本人は男性として認知され、男性としての社会的役割を強いられているが、MtFであれば、男性社会より女性社会へ溶け込みたいという強い願望があり、またそれをかなえたいと必死に努力する傾向があるので、それが女性崇拝と見なされる言動へつながっているのではないかと考えられます。ただ、現代のMtFの人は、女性のことがわかっているので、賈宝玉の発言はあまりにも強すぎるように思われますが、男女交際のほとんどなかった旧い社会においては、こうした言い回しの女性賛美もあり得たのではないでしょうか。

（補記）宝玉の女性崇拝の本質

なお、引例のような賈宝玉による極端な女性賛美や女性崇拝の発言は、封建社会においては破天荒のこととして、近代になってフェミニズムの面から識者に高く評価されてきた。しかしまた、一方では、その女性崇拝が全女性に及ばないこと、なかんずくしばしば処女崇拝に限定されることに対しては、なお抜きがたい反フェミニズム性を有するものとして、マイナスの評価が与えられてきた。この矛盾をどう見るべきか、ここではこの点について述べることにしよう。

たとえば、第五十九回には、次のようにいっている。

丫頭《こしもと》の春燕が宝玉を評して言うには、「宝玉さまがおっしゃっていたことももっともだと思うわ。女の子はお嫁に行かないうちは、値のつけようがないほどの美しい珠《たま》だが、お嫁に行くと、どうしたわけか、いろいろなよくないところがあらわれて、珠ではあるけれども、光も色つやもなくなって、死んだ珠になる。さらに年をとると、もう珠ではなくなって、魚の目玉になってしまう。明らかに一人の人間でありながら、どうして三通りにも変化するのだろうか、と。これはでまかせのいいかげんな言葉ではありますが、考えてみると、その通りですね」。

ここで宝玉は女人三変説を唱え、女性を結婚前の処女期、結婚後の既婚婦人期（妻妾期）、さらに老婆期の三期に分け、後になればなるほどダメになってゆくと見ているようである。わけても彼が絶賛するのはお嫁に行く前の処女期であり、これだけを見ると、宝玉は徹底した処女崇拝者であると見なすこともできるだろう。確かにその通り、彼が処女崇拝者であることは間違いない。だが、宝玉のこの女性観は、当時、一般の俗習として男性の間に蔓延していた処女崇拝とは、かなり毛色が異なるようである。どこが異なるのか、次の発言を見れば、もう少しよくわかるのではないだろうか。たとえば、第七十七回には、

　宝玉は大観園から追放される司棋が女房たちに引っ張ってゆかれるのを見て、言った。「不思議だ、不思議だ。どうしてあの連中（女房たち）は、男の処に嫁に行ったら、男の臭いに染まって、あんなろくでなしの馬鹿ものになりはててしまうのだろうか。男よりもずっとずっと憎たらしい（奇怪、奇怪！怎麼這些人、只一嫁了漢子、染了男人的気味、就這様混賬起来、比男人更可殺了）」、と。それを聞いたばあやたちが、思わず笑い出して、「おや、そうだとすると、女の子というものはみなよくて、嫁にいった女性はみな悪いものなんでしょうね」とたずねると、宝玉は向きになって、「その通りだ、その通りだ」といった。

　宝玉の言うところによれば、彼の女性崇拝は、すべての女性に当てはまるものではない。男性社会の風気・規範・礼法・習俗などに毒され、男性の汚らわしい臭気に染まり、私利私欲のみを目的にして生きるような女性たちは、除外されるのである。たとえば清浄無垢な女子たちを取り締まる立場の老女のような者は、おおむねみな宝玉の忌み嫌うところである。傍線の部分が特に重要なのである。彼が常に恐れるのは、女子が嫁にゆくことであったが、それは彼のもとから女性の友だちが去ることへの恐ればかりではないのである。また、結婚によって、身体的に処女を失うといったことだけではないのである。女子が嫁に行ったあと、男性化した精神をもった汚らしい存在に変貌することを恐れるのである。宝玉にとって何よりも嫌なのは、女子が男の臭いに染まって、純真清浄、順良美好な女性の心情（児女の真情）を無くしてしまうことなのである。男性的な物の見方や考え方に染まることも含めて、すべての面で、

男性の臭気が染みついてしまい、彼が自己の性自認に随って希求する清浄無垢な「女性のこころ」が損なわれることがたまらなく嫌なのである。

また、第六十六回には、服喪中に僧侶がお棺めぐりにやってきたとき、宝玉は女性たちの前に立ちふさがって、僧侶を彼女たちに近づけないようにしたので、人々は「礼儀を知らぬ」とか、「気が利かない」などと、いろいろと宝玉の悪口を言ったが、それに対して彼があとで、「お姉さんがたにはおわかりでないでしょうが、わたしは場所柄をわきまえないのじゃないんです。坊主っていうのはとても汚らしいから、ひょっとしてあの臭いがお姉さまがたに染みついちゃいけないと思ったからなんですよ」といっている。

このような発言は『紅楼夢』中には至るところに見受けられるが、畢竟《ひっきょう》するに、賈宝玉が崇拝するのは男性の臭気や男性的な思考などに染まらない、若く美しい女子であり、女子の心なのである。一方、嫌いな女性は、男性の臭気に染まった愚鈍でがさつな既婚女性である。「宝玉はもともと荒くれ男（「勇男」）と愚かでがさつな女（「蠢婦」）が大嫌いである」（第三十五回）というがごとくである。われわれはこれまで宝玉のこのような女性観について、封建社会の俗習や価値観に汚染されているかどうかとか、フェミニズムに合致しているかどうかといった観点からのみ評価してきたが、それらの評価理由はいずれも作者の意図するところとは微妙にずれているように思う。やはり、賈宝玉の処女崇拝思想についても、彼が性同一性障碍者であるという観点に立って、男性性への汚染を嫌う彼の心情に随って理解すべきであると思う。

（三）賈宝玉の特異な恋愛生活

賈宝玉は女の園の大観園にただ一人の男性として住み、多くの美女に囲まれた享楽生活を四、五年間も続けているが、その間、性行為に及ぶことは一回もない。身体的には健常者と見られるのに、なぜ性行為を忌避するような生活を送ったり、女性との同化を望むかのような不可思議な生き方を続けるのだろうか。血気盛んな時期の若者においては、道徳的な自制心を働かせたり、宗教的、社会的な理由などの制約から無理に抑制したりするのでなければ、普通はそうはならないはずである。ところが、彼には意識的に己を律しているところはほとんど見えないし、また女性と接しても性的欲動や性的興奮をおぼえないようで、性愛に関してはほとんど無関心のごとく見える。また、女性の美しさに魅せられることはあっても、その性的魅力に特別な眼差しを向けたこともないようである。このことは、恋愛文学の傑作とされる『紅楼夢』の根本に関わる重要な問題であり、その解明なしには、『紅楼夢』の十全な理解はあり得ないといってよいだろう。

（1）性的欲動《リビドー》のおきない宝玉

賈宝玉の愛情表現は『紅楼夢』中に少なからず見られる。ところが、それらのほとんどが今にも情交に及ぶかのように見えて、そこまで発展することなく終わっている。たとえば、第二十八回に見える次のシーンが、それである。

宝玉は宝釵のかたわらで、その雪のように白い腕をながめながら、思わず羨望の念にかられ、「この腕がもし黛玉さんの身体についているのだったら、あるいは撫でるくらいのことはできるのだろうが、あいにくこの人の身体についているので、残念ながら撫でる幸福にあずかれない」とひそかに思った。そしてふと「金玉」の縁のことを思い出し、あらためて宝釵の姿かたちをながめやると、顔は銀《しろがね》の盆《はち》のごとく、眼は新鮮な杏のごとく、唇は紅《べに》をさずしておのずから赤く、眉は描かずしておのずから翠をなし、黛玉とはまた別のなまめかしくあでやかな魅力が備わっている。宝玉は思わずぼうっとなって見とれていて、宝釵がはずした腕輪を受け取ることさえ忘れていた。

これをみると、宝玉は宝釵の肉体的魅力に参ってしまい、茫然自失したように思われるかも知れないが、実は女性が美しい女性の容姿に驚き、ほれぼれと見惚れるのと同じように、審美的、趣味的に心が動いたのであって、男性が女性の性的魅力のとりこになったのとはいささか異なるのである。宝玉には何のリビドーも起こらず、彼のその思いはそれっきりで終わってしまっていることを見てもわかるであろう。庚辰本第二十一回の脂評に、「蓋し宝釵の行止は端粛恭厳にして、軽々しく犯すべからず。宝玉はこれに近づかんとするも、一時冒瀆《ぼうとく》するを恐るるが故に、敢えて狎犯せず」といっているが、「狎犯《こうはん》せず」というのは、宝玉の場合は、宝釵と遊び戯れようとしてもできなかったと解すべきであって、性愛行為に至らなかったと取ってはいけないのである。脂硯斎も宝玉が性同一性障碍者だなどとは知るよしもなかったので、誤解したのかもしれない。女性が性感的《セクシー》であるかどうかは彼には関係ないのである。また、第三十回には、

宝玉は彼女（金釧児《きんせんじ》）を見たとたんに、妙に心ひかれるものを感じたので、こっそり王夫人のほうをうかがうと、どうやら目をつむっておられるご様子である。それをみすまして、宝玉は自分の身につけていた巾着の中から香雪潤津丹を一粒つまみ出して、金釧児の口の中に入れてやった。金釧児は目もあけずに、それを受けて口にふくんだ。宝玉は彼女に寄りそって、つとその手を握り、そっと笑いながら、「明日にもお母さまにお願いして、

おまえをわたしといっしょに暮らせるようにするからね」といった。金釧児は返事をしなかった。宝玉はかさねていった、「それじゃ、お母さまがお目覚めになったら、すぐにお願いすることにしよう」と。

こんなことがあって、金釧児は王夫人からこっぴどく叱られて屋敷を追放され、まもなく井戸に飛び込んで自殺するのであるが、この場面に遭遇した『紅楼夢』の読者は、宝玉が母親（王夫人）の侍女の金釧児を自分のものにしようとして、彼女にちょっかいをかけたと思い、宝玉を何という好色漢かと思うかもしれない。しかし、それは宝玉が気に入った女の子を自分つきの侍女としてもらい受けたいと思って、ちょっといたずらをしただけであって、それは決して性愛目的の振る舞いではなかったのである。また、第七十七回には、

晴雯の従兄弟の嫁である燈ねえちゃん（多姑娘児）は、晴雯の見舞いにきた宝玉に向かって、「騒ぐなとおっしゃれば、それはおやすいご用だわ。でもあたしのいうことも聞いてくださいよ」といいつつ、オンドルの縁に腰をおろすと、宝玉を引き寄せて抱きしめ、両腿でぎゅっとはさみつけた。宝玉はこれまでこんな目にあったことがなかったので、心臓はどきどきし、顔はまっ赤になって、恥ずかしいやら恐いやらで、「よしてよ、おねえさん、乱暴しないで」というばかりであった。燈ねえちゃんは眼を細めて笑いながら、「ふん、あなたは色の道にはだいぶ修行をお積みなさったようにいつも聞いていましたが、今日はどうしてそんなに照れくさそうな顔をなさるの」といった。……「あたしは今までどんなにあなたを待ったか知れないわ。念願かなって今日やっと会うことができたんです。百聞は一見に如かずで、たしかにあなたは大した男っぷりだわ。だけど、これじゃやっぱり煙硝のない爆竹みたいで、まったくの見かけ倒しじゃないの。あたしよりも照れたりはにかんだりなさるなんて。

これだから人の噂は当てにならないのね」といった。

ここには性行為を極度に恐れる宝玉の性質がはっきりあらわれている。このような今にも情事に及びそうで、及ばない場面は他にもあり、続作（八十一回以後）にもいくつか見られる。続作では、こんな場面は前八十回よりもあけすけに描写されているが、それでもなお淫に及ばぬという点では前八十回と共通している。たとえば、第百九回に見える次の例は、侍女の柳五児との間で交わされたやり取りであるが、かなり長い思わせぶりな描写が続くので、ところどころ抜き出して見ると、そのシーンは大体次のように展開する。

○　宝玉はわざと眠ったふりをしながら、こっそり五児を眺めやると、なるほど見れば見るほど今は亡き晴雯によく似ている。思わず彼の馬鹿げた本性が頭をもたげた。

○　ところが、どうしたはずみか、この馬鹿若さまが、今夜は彼女を晴雯と思ってしまい、ひたすら愛情を示し始めたのである。五児は早くも羞かしさに両の頬を紅潮させていたが、大きな声で話すこともならず、仕方なくそっと「若さま、お口をおすすぎなさいませ」、といった。

○　宝玉はもはや我を忘れて、五児の手を引き寄せた。五児はうろたえて顔を赤らめ、心臓をどきどきさせながら、小声で、「若さま、お話しがございましたら、何なりとおっしゃってください。そんなに手を引っぱったりなさらないでください」といった。

○　「あの子（晴雯）はわたしにこういったんだよ。『浮き名を立てられることがわかっていたら、早いうちにしっかり覚悟を決めていたのに……』とね。おまえはどうして聞かなかったんだろう」。五児は、この言葉を聞いて明らかに宝玉が自分を挑発したものだとさとったが、だからといって、どうするわけにもゆかない。

○　宝玉はいう、「さあ、わたしのそばに来てお掛けよ、話して聞かせるから」と。五児は顔をあからめて、「あなたがそこに横になっていらっしゃいますのに、わたしがどうして掛けられましょう」という。「なあに、構わないよ。いつの年だったか寒い日に、晴雯姉さんが麝月姉さんとふざけていてね、わたしはあの子（晴雯）が凍えるのではないかと心配して、彼女を一つ蒲団の中に入れてやったことさえあるのだよ。何でもないことじゃないかね」。

侍女の晴雯や麝月を一つ蒲団の中に入れてやっても、彼女たちとの間にまったく何も起こらなかったというのも、おかしなことだが、ここで宝玉が発する「一つ蒲団の中に入れてやる（還把他攬在一個被窩裏呢）」という言葉は、注意する必要があるだろう。というのは、彼はこんななれなれしい言葉をときどき用いているからである。たとえば、第十九回には、黛玉に対して「枕がないので、いっしょに一つ枕で休みましょうよ（没有枕頭，咱們在一個枕頭上）」といい、また第二十八回にも、同じく黛玉に対して、昔は「一つ寝台でいっしょに休みましたね（一個床児上睡覚）」といっている。これから見ても、この言葉は宝玉の十八番《おはこ》といってよいだろう。彼にとっては、男女は「寝席を通ぜず」「衣装を通ぜず」といった儒教の教えなど、何のそのである。だが、彼がこの言葉を用いたのは、女性を情交に誘うときの口説き文句としてではなく、あくまでも親愛の情の発露として用いたに過ぎないのである。そのことは、次の描写を見ればわかるだろう。

五児はそうした宝玉の一語一語をすべて自分を挑発しているのだと受け取った。ところがなんと、それはこの馬鹿若さまが誠心誠意、まごころをこめて話しているのだった。五児としては、このとき逃げ出すわけにもゆかず、立っているわけにもゆかず、腰を掛けるわけにもゆかず、どうしたらよいかわからなかった。

このようなやり取りが、二人の間で夜中すぎまで続くのであるが、結局、宝玉には柳五児に向かって挑みかかってゆくような性的欲動は起こらぬまま、優しく手を握ろうとしたり、慰めたり、着物を着せてやったりと、誠心誠意、心尽くしをしただけで終わったのである。これらの描写を見れば、賈宝玉の愛情表現は、中国の多くの淫書（淫猥な小説）に見える性愛シーンの一歩手前まで達している。しかし、彼はそれを何度も繰り返すばかりで、一向にそれ以上には進まない。その点について、われわれは『紅楼夢』を読む場合、もっと注意する必要があるのではないだろうか。

話はやや前後するが、ついでに宝玉の結婚後の夫婦生活について少し述べることにしよう。続作の第九十七回に至って、宝玉は心神喪失状態の中で、替え玉結婚のような形で、薛宝釵と結婚させられる。しかし、彼の痴呆的症状は容易に恢復《かいふく》しない。結婚後、一年余を経て、やっと少しずつ持ち直してくるのであるが、そのころ彼は、妻の宝釵が彼と同席するのに羞じらいを見せ、恥ずかしそうにして物も言わなくなったのを、なぜそんなことをするのかいぶかる。宝釵は宝玉の妻になったことを意識しているからそんなしぐさをするのであるが、宝玉はそれに気づかず、相変わらず昔のままの友だちとして見ているのである。ということは、この間、両者の間に夫婦の契りが全くなされていなかったと見てよいだろう。夫婦の契りは、第百九回に至ってやっとなされるのであるが、その描写は次の通りである。

宝玉は自分でも羞かしく思っているので、強情を張り通すわけにもゆかず、言われるままに奥の部屋へ移った。

一つには、宝釵に対してすまないことをしたので、なんとか彼女の気持ちをなだめてやらねばと思ったからであり、二つには、宝釵のほうでも、宝玉が気鬱になって病気にでもなるのではないかと心配し、いっそここで少しばかりやさしい気持ちを示して、自分に親しみを感じさせ、「花を移し木を接《つ》ぐの計」（花を移植したり、接ぎ木をしたりするような巧妙な手段で事を運ぶこと）を行なったほうがよい、と考えたからである。かくしてその晩、襲人はほんとに表の部屋に移った。宝玉にしてみれば、もとより宝釵に対して詫びを入れるつもりであったし、宝釵としても、むろんお客（宝玉）を拒む気はなかったので、輿入れして以来、今日になってはじめて情緒纏綿たる夫婦の交わりを行なったのである。かくしてついに陰陽男女の精が首尾よく合して宝釵が妊娠したのであるが、それは後の話であるからここには述べない。

第六回に描かれている襲人とのあっけない初体験（周汝昌氏によれば八歳、別説では十三歳）ののち、続作のこの回（第百九回）に至って、やっと二回目の房事が、宝釵と結婚して一年余りしてなされるのであるが、その描写は、以上のごとく、実に簡単である。実質的には、「雨膩雲香、氤氳調暢」、漢字の数でいえば、僅々十字足らずである。しかもそれは宝釵の巧みな誘導によってうやむやの中に行なわれたのである。これは『源氏物語』の作者が、無数の性愛シーンのほとんどを「省筆《しょうひつ》」の手法を用いて意識的に描写しなかったのとは異なり、賈宝玉の場合は、性愛シーンを描こうにも、描くべき実態がなかったことを意味していると思われる。というのは、もしあったのに述べなかったのであれば、警幻仙姑によって「意淫」の人として規定された賈宝玉の基本的性格と甚だしく齟齬《そご》することになるからである。

性愛を喜ばない宝玉の性格は、その後も、結婚前と全く変わらない。このシーンのあと、宝玉と宝釵の夫婦関係が少しは改善されたかと思いきや、またぞろ元の木阿弥になって、宝玉はそんなことは全くなかったかのように、相変わらずあちこちの女性たちをたずねて「遊び回る」ばかりの生活を送っているのである（第百十回、七七頁～の引例参照）。

（付記）性同一性障碍者（MtF）の性生活

以上述べたように、賈宝玉が性愛の伴わない友情愛ばかりを繰り返すのは、彼が性同一性障碍者であることによると思われるので、ここでは性同一性障碍と性行為との関わりについて簡単に述べておこう。

誤解のないようにいえば、性同一性障碍者は、基本的には性機能不全者ではない。ただ、性同一性障碍者には、性機能不全者と同じような性障碍が起こりがちであるといわれる。たとえば、MtFの立場でいえば、性的欲求の低下、性愛嫌悪、性愛回避、勃起障碍、早漏などがそれである。なぜそのようなことが起こるのかといえば、身体の性とこころの性が一致しないために、自分の性自認とは異なるやり方で性行為を行なうことに対する嫌悪感や不快感が生じるからである。しかしながら、身体的な性機能不全者ではなく、心理的な嫌悪者なのであるから、性的欲求度はきわめて低いかもしれないが、いろいろな事情によって無理に性行為を行なおうとすればできないことはないのである。賈宝玉の場合も、既に早く秦可卿《しんかけい》を夢見て夢精による射精を経験しており、次いで襲人との間に房事を行なっている。また、続作ではいま述べたように、薛宝釵《せつほうさ》との間にうやむやの中に交接し、また、第百二十回には一子（賈桂）をもうけたともいう。したがって、生殖機能不全者ではないと見られるのであるが、何度もいうように、性同一性障碍者にとって房事自体は決して楽しいものではなく、かなり強い嫌悪感や幻滅感をともなうもののようである。

＊　　＊　　＊

性同一性障碍者（ＭｔＦ）のコメント

（著者の質問）

宝玉は大観園という広大な女だけの庭園の中に、ただ一人の男性として住み、数十人の若い美女たちに囲まれた生活をしている大貴族の若さまです。年若い男性であれば、女の園の大観園をサドの『ソドム百二十日』のような淫乱の園と化さしめるか、そうでなければ、堅固な道徳的克己心を働かせて自制したり、社会的制裁を恐れて自重したりするかの、どちらかになりがちでしょう。ところが彼には、道徳的な自制とか、社会への配慮といった考えは全くないようで、ごく自然にこれらの多くの美女たちと親しい友だちのように気安くつきあったり、精神的な恋愛をしたりしていますが、性的欲動のエネルギーはほとんど感じられません。その理由としては、当時の社会や貴族の家が淫乱汚穢に流れていたので、それへの反撥のために清純な恋愛を追求したのだとか、最近では宝玉が性的機能不全者だったのでそのような行動を取ったのだといった説が唱えられていますが、何となく首肯できないように思われます。わたしはやはり、彼が性同一性障碍者だったからではないかと思うのですが、どうでしょうか？

（Ｎ．Ｍ．さんの回答）

反撥とか性機能不全は、おっしゃるように、肯定できないと考えます。やはり、ＧＩＤと考えるほうが納得できます。反撥とか性的不能だけでは説明がつかないことが多すぎます。前に述べましたように、自分の身体は男性の身体なので、自分の望む行為はできません。そういった意味で、性的興奮は極めて起こりにくいのです。

報告書に見える事例

針間克己監修・相馬佐江子編著『性同一性障害30人のカミングアウト』(双葉社、二〇〇四)より

☆「(わたしの恋愛対象は女性で、わたしは) 女性になりたいけれど、女性が好きなんです。でも、SEXとなると話は別。相手は女性だけど、わたしは男のからだでSEXしなければならない。それがどうにも楽しくない。どころかかなり嫌悪感がある。だから、二十歳のときの初体験でも、女性に誘われたのにできませんでした。」(一六六頁)

☆「高校生ぐらいになると、女性に性欲を覚えるはずですよね、体は男なんだから、でも不思議に全然なかったですね。それは大人になっても同じで、女の人の友だちはたくさんいましたけど、性愛の対象にはできないし、自分の性欲に困ったことはなかったんです」(一九〇頁)

☆「そのうち、ある女性と恋をしました。交際するにつれ彼女の部屋でその秘密 (自分が女装した男子であること) を共有することになりましたが。ところが、どうしてもセックスができないのです。どういうわけか、自分でもその原因がわからないのですが、なぜか男性として女性を愛することができないため、それが原因であるのか結局別れてしまいました」(二二三頁)

（2） 宝玉の女子に対する接し方――「痴情」「意淫」「体貼」

もともと女性に対して性的欲動をおぼえず、性行為を嫌悪すると見られる宝玉は、どのような態度で女性に接し、女性と交遊し、また時に恋愛を行なったのであろうか。ここでは、彼の女性に対する接し方や恋愛手法について見ることにしよう。

すでに述べたように、第五回において、警幻仙姑は世間の男女の淫欲への惑溺を批判して、「人間世界の多くの富貴の家では、かのうるわしき緑窓の風月や繍閣の烟霞が、淫蕩な金持ちのどら息子や身持ちの悪い女どものためにすっかり汚されています。それよりももっと残念なのは、昔から多くの軽薄な道楽者が、〈色を好みて淫せず〉などと称して体裁を取りつくろい、また〈情ありて淫せず〉などといってそれを人生の指針にしていることです。しかし、これらはみな自分の非を飾り、醜をかくす口実なのです」といっている。そしてさらに、その思いを宝玉に託して、「世の中の淫を好む連中は、ただ容貌のよいのを悦び、歌やおどりのうまいのを好み、あくことなくいちゃつき、やたらと性交に耽《ふけ》り、この世の美女という美女を残らず自分の一時の楽しみに供することのできないのを残念がるだけですが、これらはみな肉欲に溺れる（「皮膚濫淫」の）蠢物《おろかもの》にすぎません。ところが、そなたのようなのは、天分として生まれながら持っている痴情であって、わたくしどもはそれを『意淫《いいん》』と称しております」といっている。

このようにして、この世に降生した宝玉は普通の男子とは異なる「**痴情**」という性情を天分としてもって生まれ、性行為のともなわない「**意淫**」の生活を送るのであるが、まず、その「痴情」とは具体的にどんな性情をいうのであろうか。はっきりとは述べられていないが、通常の男子のもつ性情とは異なった「情痴情種」のこころや「児女の情」といったような心情や情意をいうのではないだろうか。宝玉は、このような「痴情」を持ち前として、性愛をぬきにした精神的な恋愛である「意淫」を貫くのである。「痴情」が宝玉の本質的性情であるとすれば、「意淫」は彼が行なう恋愛のあり方、ないしはスタイルであるということができよう。

さて、それでは、「意淫」なる恋愛スタイルを具体的にどのようにして実践するのかというと、彼はそれを「**体貼**《たいちょう》」という独特のやり方によってよって行なうのである。「体貼」とは、思いやり、親切心、気配り、親身な心遣いなどを意味する言葉であるが、宝玉は生来のやさしいこころねからおのずとあらわれる「体貼」を武器として、女性と同化するような気持ちで、友情ないしは友情愛による交遊を繰り広げるのである。したがって、「体貼」とは、彼が女子たちと交遊や恋愛を行なう際の手法ということができよう。

第三十二回には、宝玉の心変わりを疑って涙を流している黛玉を慰める場面があり、その中で宝玉は「体貼」という語を用いている。

　宝玉は、ほっとため息をついていった。「わたしの言うことが、ほんとうにわからないの。それでは、わたしがふだんあなたに寄せていた気持ちは、ご迷惑だったのでしょうか。あなたのお気持ちさえ思いやることができなかったとすれば、あなたが毎日、わたしのことでお怒りになられるのも当然ですね。

傍線部の原文は「体貼不着」であるが、このような宝玉の他人を思いやるやさしい性質については、第九回に彼の人となりについて、「宝玉はまた生まれつき態度が控えめで、人当たりが柔らかく、性質には思いやりがあり、言葉遣いはおだやかでやさしい（宝玉又是天性成慣能作小服低、賠身不気、性情体貼、話語温柔）」といっており、また第二十九回には宝玉がしばしば他の者を叱責して、「女の子の気持ちを思いやることもできないのか（不能体貼女孩児們的心腸）」といっていることなどからもわかるだろう。「体貼」の語は、『紅楼夢』中に何度も用いられているが、脂硯斎の批語にも一再ならず用いられている。たとえば、甲戌本の第五回（「惟心会而不可言伝、可神通而不能語達」の夾批）において、「按ずるに宝玉の一生の心性は、只だ体貼の二字に過ぎざるのみ。故に、意淫という（按宝玉一生心性、只不過是体貼二字、故曰意淫）」といっている。これを見てもわかるように、「痴情」「意淫」「体貼」の三つは、賈宝玉の女子たちとの交遊生活、恋愛生活におけるキー・ワードであるが、これらが三位一体的に結びついてうまく機能し、

「皮膚濫淫《らんいん》の徒」とは異なる特異な恋愛模様を現出しているのである。

（付記）あり得ない宝玉の曖昧な関係

すでに述べたように、賈宝玉が性愛関係をもったのは八歳（別説では十三歳）ごろに襲人と一度（第六回）、結婚後に宝釵と一度（第百九回）、あわせて二度だけである。その他には全くなく、前述のような「体貼」のやり方によって、対等的な立場にある親戚の女子たちとも、また侍女や下女のような微賤な女子たちとも、性愛的な行為に及ぶことのない親密なつきあいをどこまでも続けるのである。ところが、本文に書かれていなくても、宝玉は彼女たちのほかに、秦可卿、林黛玉、香菱、平児、王熙鳳、妙玉、碧痕、小紅、茜雪などと、それぞれひそかに曖昧な関係をもった、という説がある。また、男性の友だちの秦鍾《しんしょう》とも同性愛（男色）の関係にあったという人もいる。

しかし、これらはみな根拠のない憶説にすぎない。たとえば、第五回に宝玉が秦可卿の部屋で昼寝をし、夢の中で遺精を漏らしたのを、秦可卿と現実に契ったかのようにいう人がいるが、これは単に彼が夢精を残しただけであって、実際には雲雨のことを行なったわけではない。また、王熙鳳と宝玉の間には「養小叔子」（義弟を間男する）の関係があったという説があるが、これも全くの憶測に過ぎず、何の根拠もない。その他の女性たちについてもすべてそうである。

われわれは一般的に、男女が親しく寄り添えば、ややもすれば怪しい関係にあると思いがちである。文学作品を読むときにも同様で、描かれてもいないのに、やたらと想像をたくましくして、何かしら曖昧な関係が潜んでいるのではないかと深読みする傾向がある。むしろそれができないと、作品鑑賞の能力のない鈍い人と見なされがちでさえある。しかし、『紅楼夢』の場合は、そのような深読みは一切必要ない。宝玉が普通の男性であれば、あのような女児国の中にいて、情を交わすことがなかったと思うほうがおかしいとする見解にも一理あるかも知れないが、彼が性行為に嫌悪感を抱く性同一性障碍者であるかぎり、無用の勘ぐりや無意味な穿鑿をする必要はなく、ただありのままに受け取ればよいのである。彼が女性に接近し、やさしく手を握っても、肩に手をかけても、それは情欲にもとづくものではなく、親友になって欲しいと思って近づいただけであって、すべて親愛の念のあらわれ以上ではないと解するのが、最も自然な読み方であろう。

というのは、もし某々と曖昧な関係が生じると、その相手に対して何らかの感情の変化があらわれるものだが、宝玉にも相手にもそんな感情の変化は全く見られないからである。さらにまた、もし宝玉が普通の男性のようにこそこそとかくれて淫事を行なうのであれば、彼は天界の女仙の警幻仙姑によって性格規定された「意淫」の人ではなくなり、普通の男性と同じような「皮膚濫淫」の徒になり果てることになるからである。作者はおそらくそんな作品構成の大前提が壊れてしまうようなことをするはずがないだろう。

（3）賈家の男性の淫乱に対する宝玉の態度

男性のなす悪事悪行にもいろいろあるが、『紅楼夢』の作者がとりわけ嫌悪し、批判しているものに、男性のもつ性的欲望の強さがある。当時、「万悪、淫を首と為し、百行、孝を先と為す（万悪淫為首、百行孝為先）」という成語が流行したように、「淫」を否定する傾向は必ずしも『紅楼夢』だけに見られるものではないが、それにしても、男性の性《さが》ともいうべき淫欲に対する作者の憤りには並々ならぬ激しさがある。ところが、『紅楼夢』中には、淫乱縦欲な性愛シーンがいくつか収められている。たとえば、それは次のようなものである。

①　賈瑞と王熙鳳（「鳳姐設局」第十一、十二回）

②　賈璉と多官の女房（第二十一回）
③　賈璉と鮑二の女房（「鳳姐潑醋」第四十四回）
④　賈赦と鴛鴦（「鴛鴦抗婚」第四十六回）
⑤　賈珍と尤三姐（「三姐閙席」第六十四回～六十六回）
⑥　賈璉と尤二姐（「計害二姐」第六十四回～六十九回）
⑦　賈芹と水月庵の尼（第九十三回）

これらは『金瓶梅』でさえ及ばないほどの淫虐無道さをも含んだ刺激的な内容なので、『紅楼夢』にも『金瓶梅』ふうの淫書の名残りがあるといわれたり、のちには「誨淫《かいいん》の書」（色情を誘発する書物）といわれたりもする。しかし、いわゆる淫書や誨淫の書と違うところは、そのような淫乱放蕩をなす者がとどのつまりは厳しいしっぺ返しを食らい、彼らの淫行に対して鉄槌が下されていることである。その鉄槌を下す女性として、①②③⑥に王熙鳳が関与している。

また、これらの話のうちのいくつかは、『紅楼夢』の別名の一つである『風月宝鑑』に収載されていたともいわれている。『風月宝鑑』は書名からは少しまぎらわしいが、これは風月《いろこい》を肯定するために作られたものではなく、淫欲を恣にするやからに痛棒を食らわせるために作られた本である。そのことは、甲戌本の巻首の「凡例」中に『紅楼夢』の別名を『風月宝鑑』ともいうが、これは「妄《みだ》りに風月の情を動かすのを戒めるために著したものである」といっていることからもわかるだろう。

さらにまた、作者がこの種の淫書をひどく嫌っていたことは、第一回にその分身ともいうべき石頭《いし》を通して、

これまで小説体の歴史書といえば、君主や宰相をそしったり、人の妻や娘をけなしたりというもので、その書

きぶりの姦淫凶悪さは、いちいちここに数えあげられぬくらいです。さらにそのほか風月の書（淫書）というのがありまして、そのみだりがましい毒筆によって、良家の子弟を堕落させているものは、これまた数えきれないほどであります。

といっていることからも窺知できる。とにかく、『紅楼夢』には性愛を厭い呪うような強い嫌悪感や不快感が盛り込まれており、作者が徹底的な淫書嫌い、淫蕩嫌いであったことが想像されるのである。

なお、上記の例には挙げなかったが、寧国邸の当主の賈珍とその長男（賈蓉）の婦《よめ》の秦可卿との間にも、いかがわしい関係があったといわれている。第十三回における現在通行本の回目は「秦可卿死封龍禁尉」（秦可卿死して龍禁尉に封ぜらる）であり、彼女は突然訝《いぶ》かしい病いを得て病死したことになっているが、もとの原稿では「秦可卿淫喪天香楼」（秦可卿淫によりて天香楼に喪《し》す）となっており、実は彼女は病死ではなく、義父の賈珍と天香楼で密通していたのを、女中の瑞珠や宝珠に見つけられて、それを羞じて首つり自殺をしたものという。父が息子の嫁と通じるのを、「爬灰《パーホイ》」（扒灰）というが、このような悪しき風習は、当時、平民の間ではかなり行なわれていたようで、小説や笑話などでもしばしば取り上げられている。しかし、こうした乱倫無道は、賈家のような「鐘鳴鼎食の家、翰墨詩書の族」とうたわれる名門においてはあってはならないことなので、脂硯斎などが作者に申し入れて、その部分を四、五頁分刪去させ、書き改めさせて、今日の内容になったというのである（第十三回の脂評。兪平伯「論秦可卿之死」の論文など参照）。

おそらくそれは事実であろう。だが、わたしはそれゆえに秦可卿を多情で淫乱な女性であったと見る説には賛成できない。というのは、彼女はもともと天界の警幻仙姑が「吾が妹」といい、金陵原籍の女性のうちでも、「金陵十二釵正冊」（十二人の冠首《さいこう》の女子の簿冊）に入るほどのすぐれた女性であり、また、多くの孫の嫁の中でも賈家のお祖母さまの第一のお気に入りであり、「生得嬝娜纖巧、行事又温柔和平」の人であるからである。このような仙女の化身ともいうべき立派な女性が、みずから望んで不倫の恋を行なうようなことをするはずがないではないか。おそらく、改稿前のこの場面も、上記の例と同じように、男性（賈珍）の淫乱汚行をきびしく糾弾するものであっただろう。秦可卿は、賈珍に騙されるか、強姦されるか、いずれにせよ、何らかの奸計によって淫乱を強要されたに違いない。それに対する恥じらいとそれが外に漏れることを恐れた彼女は、賈家や義父の名誉を守るために、みずからその身を犠牲にしたものであろう。

ところで、それらの場面において賈宝玉はどう対応しているのであろうか。意外にも彼は、伯父や家兄などの乱倫無道や、友人の秦鍾*、小者の茗烟**などの淫行淫事に対して、何の批判もしていないばかりか、嫌悪感や不快感をもほとんど表明していない。というよりも、何の反応も示していないようである。普通の男性でも、他人のこんな放縦淫乱を肯定する者はあまりいないと思われるが、男性嫌いの賈宝玉がなぜ彼らの淫行に対して何も言わないのか、何とも解せないことではある。

その理由としては、たとえば、

① 宝玉はまだ淫蕩なるものをほとんど経験したことのない少年だから、少年が大人の穢行《あいこう》に口を挟むのはおかしいから。

② 一般的な社会通念からいえば、宝玉自身が男子の身でありながら、女子の中で暮らすという淫乱猥褻とまぎらわしい生活を送っているので、それを批判する資格がないから。

③ 当時は、年下の者が家兄や伯父などの年長者（栄国府の賈赦は父の兄、寧国府の賈珍は家兄、栄国府の賈璉も家兄に

当たる）の所行を表だって批判することは、礼法上、許されなかったから。

といったことが、考えられるだろう。ただ、だからといって、宝玉はまわりの男子のそのような行為を肯定的に見ていたとはとても思えない。おそらく、相当に苦々しい気持ちで見ていたに違いない。しかしながら、それをあらわに批判することができないので、作者は、宝玉がそんなことに関知しない、「無関心」や「沈黙」の態度を取らせるという手法を用いて、淫乱を嫌う宝玉の気持ちを隠微な形で伝えようとしたのではないかと思われる。というのは、その代わり、これらの場面においては、作者が宝玉になり代わって、そうした「皮膚濫淫」の徒輩に対して徹底的に筆誅を加えているからである。

注

＊　秦鍾

第十五回に、宝玉の友人の秦鍾が、水月庵の小尼姑の智能と邪淫にふけっているとき、たまたま宝玉が入ってきて彼らを取り押さえたことがあった。しかし、宝玉には秦鍾の行為を憎々しく思ったり、それを咎めたりするような様子はほとんど見られない。ただ、他のところでは、被害を受けた女性に対して同情しているので、宝玉が男性の淫行を好意的に見ていたということはあり得ないけれども、愛する秦鍾のしでかしたことなので、大目に見たのであろうか。

＊＊　茗烟

第十九回に、小者の茗烟が下女の卍児と昼間から淫事を行なっているのを見ても、「かわいそうに、あの子はおまえの浮気の相手にされたってわけだね」というばかりで、さして怒ったりしていない。これも、お付きの書童《ボーイ》の茗烟のこと故、あえて見逃したのであろうか。

七　ＧＩＤ診断基準「自分の身体的性のもつ性役割についての不適切感」に該当する事例

性同一性障碍には、身体的な性別役割から来る嫌悪感や違和感（sexual disorder）と、社会的な性別役割から来る嫌悪感や違和感（social disorder あるいは gender disorder）とがあるというが、いずれの場合も、自分の性自認と異なる役割を強いられることは、性同一性障碍をかかえる者にとっては大変な苦痛であろう。まして当時は、現代よりもはるかに男女間の役割分担がきびしく規定されており、しかもはるかに男性優位の社会（というよりも、家庭外はすべて男性だけの社会）であったので、女性のこころをもった性同一性障碍者（ＭｔＦ）が、男性社会に乗り出してその中でやってゆくには、計り知れない苦痛や困難を伴ったに違いない。軽度の障碍者でも、当時の男性社会で活動することは、実際上、不可能だったのではないだろうか。これらの二つの性別役割のうち、身体的なものから来る嫌悪感や違和感については前章六で述べたので、ここでは社会的な性別役割に関する賈宝玉の不快感や嫌悪感、不満症状などについて述べることにしよう。

（一）男性としての社会的性役割に対する嫌悪や反撥を示す宝玉

（1）国を治め世を救う学問を嫌う

賈宝玉は勉強嫌いで通っているが、その特徴はおおよそ次のように分けられるであろう。

①　勉強嫌い

当時の士大夫の子供が学ぶ干禄（俸禄を求める）のための学問全般を嫌う（第十七回、第十九回二つ、第三十二回、第六十六回、第百十五回）。したがって、勉強を強要する父親の威圧にいつもおびえている（第二十九回、第百十回）。

②　学校嫌い

学校とは賈家の家塾をいう。もちろん、この家塾は男子だけのものである（第九回、第六十六回、第八十二回）。

③　八股文《はっこぶん》嫌い

宝玉は、八股文をはじめとする科挙用の勉強を餌名釣禄のいとぐちと見なして嫌う（第七十三回、第八十二回）。

④　武術、弓術嫌い

宝玉がこれらの稽古を嫌うのは、いうまでもなくこれらが男性の従事するものだからである（第六十六回、第二十六回、第七十五回）。これらについては、七三頁を参照されたい。

⑤　文芸を好み、雑書を愛読する

一方、宝玉の愛好するものは、男性社会において必須の学問や教養とは見なされないもの、すなわち、『老子』『荘子』や仏教書、『西廂記』や『牡丹亭還魂記』などの文学書、花譜本草などに関する雑書である。したがって、宝玉は詩文書画などの文芸類は得意である（第十七回、第七十八回）。

これらのうちから、いくつか例示して簡単に説明することにしよう。たとえば、宝玉の勉強嫌いについては、第十九回に侍女の襲人が次のようにいっている。

お殿さま(賈政)はお心の中で、我が家は代々学問の家柄なのに、若さまがお生まれになってから、思いがけず学問嫌いのお子ができたとお思いになって、内心お腹立ちになり、また恥ずかしい思いをしていらっしゃるのです。それなのに、若さまったら、お殿さまの御前であろうと、どこであろうと、見さかいもなくむやみにあんなでたらめな話をなさるのですもの。たとえば、若さまは学問のある人にあだ名をつけて「禄ぬすびと」(「禄蠹」)などといったり、「明明徳」(『大学』)のほかによい書物はない、みな昔の人が聖人の書を理解できず、勝手に自分の意見で作り出したものばかりだ、などとおっしゃっています。こんなことを言えば、お殿さまがお腹立ちになって、しじゅう若さまをお打ちになるのも当然ですよ。

また、学校嫌いについては、第八十二回に、宝玉自身、学校に通うのがいかに苦しいかを黛玉に語って、次のようにいっている。

ああ、辛かった。わたしは今日お父さまのお言いつけで塾に勉強に行ったでしょう。なんだかもう二度とあなたがたと顔を合わせる日はないんじゃないかと思ったくらいなんですよ。やっとのことで一日辛抱して、今あなたがたにお会いしたら、まるで生き返ったかのような気がします。昔の人が「一日千秋」といっていますが、この言葉は実にぴったりですね。

現代ではほとんど男女共学であるが、宝玉の通う学校は男子だけの家塾であり、しかも悪ガキの集まった男色などの蔓延するところだったから、宝玉が性同一性障碍者であるとすれば、こんなところに通いたくないと思うのは当然であろうが、彼はそれを言い出すこともできないのである。

また、学校では、昔も今と同じように、受験勉強をさせられる。宝玉は当時の科挙試験において、最も重要であった八股文についても、当然のことながら、拒否反応を示す。たとえば、第七十三回において次のようにいっている。

それからまた、時文八股というのがある。平素から深く憎んでいるのであえて言うが、あれはもともと聖賢のお作りになったものじゃない。どうしてあんなもので聖賢の奥義を明らかにすることができようか。あれはただ後世の男どもの名利を得んがための手段でしかないのだ。

以上を要するに、宝玉は、男性が社会に出て、官途に就き、立身揚名し、国のため世のために尽くすのに必要とされた学問読書のすべてに強い嫌悪感をおぼえ、拒否反応を示すのである。たとえば、第三十二回には、それを勧める史湘雲との間に次のようなやりとりがある。

湘雲が、「あなたがたとえ挙人や進士になる試験を受けに行くのがお嫌いでも、そうしたお役人方といつもお会いになって、経国済民のお話（「仕途経済的学問」）をなさらねばいけません。そうすれば、これから先の交際や世渡りにもなにかと好都合だし、いずれ本当のお友達になっていただける方も出てまいりましょう。あなたのように年がら年中、私たちの仲間に入って騒ぎまわってる人など見たことがありませんわ」といった。宝玉はこれを聞くと、「お嬢さん、どうかほかの姉妹たちのお部屋へ行ってくださいませんか。あなたのような経国済民の学問をこころえたお方が、こんなところにいらっしゃると、けがれてしまいますよ」といった。

彼はこのようにして、仕途《しと》経済に通じる学問読書をかたくなに拒否し、世の中に出てゆく意志を全く示さなかったのであるが、それはただ単に勉強が好きではなかったからとか、叛逆的性格をもっていたからといった単純な理由ではなく、もっと奥深い、言うに言えない理由があったように思う。それは恐らく彼が男性社会の俗世間に出てゆくことのできない性同一性障碍者であったからだと思われる。

（2）儒学的な道徳礼法を嫌う

宝玉には道義を養い品性を高めるといった儒家的な向上心が全く見られない。庚辰本第二十一回の脂批に「宝玉は情を重んじ、礼を重んぜず（宝玉重情不重礼）」というように、彼は儒教の道徳礼法が大嫌いである。それは、大体次のように分けられる。

① 三綱五常のような儒教道徳を嫌う（第二十回、第百二回）
② 道学（理学）を嫌う。四書以外の儒書を嫌う（第十九回、第二十回、第三十六回）
③ 礼儀作法を嫌う（第三十回、第四十三回、第六十三回、第六十六回、第八十九回）

これらのうちから、いくつか例示すると、まず、家族の間に見られる人倫の道についてであるが、宝玉は父親や伯叔父、兄弟などの賈家の年長者に対する礼法は、孔子の教えであるから仕方なく、一応これに従って形ばかりの義理をつくすといっている。たとえば、第二十回には、次のようにいう。

父親や伯父、叔父、兄弟の間柄は、孔子という聖人の垂れ給うた訓《おし》えなので、敢えて逆らうわけにはゆかない。それゆえ、兄弟の間ではほんの通りいっぺんの義理をつくすけれども、自分が男子だからといって、年下の子弟たちの模範にならねばならぬなどとは、決して考えない。そういうわけで、賈環らはみな宝玉をあまり怖がらず、ただお祖母さまのご威光があるので、それを恐れて、やむなく多少とも宝玉にへりくだっているにすぎないのである。

宝玉は賈家の長上や兄弟に対して、なぜこんなに素っ気ない態度を取るのか、またなぜ女子に対しては、下々の者にまで非常な敬意を込めて尊重したり、崇拝したりするのか、まことに不可思議なことであるが、とにかく彼は男性にはこのように冷淡な対応をするのである。

また、第六十三回には、冠婚葬祭や誕生祝いなどの虚礼を嫌う例が見える。

宝玉の誕生日を祝って、女子たちが内輪のお祝いをしようとするとき、宝玉が「暑いので、みんな上着を脱いだほうがいいよ」という。みんなは笑って、「若さまは脱ぎたければ、お脱ぎあそばせ。わたしたちはまだこれから順に席につく礼（輪流安席）をしなければなりませんから」という。これに対して、宝玉は笑いながらいった、「だけど、そんな儀礼をやっていたら、朝の五時ごろまでかかってしまうよ。わたしがそんな虚礼（「俗套」）を何よりも嫌っていることは、よく知ってるはずだろう。外の者の前では仕方がないが、こんなときまで、わたしのかんにさわるようなことをしないでおくれ」と。

誕生日の祝い方など、つまらないしきたりとして無視しようとするところに宝玉の真骨頂があらわれている。第四十三回にも、宝玉は賈家のお祖母さまをはじめ女性たちがみな参加している熙鳳の誕生祝いをすっぽかして、小者の茗烟と外出し、宝玉のちょっかいが原因で自殺した金釧児の霊に水仙菴の裏庭で祈りを捧げている。これも、宝玉のやさしいこころねから出た行為とも取れるが、実は陽の当たる地位にある王熙鳳の祝賀会における仰々しい作法を嫌う面もあっただろう。

（3）高位高官や士大夫を批判する

賈宝玉はこの世を醜悪、汚穢《おあい》、貪婪《どんらん》、勢利の混濁世界と見、その中に住む多くの男子を名利に汲々たる鬚眉《しゅび》の濁物（鬚《ひげ》のはえた俗物、品性下劣な男性）と見なした。とくに「読書上進」をはかる士人を禄盗人《ろくぬすびと》（「禄蠹」、第十九回、第百十五回）とか、俸禄と名利を貪ることにのみ汲々としている穀潰《ごくつぶ》し（「国賊禄鬼」、第三十六回）とか呼んで厳しく批判する。また、文官や武臣が、「文臣は諫言に死に、武臣は戦に死ぬ」などと言いつのるのを、いずれも「沽名釣譽」（売名行為をして虚名をねらう）の徒《やから》で、「君臣の大義を知らぬ」名節かぶれだとして批判する（第三十六回、第七十八回に二つ）。

たとえば、第三十六回には、男性の士人や官僚を国賊や禄盗人といって、次のように批判している。

宝釵などがときどき折を見て忠告すると、宝玉はかえって痼癪《かんしやく》を起こして怒りだし、「せっかく申し分のない清浄潔白な女児として生まれながら、名誉を求めることを覚え、俸禄や名利に熱中する連中（「国賊禄鬼之流」）の仲間入りをするとはね。これはみな昔の人がいらざるものを作りだし、しかつめらしい言説を振りまき、後世のむくつけき男どもを導こうとしたせいなのだ。思いがけずわたしは、悪い時世に男として生まれたが、それにしても深閨に育った女の子たちまでがこの悪習に染まり、天地の秀霊の気を鍾《あつ》めて育んだ自然の恩徳に負くとは、何とも残念なことだね。

また、虚名をねらって（「沽名釣譽」）、どんなことでもやる男どもについて、同じく第三十六回には次のように非難している。

「人は誰しも死なない者はいないが、ただ、死に方をよくしなければいけない。ああいう鬚眉濁物《ひげはえたおとこ》どもは、「文臣は諫言に死に、武臣は戦に死ぬ」ということだけしか知らず、この二つの死に方こそ大丈夫が名節のために死ぬことだなどと騒ぎ立てている。……文官ときたら、武官よりもさらにひどいね。彼らはほんの少しばかり書物を読んでそれを胸の中にしまいこみ、もしお朝廷《かみ》に少しでも落ち度があると、早速めくらめっぽう諫言を行ない、忠烈の人という名声を得ようとする。……しかし、そんな死に方はみな名を売らんがための行為であって、君臣の大義など知ってはいないのだよ」と。

（4）達官貴人との交際を嫌う

宝玉は、社交嫌いであるが、とりわけ官僚や士大夫と交わりを結ぶことを極度に嫌い、士大夫との社交などを「混賬話」（つまらぬこと）として無視する（第三十二回、第三十六回、第六十六回、第七十八回）。

宝玉はまた生来、外出嫌いであり、士大夫の服装（「峨冠礼服」）をして、慶弔往還することを嫌う。外出しても、社交疲れがひどく、帰るなり外出用の衣服を脱ぎ捨てる（第二十一回、第二十四回、第七十八回）。しかし、家庭内で催される女たちとの宴会には喜んで参加する。

宝玉の社交嫌いについては、宝玉が史湘雲と話をしているとき、賈雨村がやって来て、宝玉に会いたいと言うけれども、宝玉はこのような俗物官僚とは絶対交際したくないと拒否する話がよく知られているが（第三十二回）、ここでは第三十六回に見える次の例を引くことにしよう。

かの宝玉は、日ごろから士大夫と称する男たちと会って話をするのは、もともと気が進まなかったし、また衣冠を整えて慶弔の往来をすることなどは一番嫌いであったので、お祖母さまのお言葉を聞いて、わが意を得たりとばかりに、親戚や友人との交際もぷっつりやめたばかりでなく、家庭内における両親との朝夕のあいさつすら、いっさい勝手にしてよいという許しを得たので、今は毎日園内で遊び暮らしている。

また、百五回に見える次の事例は、表座敷に出て行って、賈家の男たちの酒盛りに加わるよりも、女性たちとの内々での宴会を好む宝玉の性格をよくあらわしている。

賈家が差し押さえをされているとき、宝玉はお祖母さまのところで開かれている女ばかりの酒宴に参加していたが、王夫人が「宝玉は表に行こうとはしないのね。お父さまがお怒りになっているかもしれませんよ」というと、煕鳳が「宝玉ちゃんは人前に出るのが嫌なのではないと思います。表のほうにはお客さまのお相手をなさる人が大勢いらっしゃるので、こちらのほうのお相手をしてくださっているのかも知れませんね」といっている。

熙鳳は宝玉のために弁護してやっているのであるが、実は宝玉は男だけの酒宴に出るのが苦痛なのである。彼はもともと社交嫌いだが、このころには完全にひきこもり状態になっていて、賈家の奥に居座って、表に出ようとしないのである。

以上、宝玉の男性としての社会的役割に対する嫌悪感や不適切感について見てきたが、なかでも彼の激しい為政者批判や社会批判、儒教批判だけを取り上げると、彼は当時の政治や社会に叛逆したり、抵抗したりする革命家タイプの人物に見えるかもしれない。共産中国の成立以後、三十年以上にわたって中国を席巻した宝玉像は次のようなものであった。たとえば、施宝義等著の『紅楼夢人物詞典』(「賈宝玉」七二頁、広西人民出版社、一九八九)には、宝玉について次のようにいう。

(賈宝玉は)封建思想の根幹に対して、全く不満足であり、それらをすべて圧迫や束縛を加える首かせや鎖と見なし、それらを攻撃し呪詛し否定し、その時代においては申し分のない勇敢さと高く評価されるべき反抗や挑戦の気持ちを披瀝した。彼の思想行為は、封建礼教の基本精神と全くかみ合わず、封建社会の人間の規準とは水と火のように相容れなかった。賈政は宝玉について、彼は「全くの異端児(「邪派」)である」(第七十五回)といい、早くから非常に不満を抱き、ずっと彼に対して何とかしたいと思っていた。……してみると、賈政の宝玉に対するひどい鞭打ちは、実際上、封建勢力による叛逆者に対する残酷な鎮圧に当たる。しかし、宝玉は決して屈服しなかった。賈政が彼を鞭打ったとき、一言も詫びを入れなかったのである。

また、李希凡の『説〈情〉─紅楼芸境探微』（「説〝情〟」一五一頁、人民日報出版社、一九八九）には次のようにいう。

『紅楼夢』中において、賈宝玉は一人の叛逆的性格を有する人物である。彼は貴族の家に生まれたけれども、貴族社会の大学中庸、礼教の枷鎖、功名利禄、財貨掠奪から男尊女卑などに至るまでの封建秩序や封建倫理に対して、ことごとく懐疑、否定、さらには嘲諷の気持ちをあらわした。

一九五四年に端を発した兪平伯の紅楼夢研究批判以後、一九八〇年代に至るまでの中国における賈宝玉像は、すべてこのような封建的家族制の叛逆者、反抗者というものであった。しかし、このような見方がいかにおかしなものであるかは既に見てきたとおりである。彼はそうした叛逆的、反体制的人物とはおよそかけ離れた退嬰的、非政治的人物なのである。今ではこんな見方は全く影をひそめたようであるが、それでは、宝玉の人物像について新たな見解が提示されているかというと、未だになされていないというのが実情である。わたしはやはり彼が性同一性障碍者（ＭｔＦ）であるが故に、上述のような「男性としての社会的役割に極端な不適合」を示したのではないかと思う。

＊　　＊　　＊

性同一性障碍者（ＭｔＦ）のコメント

（著者の質問）

宝玉は、決して愚か者ではなく、無用の学問とされる詩文や芸術などでは相当な才能を発揮しています。しかし、当時の士大夫が追い求めていた立身出世を嫌い、仕進のための科挙の勉強を拒否し、女の子とばかり遊んでいます。その理由として昔は、賈宝玉の封建社会への反抗心のなせるわざと解していました。ところが、宝玉には当時の社会とぶっつかって闘うようなところは全くありません。ただ男性社会に入ることへの嫌悪感のみです。いつまでたっても、そのような生活を改めないので、父親からこっぴどく叱られ、死ぬほど激しく鞭《むち》打たれるのですが、そんなときにはじっと我慢して耐えているばかりで、反抗もしないし、改心して悔い改めようともせず、その場をやりすごすだけです（第三十三回）。そして、依然としてあいかわらずの生活を続けるのですが、それはおそらく、宝玉が科挙の試験に合格しても、意に染まない男性社会の中で生きてゆくことになり、それに耐えられないという気持ちがあるので（また、そのわけを父親に説明してもわかってもらえないと思っていたので）、そういう態度を取った（あるいは取らざるを得なかった）のではないか、と考えるのですが、いかがでしょうか？

（N．M．さんの回答）

現在のようにＧＩＤについての知識が一般的ではない、一九九五年以前においては、まさしくこういった選択肢がほとんどすべてだったと思います。最近では理解が進んで、該当しないケースもあるようですが、いまだにＧＩＤとして極めて多いパターンだと思います。

（二）男性的生活の場において極端な不適応を示す宝玉

賈宝玉は男性でありながら、温柔穏和な女性的性情の持ち主で、当時の士大夫の男子が必要とした気性、たとえば、立身出世意識、政治世界への野心、道徳観念、目的意識、克己心、自立心、功名心、覇気、勇気、闘志などをほとんど持ち合わせていないようである。

宝玉の男性としての社会的役割についての不適合感や不満症状のうち、（一）では主として他者に対するものを挙げたので、（二）では彼自身における事例を挙げることにしよう。

（1）立身出世意識や向上心、功名心がない

宝玉は、衰退に向かう賈家にとって頼みの綱であり、家名を挙げることを期待されているが、それに応えようとする意識はさらさらない。官途につく気持ちがないのだから、当然ではあるが、進取の気性や向上心、功名心がない。たとえば、第七十八回には、

死んだ晴雯のために「芙蓉女児の誄《るい》」を作ろうとして、宝玉はいう、「残念ながら今どきの人々はすっかり〈功名〉の二字にとらわれているため、尚古の気風はまったく地を掃ってしまった。時宜に適しないと、功名を挙げるのに邪魔になるのではないかと恐れるためなんだ。わたしはそんな功名なんか一向にありがたいとは思わないよ」といっている。

また、子弟の模範たらんとする意識がないことについては、すでに引用したが、第二十回に、「（宝玉は）自分が男子だからといって、年下の子弟たちの模範にならねばならぬなどとは、決して考えない」といっていることからもわ

かる。さらにまた、将来のことに対して、何の目的ももたなかったことについては、前に遊びのところで引用したが（七五頁参照）、第七十一回に次のようにいう。

尤氏が笑って、「あなたのように心配事もなく、姉妹たちとのんきに遊びたわむれているお人はどこにもいませんよ。お腹がすけば食べ、眠くなったら睡り、何年たっても、相変わらずこんなありさまで、将来のことなんか、ちっとも考えてないんでしょう」というと、宝玉は「わたしは姉妹のみなさんと一日一日を楽しく暮らせたら、それで十分なのです。死んでしまえば、一巻の終わりですからね。将来のことなんか、どうだっていいんです」と答えた。

このように、彼は男性社会に出てゆく意欲をもともともっていないのである。以前の中国において、賈宝玉が封建思想や封建体制に対する叛逆者、反抗者として高く評価されたことはすでに述べたが、こんな引例を読むと、彼の発言が社会体制に対する反抗、叛逆といった大それたものではなく、男性社会に背を向けて生きる者のきわめて退嬰的な個人主義的発言であることがわかるだろう。こんな投げやりなことを言う者がどうして社会体制に対する強い叛逆心を持ち得ようか。結局、彼は男性として生きることができない人なので、将来に対する展望が開けず、男性的な栄誉や名声を獲得する意志も意欲も起こらないのである。

（2）周囲の期待に応えようとしない

宝玉は、第三回の「西江月」に、「行ないは風変わりで性格はへんくつ、世間の非難などどこ吹く風（行為偏僻性乖張、那管世人誹謗）」と詠われているように、自己の性格をどんなに批判されても、なおらない。父親からどんなに鞭打たれても、悔い改めようとしない。宝釵や侍女の襲人の忠告なども聞く耳を持たないかのようである。庚辰本第二十一回の脂批に「宝玉、勧（忠告）を悪《にく》む。此れ第一の大病《けつてん》なり（宝玉悪勧、此是第一大病也）」というがごとくである。

このような彼の性格については、まじめな忠告（「正言」）を聞かず、反省（悔悟）もしない性格（第十九回、第二十一回、第二十四回、第三十四回）、矯正の効かない、悔い改めようとしない、躾られない子供（第三十四回）、手に負えない子、賈政さえ匙を投げる子（第六十六回）などと、何度も言われている。たとえば、第十九回には、次のような表現が見える。

さて襲人は幼いころから、宝玉の性格が異常で、その無邪気で腕白なことは普通の子供以上で、その上、奇怪きわまる、口に出して言うのも憚られる悪い癖がいろいろあるのを見てきた。このごろではお祖母さまがあまりに溺愛なさるために、お父さまやお母さまもきびしくしつけることがおできになっておらず、それをいいことに、ますます放縦になり、したい放題で、本分を尽くすのをひどく嫌っていらっしゃる様子である。

また、第三十四回には、襲人が王夫人に宝玉を大観園の外に移すよう進言し、女の子と遊ぶばかりの生活を何とかして改めさせようとするが、それに対して王夫人は次のように答えている。

あの子は生まれつき体が弱く、そのうえお祖母さまが宝物のように可愛がっていらっしゃるので、あまりきびしく躾《しつけ》て、もしものことでもあったら、お祖母さまがひどくお腹だちになられるかも知れない。そのときには、家中みんな不安になって、かえってよくないですからね。それで、ついあの子を甘やかしてしまうのですよ。わたしはいつも口を酸っぱくして忠告したり、小言をいったり、怒って罵ったり、泣いてたのんだりしてみたけれど、当座は神妙にしていますが、しばらくするとまたけろりと元に戻ってしまうのですよ。

襲人は彼女なりの忠誠心で、宝玉にその生き方を悔い改めさせようとするのであるが、宝玉はそれができない人間であるということが彼女にはわからないのである。

賈政や王夫人などは、宝玉は、言うことを聞かない、手に負えない、躾られない子であり、儒家的礼法、科挙の学問など、家名を挙げるための努力を一切やらない不肖の子であるとみているが、その思いは後になればなるほど強まり、宝玉に対する期待が少しづつ萎んでゆく。そして、彼に対して怒ったときには、運命を呪うような気持ちの加わった「業障《ごうしょう》」「孽障《げつしょう》」「苦命的児」のような罵語が多く用いられるようになる。しかしながら、宝玉が性同一性障碍者である限り、男性としての役割をいくら強要されても、男性社会に乗り出してゆくことはできないので、結局、宝玉の心の中にはただ罪悪感、嫌悪感、孤独感のみが鬱積するばかりで、自分ではどうにもならないのである。

ただ、宝玉自身はなぜ周囲の忠告や諫言を聞き入れられないのか、また、なぜ反省や改悟をしないのか、その理由については何も語っていない。親の期待に応えられないという罪悪感、寂寥感はもっているようであるが、彼自身がそれに対して慚愧の念を表白したところはほとんどない。しかし、その気持ちは、祖母（賈母史太君）や母親（王夫人）や彼の分身である「石頭《いしころ》」などが、しばしば彼に代わって表明している。また、評者の脂硯斎までも、彼の言うように言えない「一事無成、半生潦倒《ろうとう》の罪」（甲戌本第一回回前総批）を側面から何度も弁護している。おそらくそれは、彼自身にも、自分がなぜ男性社会に馴染めないのか、わからなかったからであろう。また、もしその気持ちを訴えたとしても、周囲の者に理解されることはなかったであろう。一方、もし自責や悔悟の念を表明すれば、ではなぜ実行しないのか、なぜ立ち直らないのかと、きつく詰問されるにきまっている。宝玉としては進退谷《きわ》まる窮地に陥り、賈政からひどく鞭打たれても、一言も弁明せず、じっと堪え忍ぶほかなかったのである。というのは、現代でもわが国では、性同一性障碍（ＧＩＤ）が世に知られる一九九五年以前には、性同一性障碍者は一般的にみな言うに言われぬ、言っても全く理解してもらえない苦しい状態におかれていたからである。賈宝玉の時代には、彼のような人間が男性社会の官界に出てゆくのは、およそ不可能であったに違いない。

＊　＊　＊

研究書に見える事例

山内俊雄著『性の境界―からだの性とこころの性』（岩波書店、二〇〇〇）には、性同一性障碍者は、どうしても矯正、改悟しにくいと思う気持ちがあるので、親などのお説教をまともに聞くことができないという。

☆「性の自己認識・自己認知が生物学的性別と一致しないのは考えや態度が悪いのではなく、もしかしたら生物学的に決定されたやむにやまれぬできごとかも知れないですから、お説教や説得は無効なのです。」（九一頁）

☆「いったん形成されてしまった性の自己認識はその後、どのような方法を用いても変えることは困難で、お説教をしても、精神療法をしても、がんばれといっても、自分で努力してみても無理なことですから、たとえ、それが形だけであっても手術するより仕方がないことなのです。」（九七頁）

（補記）賈政と宝玉

ここで、賈宝玉と生真面目《きまじめ》な道徳家の父親（賈政）との関係について述べておこう。賈政は一般的には、封建社会の儒教道徳を体現した冷酷非情な人物であり、父親の権威を笠に着て宝玉に圧迫を加える悪い人と見なされている。確かにそんな面も多少あるけれども、本当に賈政はそんなに悪い人だろうか。彼は律儀で融通のきかない人間かも知れないが、皇帝の信頼の厚い謙恭篤実な道徳的人物であり、責任感が強く、落ち目の賈家を一生懸命一人で支えようと涙ぐましい努力をしている立派な人ではないだろうか。恐らく世間の常識から見れば第一等の人物であろう。彼は宝玉の才能を認め、賈家再興を托しうる唯一の嫡子として望みを託しておればこそ、なんとかして彼を改悟させようとして、宝玉の不甲斐なさを叱咤《しった》するのである。最後の最後になって、郷試に合格しながら逃亡出家した宝玉と雪の降りしきる毘陵《ひりょう》（常州）の渡し場で邂逅し、名前を告げあうこともなく、今生の別れをするのであるが、その時になってはじめて賈政は、宝玉が普通の人とは異なって、仙界の人であったことを悟り、彼を認めたのである。当時としては、仙界の人としか言いようがなかったであろうが、もし賈政が今日に生きて、我が子がいわゆる性同一性障碍者であることを知っていたならば、宝玉に対してあそこまで圧迫を加えることもなかったであろうし、また宝玉も父親の威力の前に立ちすくみ、おびえ恐れることも少なかったのではないだろうか。

（3）家の盛衰や家人の栄辱に関心がない

宝玉には、家や社会に対して貢献しようとする気持はさらさらない。彼は貴族の御曹司だから、家計のことを気にかけることはないかも知れないが、しかし、あまりにも自分の生活や生計について無知であり、無関心である。さりとて、放蕩息子が酒色や投機や賭博などに手を染めて財産を蕩尽するというのとは、全く異なる。もともと、家や家計をどうするかといったことは自分には関係ないし、興味もないし、また出来もしないと思っているかのようである。たとえば、続作の第百十五回における甄宝玉のように、家が抄没《とりつぶし》にあって苦境に陥ったことを契機に一念発起し、以前の生活態度を改めて立身出世主義者に変貌するといったことは、賈宝玉にはあり得ないのである。普通の男子は、家の衰退や崩壊といったことに無関心ではいられないはずであるが、宝玉はそれをまるで他人事のように見ているようである。家が崩壊しようが財産がなくなろうが知るものか、といったふうである。このような異常なまでの無責任、無関心はどこから来るのであろうか。

たとえば、第六十二回には、黛玉が、「おうちはあまりにも出費が多すぎますね。わたしは何も家事にかかわっているわけではありませんが、よくひまひまにあなたがたのために見積もってみますと、どうも出るのが多くて、入るのは少ないようですね。今のうちに倹約しないと、きっと後が続かないことになると思いますわ」、というと、宝玉は笑って、「なあに、たとえ後が続かなくなったって、ぼくたち二人の使う分に事欠くことはありませんよ」と、いっている。

また、第七十一回には、煕鳳に代わって家政をつかさどっている探春が、千金小姐（箱入り娘）にもいろいろと苦労が多いことをこぼすと、宝玉は次のようにいっている。

「探ちゃんみたいに苦労性の人は、どこにもいないね。わたしはいつもあなたに忠告しているでしょう、あんな人たちの話に耳をかしたり、あんな俗事にかかずらわったりしちゃいけない、ただ富貴栄華に身をおいていさえすれば、それでよいとね。あの人たちはわたしたちと違って、こんな清福に恵まれていないので、やたらに騒ぎを引き起こさねばならぬのですよ」、と。

これに対して、尤氏が笑って、「どうりで、皆さんがこちら（宝玉）のことを、成りばかり大きくなった赤ん坊だっておっしゃるのも、当然ですね。ほんとに大馬鹿者だわ」というと、宝玉は笑っていった、「なあに人の世のことは定めなしですよ。だれが死にだれが生きるか、わかるもんですか。わたしは、今日か明日でも、今年か来年でも、いつ死んでも、悔いはないと思いますよ」、と。

最後の「なあに人の世のことは定めなしですよ。だれが死にだれが生きるか、わかるもんですか。わたしは、今日か明日でも、今年か来年でも、いつ死んでも、悔いはないと思いますよ」という宝玉の言葉をふてくされていると取る人もあるかもしれないが、無限の悲愁のこもったこの言葉に彼のどうしようもない絶望感、孤独感を読みとることはできないだろうか。ときおり発せられる宝玉の一種の刹那主義的な投げやりな言葉の中に、自分のような存在は、この世の中にたった一人であるという孤立した感覚をもちがちな性同一性障碍者の深い悲しみがこもっているようにわたしには感ぜられるのだが……。いずれにせよ、宝玉はこのように、賈家の家事にほとんど関知しないし、家の将来にも無関心で、賈家が衰退しても崩壊しても関与しないという無責任な態度を取っているのであるが、これはおそらく、彼が男性社会に乗り出してゆき、賈家再興のために奮闘しようとしても、できない人間であったからではないだろうか。

また、それに関連する事例として、第十六回には、宝玉の姉であり、賈家の栄華の象徴である賈元春の貴妃冊立という一大慶事にも、ほとんど関心を示さない宝玉の様子が描かれている。

元春が貴妃になられて家中ひっくり返るほどの大喜びなのに、宝玉のみは秦鍾の病気を心配して、そのため何物かを失ったかのごとく茫然としていて、元春さまが貴妃に封ぜられたと聞かされても、なお陰鬱な気分を晴らすことができなかった。……寧・栄二邸が近ごろどんなに賑やかであっても、みんながどんなに得意であっても、ひとり宝玉のみは家中のそんなありさまを見ないかのごとく、全く気にも留めなかったので、人々はいよいよ馬鹿になったようだと嘲る始末であった。

甲戌本の第十六回の回前総批に脂硯斎が、「賈府は連日熱鬧《にぎやか》なること非常なるに、宝玉は（これを）見ることもなく聞くこともなし。却ってこれ宝玉についての正文（まともな描き方）なり」といい、このような振る舞いをする宝玉を「的的真真《そのものずばり》の宝玉」と評するのであるが、これもやはり、彼が俗世に関与できない性同一性障碍者だったからであろう。

（4）男性よりも、女性に認められたい

①　公的場所や男性社会では力を発揮できない宝玉

たとえば、第七十八回には、王熙鳳が王夫人に向かって次のようにいっている。

熙鳳はいう、「それは奥方さま、ご心配が過ぎますわ。宝玉さんが外へ出てまともなことをやり、まともなことを言わねばならぬ時には、馬鹿のように見えるかも知れません。でも、宝玉さんを姉妹たちや侍女たちのところに連れてくると、下っぱの女中に対してさえも、とても控えめでお行儀がよく、人を傷つけやしないかとたえず気づかっていますので、宝玉さんを恨む者などあろうはずはございません」、と。

賈宝玉は外出して男性と接触したり、交際したりするときには一向に冴《さ》えないが、家にいて女子たちと過ごすときには実に生気潑剌としており、機知に富み、詩文もうまい。また、宝玉は賈雨村のような世故にたけた人物の前では、痴呆のごとき無能力者となるが、彼を愛する祖母や母親や姉妹や丫鬟の中ではのびのびと自由闊達に振る舞うことができ、その立ち居振る舞いは女子のように温柔細膩（優しく穏和できめ細か）で、「体貼《おもいやり》」があり、「慣能伏小作低」（いつも身を小さく、低く）し、涙をもって自己の情感を表現するのである。

また、第十八回には、

里帰りした元春貴妃の前で、詩を作らされた宝玉は、汗を拭きながら、「わたしはいま、どんな故事があったかまるで思い出せないんですよ」という。宝釵は笑いながら、「緑玉」を「緑蠟」に変えるようにそっと教え、「幸い今夜はそれですみましょうが、将来天子さまの御前での対策《しけん》では、たぶん「趙銭孫李」までもお忘れになられるのでしょうね」という。

これをふまえて、第十九回には、宝玉が典故をよく知っているのを宝釵が皮肉り、「でも、惜しいのは、いざ典故を用いなければならないときにかぎって、すっかりお忘れになることです。今日のようにご記憶が確かであれば、おとといの晩の芭蕉の詩の典故はおわかりになるはずでしたのにね」といっている。

これは、普通に取ると、宝玉が元春貴妃の前での作詩に緊張してあがってしまい、典故を思い出さなかったと解釈するだろう。もちろんそれもあるかもしれないが、そればかりではなく、公式の場での格式張った作詩となると、彼は男性社会に出るのと同じように、とたんに嫌悪感や違和感をおぼえて、一種のパニック状態に陥るのである。このような内・外における性格の甚だしい不一致は、彼が性同一性障碍者であることに起因すると見られ、それゆえに、彼は男性社会や公的世界での活動にはすべて不向きなのである。宝玉は結局、賈母という女性の支配する一種の母系制社会である家庭内においてしか、通用しない人物であったのだ。

②　女子にさえ認められれば満足な宝玉

第三十四回には、宝玉は父親（賈政）にひどく鞭打たれたあと、見舞いに来た宝釵の言葉に感じ入って、心の中で次のように考えている。

わたしが何度か打たれただけのことで、この人たち（女子たち）はみなこんなに哀れみいとおしんでくれる。ほんとにありがたいことであり、尊敬するに足ることである。もしわたしに万一のことがあったら、この人たちはどんなに嘆き悲しんでくれることだろう。そうだとすれば、もしわたしが突然死んでも、彼女たちがこんなにしてくれるのだったら、一生の仕事がすべて水の泡になろうとも、なにも惜しむことはないのだ、と。

宝玉の心の中には、男性に同情されたり、認められたりするのを喜ぶ気持ちはさらさらなく、ただ、女性に哀惜同情されさえすれば、死んでも惜しむに当たらないというのである。また、第三十六回には、功名心に取り憑かれている文官や武臣が、「大丈夫は名節のために死ぬ」などといって大言壮語するのを激しく批判し、ついには襲人に向かってこんなことまで口走っている。

たとえば、わたしがいま運よく、おまえたちの目の前で死ぬことができたならば、わたしのために泣いてくれるおまえたちの涙が、流れ流れて大河となり、わたしの死骸をただよわせて、鴉《からす》や雀もやってこないような辺鄙なところへ送って行って、風のまにまに消え失せてしまい、もう二度とふたたび人間に生まれ変わってこないとすれば、これこそわたしの時を得た死に方だよ。

ここにも、男性でありながらも、男性社会で生きてゆくことのできない賈宝玉の深い悲しみや孤独感、絶望感が読み取れるのである。

以上、第四章から第七章まで、『紅楼夢』中の賈宝玉に関する描写を通して、彼の性格や行動の分析をしてきたが、それは現代のＧＩＤの診断基準にみごとに合致しているようである。それを見る限り、彼を性同一性障碍者と認定することに何ら問題はないように思われるが、いかがであろうか。

八　性同一性障碍と関連づけて解釈できるその他の事柄

前述したごとく、賈宝玉の性格や行動上のさまざまな特徴は、彼が性同一性障碍者であるとすれば、無理なく理解できるのであるが、その他にも性同一性障碍と関連づけて説明すると、納得のゆく事象や事柄は多い。ここでは、『紅楼夢』の謎や懸案事項のうちのいくつかを取り上げて、『紅楼夢』文学の特質を明らかにすることにしよう。

（一）賈宝玉はなぜ薛宝釵ではなく、林黛玉を愛するのか

恋愛小説とされる『紅楼夢』の中核部分を形づくっているのは、言うまでもなく賈宝玉と林黛玉・薛宝釵との三角関係ふうの恋愛である。彼らの恋愛について見る前に、一体全体、賈家にはどれほど多くの美女子がいたのか、そしてそれらが宝玉の相手としてなぜこの二人に絞られてゆくのかについて、その概略を述べることにしよう。

人数でいえば、賈家には金陵（南京）を本籍とする絶世の佳人として、太虚幻境の帳簿に記載されていたとされる金陵十二釵、副十二釵、又副十二釵の三十六人、それに脂硯斎の評語にいう三副十二釵、四副十二釵を加えると少なくとも六十人ぐらいはいたことになる。実際に名前の見えるものは、主人筋の女子たちのほかに、その丫鬟（侍女や召使い）や女伶（女役者）まで含むと九十人近くいる。そして、そのうちのかなり多くの者が『紅楼夢』の主要舞台である「大観園」に居住していたのである。

それでは、その中の何人が宝玉と恋愛ができたのであろうか。恋愛という意味を広く捉えると、宝玉は身分の低い

女性にも優しいので誰とでも恋愛をすることができるが、最も狭い意味の対等的恋愛をなし得る女子、さらには結婚して嫡妻（正妻）になることのできる女子に絞ってみると、その候補者は意外に少ない。

　当時の婚姻制度によれば、「同姓不婚」の原則などから親戚の娘たちの中の父系の従姉妹とは結婚できないので、賈迎春、賈探春、賈惜春などの賈家の女子を除外すると、中表（祖父や父の姉妹の子供。および母方のいとこ、またいとこ）などに当たる親戚の娘である薛宝釵、林黛玉、史湘雲、李紋、李綺、薛宝琴、邢岫烟《けいしゆうえん》などが宝玉の正妻候補になり得る。しかし、李紋以下の者は家格や親愛の度合いにおいてやや劣るうえに、しかもみなすでに身の振り方が決まっていた。たとえば、薛宝釵の堂妹に当たる薛宝琴は宝玉の嫁に一時擬せられたこともあったが、すでに梅翰林の息子と婚約しており、李紈の堂妹である李紋も他家の息子と婚約しており、その妹の李綺は宝玉の母親の王夫人が甄宝《しんほう》玉《ぎょく》と結婚させようと考えており、邢夫人の姪女である邢岫烟は続作（第八十一回以後）では、薛宝琴の兄の薛蝌《せっか》に嫁ぐことになっている。その他は、みな丫鬟（侍女、女中）であって、宝玉だけでも二十人近い丫鬟がいたようであるが、それらの女子たちはいくら宝玉に可愛がられたとしても、所詮、妾以下にしかなれない。そのようなわけで、賈家や大観園にいくら美女子があまたいても、宝玉の正室になり得る者は、大観園内に居住していた林黛玉と薛宝釵、および近くに住んでいてしばしば賈家や大観園にやってくる史湘雲の三人の親類の女子のうちの誰かということになるのである。

　さて、この三人のうちから、さらに二人を選ぶとすると、史湘雲は常に大観園に居住しているわけではないので、親近性という点では、宝釵・黛玉の二人に比べてやや劣る。そこで結局、薛宝釵と林黛玉という最も身近にいて、賈家の最高権威者の賈母にも愛されている二人が最終局面まで残るということになる。『紅楼夢』には無数の美女子が登場し、賈宝玉との間にさまざまな人間ドラマが生まれ、恋愛模様が織りなされるのであるが、畢竟するに、薛宝釵・

林黛玉という宿命の情敵《ライバル》と賈宝玉との友情や恋愛が全編の基調となって展開してゆき、そして結局、宝釵が勝ちのこり、黛玉が負けて情死（愛情の為に死ぬ）することになる。しかし、宝玉の心には黛玉の面影がいつまでも生き残り、ついに彼は宝釵との結婚生活を捨てて、出家逃亡してしまうのである。『紅楼夢』が賈宝玉と林黛玉との悲恋を描いた悲劇的恋愛小説であるという説があるのも、彼らの関係をこの小説の主題と見るからである。

（1）林黛玉・薛宝釵はどんな女性か

ところで、賈宝玉の恋愛の相手である林黛玉と薛宝釵は、どのような人物であろうか。この二人は『紅楼夢』の女性の主人公としてあまりにも有名なので、説明するまでもないかもしれないが、『紅楼夢』になじみのない方も多いかも知れないので、ごく簡単に両者の性格や容貌などの相違について記すことにしよう。

まず、年齢であるが、林黛玉が宝玉よりも一歳年下であるのに対して、薛宝釵は宝玉よりも二歳年長である。

容貌については、黛玉がいにしえの美女の西施を彷彿とさせる痩せ型の透明感のある美人であるのに対して、宝釵は唐の楊貴妃を思わせるやや太り肉《じし》の豊麗な美人である。タイプが違うので比べようがないが、いずれ劣らぬ絶代の佳人である。

挙止動作は、黛玉が生地のままに自然に振る舞い、洒脱でやや奔放なのに対して、宝釵は端正典雅で落ち着いて行動する。

言葉遣いは、黛玉が自己の言行を掩飾せず、寸鉄人を刺すような表現の冴えをもっているのに対して、宝釵は思慮深く慎重な物言いをする。

文学的な才能に関しては、黛玉が非常に聡明で天才的な詩才の持ち主であるのに対して、宝釵は並々ならぬ詩才を有してはいるが、才識を深く裡《うち》に蔵してあまり外に顕さない。

性格や人柄は、黛玉が純真率直だが、小心でひねくれており、孤高超俗の気味があるのに対して、宝釵は穏和円満にして中庸を得ており、淡然として鷹揚である。

健康については、黛玉は身体孱弱《せんじやく》、多愁多病で、肺の病はすでに第三期に入っており、とても長生きできそうにないが、宝釵は普通の健康体であり、精神的にもしっかりしていて安定感がある。

家庭環境は、黛玉は両親を亡くし、賈家の祖母（賈母史太君）に養われる寄る辺のない身の上の薄命の佳人であるが、宝釵は母や兄とともに、母の姉（宝玉の母の王夫人）の嫁している賈家に住んで、やや恵まれた生活を送る貞淑な女子である。

周囲の評判は、黛玉があとになればなるほど、健康、性格、社交性などの面から、宝玉の妻となることが周りの者に懸念されるのに対して、宝釵は少しずつその評判をよくしてみんなの信頼を得てゆく。しかし、宝玉はそれとは反対に、宝釵の肩をもつ者が周りに多くなればなるほど、また黛玉の病気が重くなってゆけばゆくほど、黛玉へ傾ける恋情は異常なほどに深まってゆくのである。

（2）賈宝玉の恋愛の特徴――友情愛から恋愛へ

恋愛には、スタンダールの『恋愛論』にいう「情熱恋愛」「趣味恋愛」「肉体的恋愛」「虚栄恋愛」などのような恋愛のスタイルに基づく分け方があるが、わたしは賈宝玉の恋愛のタイプは、性同一性障碍者型としか言いようがない、かなり特殊なものではないかと思っている。それについては、一〇一頁以下にも多少述べたが、ここではもう少し掘り下げてその実態を検討することにしよう。

賈宝玉の恋愛を見るうえで、われわれがまず最初に注意すべきことは、彼の恋愛はほとんどすべて友情によるか、あるいはそれが深化したものであって、性愛を伴うものではないということである。賈宝玉は身体は男性だが、「こころ」は女性だから、相手が女性の場合には、その相手との恋愛は女性同士の友情が深化し、友情愛が深まったものであるということになるのである。

恋愛の深化過程は、普通の人も、性同一性障碍者も、おおむねみな同じようなものであるが、説明の便宜のために、賈宝玉の恋愛の深化過程を順序立てて示すと、大体次のようになるのではないだろうか。

①　異性（といっても、宝玉にとっては同性の女性に当たる）の遊び仲間同士の友情に始まる。
②　仲のよい遊び友だちの間に友情愛が芽ばえる。
③　友情愛が昂じて気持ちがぴったり通い合う状態になる。
④　強い恋情を伴う恋愛状態になる。
⑤　結婚（性愛を求めない、友情愛の深化した状態の結婚）を希求する。

賈宝玉の女性とのつきあいは、同性の遊び仲間に親近するような感じで始まったに違いない。それは、すでに遊びのところで述べたように、「体貼《おもいやり》」によってなされるのである。そのうちに、だんだん仲良しになって友情が深まると、同性愛ふうの友情愛が生じる。さらに、友情の濃度が増し、気持ちがぴったり合って離れがたい状態になると、一歩進んでいわゆる恋愛状態になると見られる。しかし、その実態は依然として性愛とは関係なく、友情愛の深化した形をとるのである。そしてさらにもう一歩進むと、いよいよ結婚ということになるのであるが、その場合も、でき得れば友情愛的な結婚形態をいつまでも維持したいと思うのである。

①　恋愛における「気が合う」ことの大切さ

このような遊び仲間としての友情から始まって、恋愛・結婚に至る過程の中で、賈宝玉にとって最も重要なことは、前記の恋愛の深化過程③の「気持ちがぴったり合うこと」ではないかと思う。「気が合う」とか「心が通い合う」とかいったことは、恋愛や結婚においてはごく当たり前のことなので、誰もそれを重視しないが、性同一性障碍者と見られる賈宝玉にとっては、これがとりわけ重要であるように思われる。

というのは、現代でも普通の男性ならば、恋愛や結婚の条件として、容貌、能力、財産、健康、出自、家格などを重んじ、また、しばしば自分とは正反対の性格や自分にないものを持っている人、自分を成長させてくれる人などに心惹かれることもあるが、宝玉には、そのような世俗的価値や自分と反対の性格をもった人に心を動かすことはほとんどないように思われる。性同一性障碍者と見られる宝玉には、当時の男女関係や夫婦関係において最も重要な「男女有別」、「夫婦有別」という考え方、つまり、男には男、女には女としての性別による役割分担があり、結婚後にはそれを十分に果たさねばならぬという当時の士大夫がもっていた、ごく一般的な常識が完全に欠如しているようである。ただ、ひたすら居心地のよい仲間、気持ちの通じ合う人、自分をそのまま認めてくれる同心の友だちといつまでも遊びたわむれるような感じの生活を終生にわたって続けることを願っているようである。彼にとって最も大事な結婚の条件は、男性としての性別役割を要求せずに、あるがままの自分をそっくりそのまま受け入れてくれる「気の合う」女性であって、そんな女子でなければ、意中の人とはなり得ず、結婚したいという気持ちが起こらないのである。その点では、賈宝玉にとっての結婚相手の選択は、現代のいわゆる自由恋愛に近いものであったといえるかもしれない。

それでは、宝玉が「気の合う」「心の通じ合う」女性とは誰なのか。というと、それは林黛玉をおいて他にはいない。薛宝釵や史湘雲をはじめとして、他のどの女子にも、この「気が合う」（「情投意合」「情意相投」「心情相対」「情発一心」「一個心」）という語が全く用いられていないことを見ても、そのことがわかるであろう。

たとえば、第二十九回には、林黛玉について、次のようにいっている。

もともと宝玉は幼いときからうまれつき品の悪い嫌らしい性癖（「痴病」）をもっていたし、まして黛玉とは幼少のころから鬢の毛が触れ合うほどに仲よく過ごしてきたので、おたがいの気持ちはぴったり合っていた（「心情相対」）。ところが今ではいささか世間のこともわかる年頃になり、またいろんないかがわしい小説本なども読んでいる。……だから、早くからこの人こそと思い定めていたのであるが、どうしても口に出していうのはきまりが悪かった……ところが、あいにくと黛玉も一風変わった性癖（「痴病」）をもっていたので、彼女のほうでもいつも心にもないことを言っては、探りを入れるのであった。

同じく第六十四回には、

「黛玉さん、あなたは日ごろから病気がちなのですから、何事にも気持ちをゆったりもたれて、むやみに悲しんだりなさってはいけません。もしもおからだを壊されたら、わたしは将来いったい……」。宝玉はそこまでいったが、あとを続けにくいように思われて、あわてて言葉を呑み込んだ。彼は黛玉と一緒に成長し、よく気があって（「情投意合」）、死ぬも生きるも一緒にしたいと願っていた。しかし、それは心の中で思い定めているだけで、いつこれまで一度も面と向かって口に出していったことはなかった。とりわけ黛玉はよく気をまわす人なので、いつもうっかりしたことを口走っては、彼女の機嫌を損じてきた。今日はもともと黛玉を慰めようと思ってやってきたのに、またもや口を滑らせてしまい、あとが続けられず、いささかうろたえ、またしても黛玉を怒らせたのではないかと心配した。しかし自分としては、本当に黛玉のためによかれかしと思ってしているのだと考えると、急に悲しくなって、ぽろぽろと涙をこぼした。

このように、宝玉の恋愛や結婚において最も重要なことは、「情投意合」「心情相対」する感情の融和であり、その基準に合致していたのは、ただ黛玉だけだったのである。その他の世俗的な配偶者の選択基準、たとえば、容貌、家柄、健康、家政の切り盛りといったことは彼にとってほとんど意味を持たず、かえって非常な重荷や苦痛となってのしかかってくるのである。

②　宝玉と黛玉とに共通する「痴情」

それではなぜ、宝玉と黛玉とはそんなに「気が合う」のであろうか。宝玉はどうして病身で、神経質で、偏屈で「乖僻」（つむじまがり）な黛玉にかくも心が惹かれるのであろうか。しかしそれについては、人は得てして変わり者が好きといった単純なことではなく、互いに心中深く共鳴しあうものがあったからに違いない。おそらくそれは、双方とも一般常識と異なる性情、つまり「痴情」「痴病」をもっており（第三十二回の脂批の回末総評に「宝玉黛玉之痴情痴性、行文如絵」という）、互いにその「痴情」によって物事を判断し、行動するので、こころが通じ合い、離れがたい気持ちになったのではないかと思われる。

では、その「痴情」とは何か。その根本的性情を突きつめてゆけば、結局、彼らの「痴情」は、功名栄達をよしとする世俗的価値観や世間で正しいとされる礼教規範などに依拠しない、また色欲財欲などに競奔する俗物根性に毒されていないこころ、すなわち、「情痴情種」の純真清潔、天真爛漫な心情をいうのではないだろうか。それはまた、言い換えれば、男性社会を基盤にして生まれた既成道徳や既成観念に汚染されていない、あるいは男性的な物の見方や行動様式に左右されない純真無垢な性情、すなわち「児女の真情」を指すのではないだろうか。宝玉が、林黛玉ばかりではなく、黛玉の影子《ダミー》といわれる晴雯や紫鵑、女役者の芳官などのような一風変わった女性たちを知己として愛するのは、そのような女子には礼教社会の論理や世俗の常識を逸脱した奔放さや男性社会の通念に縛られない純真清浄な児女の真情があるからであろう。

（3）宝玉の恋情が黛玉に向かう主な理由

一方、薛宝釵は、林黛玉とは異なり、病身ではなく、健全な常識を持ち、貞淑順良なこころの持ち主であり、家政の切り盛りなどの点からみれば、結婚に関しては誰が見ても宝釵が優位にあると思うだろう。ところが、宝玉はそうは思わないのである。宝玉は宝釵と結婚させられたけれども、ついに心が通い合わず、結局、家を棄てて出家逃亡してしまう。宝釵とは以前にはかなり親密につき合っていたのに、また時には彼女の美貌に心を奪われることがあったのに、結婚後はどうしてうまくゆかなかったのだろうか。

一般的には、宝玉が意中の人であった薄命の佳人の林黛玉を憐惜する気持ちが余りにも強く、彼女のことがどうしても忘れられず、また彼女を裏切って宝釵と結婚したことへの慚愧の念が払拭できなかったからだ、といった説明がなされている。意中の人と結婚できなかったときには、その人を忘れられずに思い続けるというのはよくあることであり、また実際に結婚するよりもロマンチックなので、文学の素材にもなりやすいのであるが、しかし、その説明には腑に落ちないところがある。というのは、宝玉自身、女役者の藕官が、「たとえば、男の人が奥さんを亡くして、後添いを貰うこともありますが、そんな人は絶対に後添いを貰ったほうがいいのです。ただ、死んだ人のことをいつまでも忘れずにいて、しかもそれを口に出していわない、それが本当の情愛というものです。もし死んだ人に義理立てして後添いをもらわずに、生涯やもめを通すとすれば、それは人の道に悖《もと》り、礼にも適《かな》っていません。死んだ人もそれではかえって浮かばれないでしょう」というのにいたく感心して、その考えに賛意を表する場面があるからである（第五十八回）。もしそうだとすれば、宝玉は宝釵と結婚しても、黛玉のことを忘れずに静かに過ごすことを以て最善の生き方とするはずなのに、宝釵をうち捨てて出家するとすれば、今度は宝釵に対して非常な不義理をなすことになるのではあるまいか。

わたしは宝玉が宝釵とどうしてもうまくゆかない理由は、他にあるように思う。それは、性同一性障碍者である宝玉の気質と、宝釵のそれとがどうしても相容れなかったからである。言い換えれば、宝釵は多くの面で、宝玉と気の合う黛玉とは反対の気質をもっていたからである。それゆえ、一般の常識から見れば、宝釵の長所と見られることが、性同一性障碍者（ＭｔＦ）の宝玉から見れば、逆に彼の気持ちを逆なでするものとなるのであり、それが彼女と馴染めない最も大きな要因になったのではないかと思う。たとえば、

①　宝釵は、儒教の説く貞節・婦道を重んじ、女子としてあるべき婦徳を身につけた、文句のつけようのないほど立派な女性である。

②　宝釵は、黛玉のような「痴情」をもたず、女子のもつ自然な感情である「児女の真情」に基づいて行動せず、常に常識的な社会通念に従って節度を以て行動し、羽目をはずすことがない。

③　宝釵は、宝玉のためによかれかしと信じて、しばしば「正言」「正路」をもって彼を諫め、彼を一廉《ひとかど》の士大夫

に仕立て上げようとする。

これらはみな友人として遊び戯れる分には我慢することもできるが、恋愛や結婚ともなると、性同一性障碍者の宝玉にとっては、「心の一致」（「一個心」）を得るための大きな阻害要因になったのである。なかでも、とりわけ、彼に男性としての性別役割を求める③が、宝釵と心を通わせられない大きな要因になったのではないかと思われる。たとえば、第三十二回には、国を治め世を救う学問を学び、立派な役人たちとの交際を勧める薛宝釵や史湘雲と、それを勧めない林黛玉とを対比した記述があり、そこには宝玉の女子たちに対する心情の違いがよくあらわれている。一二二頁にも一部引いたが、再度引用すると、

湘雲が、「あなたがたとえ挙人や進士になる試験を受けに行くのがお嫌いでも、そうしたお役人方といつもお会いになって、経国済民のお話（「仕途経済的学問」）をなさらねばいけません。そうすれば、これから先の交際や世渡りにもなにかと好都合だし、いずれ本当のお友達になっていただける方も出てまいりましょう。あなたのようにに年がら年中、私たちの仲間に入って騒ぎまわってる人など見たことがありませんわ」といった。宝玉はこれを聞くと、「お嬢さん、どうかほかの姉妹たちのお部屋へ行ってくださいませんか。あなたのような経国済民の学問をこころえたお方が、こんなところにいらっしゃると、けがれてしまいますよ」といった。……

「だけど、黛玉さんがこれまでそんなくだらないことを口にされたことがあるかね。もしそんなくだらないことを口にされていたら、黛玉さんとだって、わたしはとっくに仲たがいしていましたよ」。襲人と湘雲はうなずきあって笑いながら、「まあ、これがくだらないことですって」といった。

また、第三十六回には、毎日、大観園の中でのうのうと暮らしている宝玉を、宝釵などが諫めると、彼は次のようにいっている。これも一二五頁〜に一部引いたが、

宝釵などがときどき折を見て忠告すると、宝玉はかえって癇癪《かんしゃく》を起こして怒りだし、「せっかく申し分のない清浄潔白な女児として生まれながら、名誉を求めることを覚え、俸禄や名利に熱中する連中（「国賊禄鬼之流」）の仲間入りをするとはね。これはみな昔の人がする必要のないことを行ない、もっともらしい言説を振りまき、後世のむくつけき男どもを導こうとしたせいなのだ。思いがけずわたしは、悪い時世に男として生まれたが、それにしても深閨に育った女の子たちまでがこの悪習に染まり、天地の秀霊の気を鍾《あつ》めて育んだ自然の恩徳に負くとは、何とも残念なことだね」などという。みんなは宝玉がこんな馬鹿げたことをいうので、もはや誰も彼に向かってまともな話はしなくなった。そんな中で黛玉だけは、幼いときから彼に立身出世をして家名をあげなさいなどといった忠告をしたことがまったくなかったので、宝玉は心から黛玉を敬愛していたのである。

結局のところ、宝玉の生活圏は男性社会にはないので、男子としてしっかりせよとか、男性としての性別役割を果たせといくら言われても、矯正の効かない彼にはどうしようもなかったのである。それを強く望まれるのは、彼にとって死ぬほど嫌なことであり、苦痛の種であったのだ。その点で、あるがままの自分をそのまま受け入れてくれる林黛玉は意中の人になり得るが、薛宝釵や史湘雲は結婚相手としては失格なのである。宝玉は、周囲の人たちの動きに反撥するかのように黛玉への思いを深めてゆくが、彼にしてみれば、黛玉とこころの一体化を求めてひた走る以外に取るべき道はなかったのである。

ところで、宝玉が宝釵や麝月を棄てて出家遁走した理由については、宝玉の性情には世人の為すに忍びないようなことをする毒気が含まれていたからだ、という説がある。庚辰本の第二十一回の脂批に、次のようにいっている。

宝玉之情、今古無人可比、固矣。然宝玉有情極之毒、亦世人莫忍為者、看到後半部、則洞明矣。此是宝玉三大病也。宝玉看此世人莫忍為之毒、故後文方能「懸崖撒手」一回。若他人得宝釵之妻、麝月之婢、豈能棄而僧哉。玉一生偏僻処。

宝玉の情は、古今に類例のないものであることは、たしかである。しかし宝玉には、情が極まった場合にあらわれる毒がある。これはまた、世の人が為すに忍びないものである。それは後半部を見れば明らかになるだろう。これは宝玉の三大病癖の一つである。宝玉にはかかる世人の為すに忍びない毒があるので、後の文に「懸崖撒手」の一回があるのだ。もしもほかの人が宝釵のような妻、麝月のような妾を得たとすれば、果たして彼女たちを棄てて僧侶となることができようか。これこそ宝玉が天性偏僻な性格の持ち主であることを示しているのだ。

「懸崖撒手」（懸崖に手を撒す）というのは、『景徳伝灯録』や『碧巌録』などに見える禅語で、「崖っぷちにつかまっていた手を放して落ちるような決心で、物事を為すこと」をいい、具体的には、宝玉が宝釵や麝月らを棄てて最後に出家することを指している。脂硯斎によれば、宝玉の性情にはそんな非情なことをする毒が含まれているというのであるが、宝玉の情は果たしてそんなに無慈悲なものであろうか。宝玉という人物は、どうみてもそんな非情に徹する人とは思えないようにわたしには思われる。傍目《はため》にはそのように見えるかもしれないが、脂硯斎も宝玉という人物の本質を捉えきっていないのではなかろうか。わたしにはやはり、宝玉が宝釵や麝月のようなよき人を見限って見捨てたのではなく、彼が性同一性障碍者であるが故に、どうしてもこれ以上この世で男性としての性役割を果たしながら生きてゆくことができず、「懸崖より手を撤《はな》して」、つまり、自殺覚悟で、出家逃亡をはかったのではないかと思われてならない。いずれにせよ、賈宝玉の恋愛や恋愛心理については、宝玉が性同一性障碍者であるという立場で見なければ、理解できないことが多いのである。

＊　＊　＊

報告書に見える事例

針間克己監修・相馬佐江子編著『性同一性障害30人のカミングアウト』（双葉社、二〇〇四）より

☆「ところが、子供が生まれると、父親としての役割を求めるようになりました。私に男性的役割を強く求めるようになりました。〈男として責任を持ちなさい〉とか〈父親としての自覚を持ちなさい〉ということを言うようになりました。それに答えようと努力しましたが、だんだん追いつめられていきました。」（一三七頁）

（補記）宝玉の恋愛の特徴——汎愛か専愛か

宝玉の恋愛は、多くの女性に愛情を振りまく「泛愛」（「汎愛」）なのか、一人の女性にひたすら愛情を傾ける「専愛」なのかがしばしば問題になるが、私見によれば、宝玉の恋愛はほとんどみな「泛愛」である。しかし、宝玉の「泛愛」はわれわれのいわゆる好き者や好色漢のそれとは異なって、性愛や性的欲動のない、仲のよい遊び仲間同士の友情か、

あるいはそれが少し深化した友情愛である。しかも、心理的には、女の子同士の友情愛である。したがって、彼は傍目には、多情で、見境もなく恋愛をするプレイボーイふうに見えるが、それはすべて友情によるものであり、ほとんどみな友情愛の段階に止まるものである。

では、「専愛」がないのかというと、そうではない。友情愛がさらに一段と濃度を増して、心と心がぴったり通い合う状態になると、「専愛」状態になる。賈宝玉においては林黛玉との関係のみが、そこまで達しているようだ。したがって、彼には「泛愛」も「専愛」もあることになるが、林黛玉との場合のみが「専愛」であって、他の多くの女性との関係はすべて「泛愛」ということになるのである。

（二）賈宝玉の同性愛的性指向

これまでは、異性愛者としての賈宝玉と性同一性障碍との関係について述べてきたが、宝玉には同性愛もわずかながら見られる。宝玉の女子たちとの交際に比べると、同性愛の占める割合ははるかに小さいので、無視してもかまわないかも知れないが、その意味あいについて疑問をもたれる方がいるかもしれないので、ここでは、賈宝玉の同性愛について少しく説明することにしよう。

（1）同性愛と性同一性障碍との概念の相違

ただ、それについて述べる前に、「性同一性障碍は同性愛と混同されることがしばしばあるが、その意味合いは全く異なる」とか、「性同一性障碍は、同性愛や異性装と混同されがちであるが、それ自体全く独立した別個の現象である」などといわれているので、まず同性愛という語の精神医学上の定義を簡単に記すことにしよう。

同性愛という語は、一般的には同性の者を恋愛対象にすることであるが、もっと厳密にいえば、「性的指向」（sexual orientation、セクシュアル・オリエンテーション）が同性に向かうあり方をいうのである。性的指向というのは、われわれが男性として、あるいは女性として、性的興味、関心、魅力などを感じる恋愛対象がどんな性別に向かうかをいう。たとえば、男性の場合、それが女性に向かえば「異性愛」、男性に向かえば「同性愛」、男女両性に向かえば「両性愛」となるのであるが、そのような性的指向のあり方の一つとして、同性愛があるのである。

では、性同一性障碍者（ＭｔＦ）の場合、賈宝玉のように性的指向が男性へ向かうことがあり得るか、というと、それは十分にあり得るのである。というのは、女性の性同一性障碍者（ＦｔＭ）の場合は、往々にして性的指向が女性に向かいがちであるといわれているが、男性（ＭｔＦ）の場合は、恋愛の対象もさまざまであり、男性に向かったり、女性に向かったり、男女両方に向かったりして、一定していないという。したがって、賈宝玉が恋愛対象として、女性ばかりではなく、男性を選んだとしても、少しもおかしくないのである。

（2）賈宝玉における同性愛を示す事例

賈宝玉が好む男性には、秦鍾《しんしょう》、蔣玉菡《しょうぎょくかん》（琪官）、北静王（水溶殿下）などがいる。彼らとの友情には普通の親密な友人関係というよりも、それを超えたいわゆる同性愛的な雰囲気がただよっている。その中でも秦鍾との関係が最も濃密である。

秦鍾との関係は、第七回・八回・九回・十五回・十六回に見えるが、たとえば、第七回には、次のようにいう。

（賈蓉は）やがて一人の少年（秦鍾）を連れてきた。宝玉にくらべると少しほっそりしているが、その秀でた眉、すずしい目、白い顔、朱い唇、美しい体つき、雅びた立ち居振る舞いなどは、むしろ宝玉よりも立ちまさっているかと思われるほどである。ただ、いかにもおずおずしており、女の子のような態度で、もじもじとはにかみながら、熙鳳に向かって挨拶した。……

ところで、宝玉と秦鍾の二人は自分たち同士で勝手きままに話し込んだのであるが、宝玉のほうは、秦鍾の人柄を一目みたときから、心中なにものかを失ったように茫然となっていた。そしてひそかに、またしてもこんな馬鹿げたことを考えるのであった。「世の中にはなんとこんな人物もいるんだなあ。今にして思えば、わたしなどどうみても泥豚《どろぶた》か瘡《かさ》かき犬だ。……わたしはこのように彼よりも身分は尊貴であるけれども、思えば錦繡綾羅《きんしゅうりょうら》の着物も、このわたしという一本の枯れ木を包んでいるにすぎないのだ。」

秦鍾は宝玉とよく似たタイプの若者だったのであるが、宝玉は初対面のときから、秦鍾にすっかり心を奪われてしまっているようである。また、第九回には、宝玉が秦鍾と一緒に家塾に入学してから、次のような噂が立っている。

ところで、宝玉と秦鍾の二人が入塾してからというもの、どちらもその容貌が花のように美しく、秦鍾はといえば、おとなしい恥ずかしがり屋で、物を言わぬさきから顔を赤らめ、おずおずとはにかむさまは、まるで女の子のようだし、一方、宝玉もまた、生まれつき態度が控えめで、人当たりが柔らかく、性質には思いやりがあり、言葉遣いはおだやかでやさしいものだから、二人の仲はいよいよ親密さを増すばかりであった。そこで、同窓の連中が二人の仲に変な疑いを持ちはじめたのも無理からぬ話で、陰であれこれ取りざたし、誹謗中傷したので、やがてその噂《うわさ》が塾の内外に知れわたってしまった。

これを見ると、彼らの関係は傍目にはすでに十分に同性愛状態にあるといってよいだろう。その他、宝玉はまた、忠順親王府お抱えの女形（小旦役）の琪官《きかん》（蔣玉菡）とも、親密な関係が生まれている（第二十八回～）。蔣玉菡も宝玉に似て性質が嫵媚温柔であったが、彼らはすぐに意気投合し、互いに持ち物を交換した。すなわち、宝玉は侍女の襲人からもらった玉製の扇墜（扇子の根付け）を、蔣玉菡は忠順親王からもらった茜香国《せんこう》の女王の献上品という大紅汗巾（まっ赤な腰帯）を、それぞれ親愛のあかしとして取り替えたのである。そこで、蔣玉菡との間にも同性愛関係があったように見なされている。しかし、いわゆる同性愛のような性愛行為はまったく書かれていない。

さらにもう一人、北静王（水溶殿下）がいるが、こちらは宝玉とは互いに好ましく思いあうだけの間柄で、具体的な記述はほとんどない（第十五回）。たとえ北親王との間に同性愛に類するようなことがあったとしても、それを記すことは皇親に対する不敬罪に当たるので、詳述することはできないだろう。

以上が、『紅楼夢』中に見える宝玉の同性愛に関する描写のすべてである。

（3）賈宝玉は性同一性障碍者であって、いわゆる同性愛者ではない

それでは次に、いわゆる同性愛者の同性愛と、性同一性障碍者の同性愛はどう違うのかについて述べることにしよう。まず普通のいわゆる同性愛者についていうと、それが男性の同性愛者なら、常に自分の性別は男性であると認識し、女性の同性愛者なら、常に自分の性別は女性であると認識しており、それぞれの性別を変えることなく、恋愛を行なうという。つまり、いわゆる同性愛者には身体の性とこころの性との不一致による違和感がないので、たとえ男

性が受け身の「女役」（リードされる側）にまわるとしても、やはり自分を男性として認識しているという。

ところが、性同一性障碍者（MtF）の同性愛の場合は、これとは異なり、その「こころ」は女性なので、女性の「こころ」をもった男性が、男性を愛するのだから、見た目には男性同士の同性愛のごとく見えるが、心理的には女性が男性を愛する異性愛ということになるのである。したがって、賈宝玉の場合、大観園における女子たちとの恋愛においては、外見上は異性愛であるが、精神的には同性愛を行なっているのであり、いま述べた秦鍾のような男性との恋愛においては、見た目には男同士の同性愛に見えるが、心理的には女性の「こころ」で男性を愛する異性愛を行なっているということになるのである。

ただ、性同一性障碍者の場合は、同性愛であれ、異性愛であれ、相手から性愛的行為を求められると、自分の望む形態での性行為ができないので、これを忌避する。つまり、性愛的恋愛を嫌悪し、友情愛に終始しがちになるのである。

特に、賈宝玉の場合は、彼の同性愛の対象が「女児の風あり」といわれるような宝玉によく似たタイプの男性だったので、宝玉はおそらく大観園内の女性を愛するのと同じような気持ちで、友情愛を深めていたのであろう。したがって、第十五回において、秦鍾が尼僧の智能とみそかごとを行なっている現場を押さえた賈宝玉が、「夜になったらきちんとかたをつけてやるよ（夜細細的算帳）」と言ったのを、夜になったら宝玉自身が秦鍾がやっているのと同じような行為を行なおうと誘った隠語だと取る説があるが、これは間違いであるといわざるを得ないだろう。このあとすぐに、「その夜は別に何もなかった」と述べている通りに、文字通り実際何もなかった、と解すべきである。もしあったとすれば、それだけで賈宝玉は、警幻仙姑から認定された「意淫」の人ではなくなってしまうからである。

なお、いわゆる同性愛者の中には、ホモやゲイや男色の徒*といわれるような人の外に、性愛行為を求めない同性愛者もいるという。中国の同性愛を取り扱った古典小説にも、前者のような人物ばかりではなく、性愛行為を求めない同性愛者がかなり多く登場し、前者と後者はしばしば対比人物として同じ作品中にあらわれることが多い。だとすれば、性愛行為を求めない同性愛者の同性愛と性同一性障碍者の同性愛とはどこが違うのか、その判別はいよいよ以て困難になる。しかし、幸いにも賈宝玉に関しては、作者が性同一性障碍者としての多くの証拠を他に残してくれているので、間違いなく性同一性障碍者のそれであるといえるのである。

注

＊『紅楼夢』中には、英蓮（香菱）を見初めて男風を絶った馮淵、同性愛を求めて柳湘蓮から殴打された宝釵の兄の薛蟠などのような男色を好む者が何人か登場する。

＊　＊　＊

性同一性障碍者（ＭｔＦ）のコメント

（著者の質問）

賈宝玉が秦鍾を愛する時には、秦鍾が女の子のようなタイプなので、宝玉は大観園で女子たちを愛するのと同じ気持ち、つまり、女同士の友情愛的な愛し方をしていたことになるのでしょうか。もし宝玉が、かなり男っぽい男性を愛した時には、女性のこころで男性を愛するので、心理的には異性愛的になるのでしょうか。

（Ｎ・Ｍ・さんの回答）

よく混同されるのですが、性自認（自分が男か女か）と性指向（同性を恋愛対象にするか、異性をするか）とは分けて考えたほうがわかりやすいと思います。さらに、性愛感情と性指向とは、イコールではなく、性指向の中に性愛感情が含まれると考えられます。賈宝玉の場合、女性として秦鍾を愛していた（その時の性指向が男性を愛した）のかもしれません。初めての恋の場合、あまり自分とかけ離れていない女性的な人からはじめることが多いと聞きます。しかし、いずれにせよ、自分の身体は男性の身体なので、自分の望む性行為はできません。男性としての同性愛による性行為は、ＭｔＦの場合受け入れられないことがあります。男性としての自分がいやなので当たり前ですが……。そういった事情から、性行為そのものがいやとなっている場合が多いのです。ＳＲＳ（性別適合手術）済みの場合、自分の望みの性としての性行為が可能になるので、ＳＲＳ後は性行為を望むようになることはよく聞く話です。

（三）賈宝玉に見られる神経症的症状

『紅楼夢』の内容から見る限り、作者の曹雪芹は医薬本草についての造詣が相当に深い。医者の見立てを医者に代わって解釈したり、賈宝玉を通して語らせたり、あるいは病身な林黛玉の口を通して語らせたりしているが、いずれにせよ、作者のこの方面の知識には並々ならぬものがあることは確かである。

それかあらぬか、主人公の賈宝玉は一種の神経症的な障碍をもった不可思議な人物として造型されている。たとえば、彼はもともと「幼いころから品の悪いいやらしい性癖があり（自幼生成有一種下流痴病）」（第二十九回）、「襲人は幼いころから宝玉の性格が異常で、その腕白さやわがままは普通の子供よりも遙かにひどく、そのうえさらにいろいろけしからぬ、口にも言えぬ悪い癖があるのを見てきているので云々（襲人自幼見宝玉性格異常、其淘気憨頑自是出於衆小児之外、更有幾件千奇百怪口不能言的毛病児」（第十九回）といわれるごとくである。そしてそれは、『紅楼夢』の後半部になると、ますます頻繁に起こるようになった。

たとえば、第五十七回には、黛玉の侍女の紫鵑から、黛玉が今後若さまとは距離を置こうとしていると聞いた宝玉は、最も気の合う黛玉も自分から離れようとしているのかと誤解して、急痛によって精神錯乱を起こし、一種の痴呆状態に陥ったことは、すでに引用したが（八二頁～参照）、さらにそれに続いて、紫鵑が宝玉に向かって、「お嬢さま（黛玉）は、まもなく蘇州のお家に帰るそうよ」と冗談を言うと、宝玉はそれを真《ま》に受けて、急に「痰迷」（パニック発作に似た精神錯乱）に陥り、賈家中に大風波を引き起こしている。

宝玉はそれを聞くと、頭のてっぺんにすさまじい雷が落ちたかのような気がした。紫鵑は彼がどんな出方をするか見守っていたが、宝玉はまったく口を開こうとはしない。……晴雯は、宝玉がぽかんとして、頭にぐっしょり汗をかき、満面に朱を注いだようになっているのを見て、あわてて彼の手を引っぱって、すぐに怡紅院に連れ帰った。襲人はこのありさまを見てうろたえたが、それでも時候あたりをして、熱のある身体を風に吹かれたからだろうくらいに思っていた。ところが、どうしたことか、宝玉に熱のあるのはまだよいとしても、眼球が突び出し、口から涎を垂らし、まったく知覚がない様子である。……襲人は黛玉に向かって言った、「乳母の李ばあやがつねってみても痛みも感じないようで、もう半分以上は死んでいらっしゃいます。李ばあやさえもう駄目だといって、おんおん泣いております。おおかた今ごろはもうお亡くなりになられたことでしょう」、といった。

こんな場面の宝玉の様子を見れば、おそらく誰しもこれが単に黛玉に対する愛情のみが原因ではなく、彼には何らかの精神疾患があるのではないか、と思うのではあるまいか。
また、第七十回には、これによく似た「怔忡《せいちゅう》の病」という病気になっている。怔忡の病というのは、動悸が激しく心臓が苦しくなり、痴呆症状を呈する病気だというが、それは、抑鬱、驚愕、悲痛、不安などによって引き起こされるという。

次から次へとさまざまな愁いと悲しみが続き、一つ終わらぬうちにまた一つ重なるといったありさまに、とうとう宝玉は、様子がおかしくなって表情には精気がなくなり、言うことは支離滅裂になり、「怔忡の病」になったかのようである。襲人たちは気が気ではなかったが、お祖母さまに申し上げるのも憚られるので、あれこれと趣向を変えては、宝玉の気を引き立てようとした。

その後、第八十一回以後の続作においては、彼の命とも言うべき通霊玉の行方が知れなくなったことや林黛玉の病気に関することなどのさまざまな原因で、失魂喪魄して、しばしば「瘋癲《ふうてん》」状態や人事不省状態に陥っている。「瘋癲」とは、神経錯乱、精神異常のことで、解離性同一性障害（ヒステリー性神経症）に似たような症状である。このうに、彼は現代でいえば、鬱病的な抑鬱状態や鬱病性昏迷（痴呆症状を呈するという）、解離性障害（ヒステリー）、パニック障害などのような意識障害やパーソナリティ障害に陥って、しばしば人事不省（「魂魄失守」）状態に陥ったり、痴呆症状を呈したりしている。
そんな中で、宝玉は熙鳳の「掉包《すりかえ》」の計によって宝釵との望まぬ結婚をさせられるが（第九十七回）、結婚後も、彼の病気は治らず、第九十八回に至ってやっと快方に向かったが、それでもなお完全には回復せず一進一退を続けたのである。そしてたとえば、第九十八回では、襲人に向かって次のように言っている。

わたしはもう死んでしまいたい。ただ、一つ心残りなことがある。どうか、おまえからお祖母さまに申し上げておくれ。どうせ黛玉さんも死ぬだろうし、二人の病人が別々の場所で死にかかっているのだ。死んでしまったら、あとの始末がますます大変だろう。いっそのこと、どこか空部屋を一つ用意して、早めにわたしと黛玉さんの二人をそこへ担ぎ込んで、生きてるうちは一緒に治療したり、看病したりしてもらい、死んだら一緒に柩《ひつぎ》を並べて遺骸を安置してくださるように、とね。おまえがわたしの言う通りにしてくれたら、これまでの何年かの情誼に背かぬことになると思うよ。

宝玉はこれまでにも死んでしまいたいという言葉を口走ったことは何度かあったが、抑鬱状態がますます昂じていたこのころになると、すでに自殺願望さえ芽生えているかのようである。

さらにその後、やっと少し恢復して、宝釵と交接するのであるが、第百十三回になると、宝玉は超俗清浄な尼僧の妙玉が強盗にさらわれたといううわさを聞いて、またぞろ病気がぶり返している。

かくして次から次へとさまざまなことが思い起こされ、『荘子』のいう「虚無縹渺、人生まれて世に在るや、風流雲散を免れ難し」という言葉を思い出して、思わずわっと泣き出した。襲人らはまたしても例の病気が再発したものと思い、あらゆる手を尽くして優しく慰めたのである。宝釵も最初は何が原因なのかわからなかったので、言葉をつくして諌めてみた。しかし宝玉の鬱屈はどうしても解けず、それどころか精神さえ惚けてしまったかのようである。

それから、また少しよくなるが、第百十五回では、権勢欲に取り憑かれた甄宝玉がやって来て宝玉と初めて対面する。ところが、話が全く嚙みあわず、甄宝玉の禄盗人さながらの立身出世主義に当てられてくさくさしていたところに、妻の宝釵から「男子たるもの、身を立て名を揚げるのが当然でございます。あなたのように女々しい私情にとらわれてうじうじしている人がどこにおりましょう。ご自分に男らしさのないことは棚に上げて、人さまのことを禄盗人だなどとおっしゃるのですか」ときびしく諭され、ついにまた彼の持病である「瘋癲」が再発し、人事不省に陥り、「物も言わずに、ただ馬鹿のようににたにた笑うばかりであった」という。

以上見てきたような、賈宝玉の病気は、もともともっている彼の気質から出たものである。それは、しばしば「例の病気」「旧病」「旧毛病」「這病根子」などといわれている。それらの病気は、何なのかというと、それらはみな現代の神経症的症状に関係するものであり、そしてそれをさらに絞っていえば、性同一性障碍者がなりがちな精神症状であるといえるのではないだろうか。

宝玉には、政治世界で活躍したり、家の再興に尽力したりする気持ちはまったくない。そんなことは為そうにも、彼にはできないのだ。そんなことよりも、彼にとって恐ろしいのは、気のあった女子たちとの離別などによって、誰も自分をかまってくれなくなったり、自分の居場所がなくなったりする不安のほうが恐ろしいのである。それは、彼にとって死にも等しいことであったからだ。このような不安感、恐怖感に襲われて、彼は性同一性障碍者のなりやすい抑鬱状態に陥ったり、てんかん症状に襲われたり、痴呆状態を引き起こしたりしたのではないだろうか。

＊　＊　＊

性同一性障碍者（ＭｔＦ）のコメント

（著者の質問）

宝玉は不安や恐怖に襲われたときや林黛玉との恋愛が破綻しそうになったときなど、「てんかん」発作のような失神状態に陥ったり、鬱病もどきの抑鬱状態やある種の痴呆状態になったりして、長い間判断能力を失ってしまうことがあります。宝玉は、侍女の紫鵑が冗談に、黛玉は来年蘇州に帰ることになっている、といったのを聞いただけで、忽ち昏倒して人事不省になっています。それについて、林黛玉への愛の深さによるものだとか、彼の命の綱ともいうべき大切な通霊玉を紛失したからだといった、理由づけがされているようですが、性同一性障碍者は、鬱病になりやすいとか、ヒステリー性格の人が多いともいわれているようなので、実際にこのような症状が起こりやすいのかどうか、お尋ね致します。宝玉には、普通の者より、激しく動揺し、感情の制御が効かないような、幾分キチガイじみたところ、あるいは子どもっぽいところがあるのですが、如何でしょうか？

（Ｎ．Ｍ．さんの回答）

すべてではありませんが、「激しい動揺や感情が制御できない」「パニック障害」「鬱あるいは鬱状態」などは、ＧＩＤの集会などでよく見聞きし、医者の友人も「一般人より有意に高い」といっています。また、鬱はストレスの多さとホルモン療法の影響で発生率は高いと感じています。悲しいことですが、ＧＩＤの方に自殺者が多いのも鬱を併発してのことと思います。

研究書に見える事例

山内俊雄著『性の境界』（岩波書店、二〇〇〇）九〇頁にいう。

☆「性同一性障害に悩む人たちは社会的に孤立し、疎外され、差別のもとに暮らすことが少なくない。その結果、羞恥心やときには罪の意識を抱き、抑鬱的となり、引きこもりや自殺へと駆り立てられることもある。」

報告書に見える事例

針間克己監修・相馬佐江子編著『性同一性障害30人のカミングアウト』（双葉社、二〇〇四）より

☆「自分が治療をはじめたのは二〇〇一年からです。それまではうつ病だと思い苦しんできました。自殺未遂にまで追い込まれました。自分が何者かもわからず、GIDの知識もなかったのです。通院していた病院の心療内科から、ジェンダークリニックを紹介され、その精神科医T先生からGIDと診断され、はじめて自分が何者だったかを知りました。診断を受けてからは女性として生きることを決意し、うつ症状は急激に軽くなりました。」（一八九頁）

☆「悩みはさらに深くなり、二〇〇〇年頃にはひどいうつ状態に陥ってしまいました。ビジネスマンとして生きてきた自分と、男であることは苦痛な自分とのギャップに悩み、家庭崩壊の恐怖から解決の糸口すら見つからない毎日でした。」（一九二頁）

（四）賈宝玉はなぜ仏教・道教思想に傾斜するのか

『紅楼夢』の思想的、宗教的ベースとなっているのは、儒教ではなく、道教と仏教である。それは主人公の賈宝玉の思想や生き方がそれらをベースにしているので、そのような印象をもつのであろう。賈宝玉が道士と僧侶を合体させたような人物であり、道教と仏教とを融合させた思想の持ち主であることは、彼にとっての命の綱（「命根子」）であり、また守護神でもある「茫茫大士」と「空空道人」とが、いずれも道教（茫茫・道人）と仏教（空空・大士）の用語を組み合わせて命名された人物であることをみてもわかるであろう。それについては、解盦居士の『石頭臆説』にも、「宝玉は出家して僧となり、而して封ぜらるるに真人の号を以てす。真人とは道士なり。空空道人は又た情僧と名づく。是れ僧即道、道即僧にして、実は即ち宝玉なり。渺渺真人は即ち是れ茫茫大士にして、一道一僧なるも、実は皆な宝玉の魂魄なり（宝玉出家為僧、而封以真人之号、真人者道士也、空空道人又名情僧、是僧即道、道即僧、実即宝玉。渺渺真人即是茫茫大士、一道一僧実皆宝玉之魂魄也）」（『紅楼夢巻』巻三所収）といっていることからもわかるだろう。

父の賈政は完全な儒教徒であり、道学者であるが、宝玉の思想や生き方にはほとんど儒教的な色彩は見られない。ただ、わずかに四書のみを一応認めているが、それも仕方なく消極的に受け入れているにすぎない。普通の士大夫ならば、儒教を表看板として現実社会を渡り歩くのであるが、宝玉の場合は、外部の男性社会（公的世界）に出てゆく気持ちが全くないばかりか、儒教と聞いただけで身震いするほどであったので、頼るべき思想といえば、裏の思想である道教と仏教とを対等的に融合した仏道未分の思想を基盤にして生きてゆく以外に道はなかったのである。

では、なぜ彼は儒教思想をほとんど受けつけず、道・仏思想のみを信奉するのであろうか。それは言うまでもなく、儒教が男性社会の支配的思想であるからである。男性社会に出て行くことができない性同一性障碍者の賈宝玉は、男性社会の風気・規範・礼法・習俗にどうしても馴染めないばかりでなく、その中心思想である儒教をとりわけ嫌悪するのである。社会的軋轢や摩擦を避けて生きるには、私的世界の思想である道教・仏教を拠り所にして生きてゆく以外には、取るべき道がなかったのである。現代の性同一性障碍者でも、男性優位の職場において働くのは相当に苦しいのであるから、当時のような全く女性のいない男性社会（公的世界）に宝玉のような女性のこころをもった者が乗り出してゆくことは、およそ不可能であっただろう。したがって、宝玉の思想が現実社会に対する悲観主義に傾き、時として人生の無常や俗界の虚妄を慨嘆するペシミスティックな、あるいは投げやりなものの見方や考え方に流れがちになるのは、やむを得ないのではないだろうか。

（五）『紅楼夢』の簿冊と情榜について

（1）太虚幻境の薄命司の簿冊

太虚幻境とは女仙のみの住む天界の理想郷であるが、そこには「痴情司」「結怨司」「朝啼司」「夜怨司」などの多くの建物があった。その一つの「薄命司」には、この世の薄命の佳人の過去・未来のことを記した帳簿が収納保存されていたという。賈宝玉は秦可卿の部屋で昼寝をしていたとき、夢の中でこの太虚幻境に遊び、その帳簿のうち金陵十二釵の運命を記した簿冊をのぞき見たのである（第五回）。

その簿冊は、一冊ごとに絵図と詞《ことば》書《が》きによって記されており、正冊・副冊・又副冊の三部から成っていたので、それらを全部見れば、仙界から人界に降凡したり、あるいは人界から仙界に昇天したりした金陵（南京）原籍の三十六人（庚辰本『石頭記』第十七・十八回合回の脂批によれば、さらに三副冊、四副冊があったというので、総計六十人）のすぐれた女子のことが載っていたはずであるが、宝玉はそのうちの正冊中に含まれる薛宝釵・林黛玉・賈元春・賈探春・史湘雲・妙玉・賈迎春・賈惜春・王熙鳳・巧姐・李紈・秦可卿の十二人、および副冊中の首位の香菱、又副冊中の首位の晴雯、第二位の襲人と見られる計十五人の女子の簿冊をのぞき見た。これから見ると、正冊には主人筋の女性、副釵には妾、又副冊には侍女たちが載っていたのであろう。この十五人以外の女子が誰であったかは判然としないが、いずれにせよ、ここで宝玉が見た十五人の女性が、『紅楼夢』中に登場する数多くの女子の中の中心人物であることは間違いない。

ただ、わたしがここで問題にしようとするのは、簿冊に登載された女子の名前の詮議などではなく、金陵十二釵という女子の帳簿に男性の宝玉がなぜ載っていたのかということである。それについては、第五回に見える短い暗示的な記述によって推測する外はない。

（「金陵十二釵正冊」の十一冊目を見終えた）宝玉は、なおもその先を見ようとしたとき、警幻仙姑は宝玉が天分に恵まれ非常に聡明なことを知っていたので、天機（天の機密）の漏洩することを懼れて、遂にその巻冊を覆い隠し、「さあ、わたしと一緒にあちらへまいって景色でも見ようじゃありませんか。何もこんなところで謎解きなどすることはないでしょう」といってせき立てられた。夢心地でうつらうつらしていた宝玉は、思わずその気になって冊子を置くと、警幻仙姑についてある場所へやって来た。

という。宝玉がなぜその先を見ようとしたのかというと、もう一冊、つまり第十二冊があったからであろう。宝玉は当然、次に何が描かれているか知りたかったに違いない。ところが、警幻仙姑に止められてしまう。仙姑はなぜ簿冊を掩いかくして彼に見せなかったのだろうか。おそらく、そこには宝玉にそれを読み解かれると、『紅楼夢』の筋立てがすべて見透かされてしまうような秘密が隠されていたからではあるまいか。

それについては、伊藤漱平氏がつとに解答を与えている。伊藤氏はいう、

宝玉がかつて夢中警幻天に遊び、『金陵十二釵』の正冊を窃み見て、今や十二人目のところを披こうとした時、警幻仙姑はこれをさえぎり停むる。『宝玉なほも見んとせし時、かの仙姑、かれが天分の高くして性情のすぐれしを知りたれば、おそらくは天機を漏らさんものと便ち巻冊を掩いぬ云々』（第五回）、即ち、十二人目に宝玉の分があったのである。彼は原来その首頁におかれるべきであるから苦しいが、この事実は末回まで伏せておかねばならぬ必要上、こうした書き方をしたものであろうか。（『伊藤漱平著作集』Ⅰ紅楼夢編上、四二二頁）

伊藤氏は宝玉が見ようとして見ることができなかったこの第十二冊には、宝玉自身の図と詞書きが入っていたと、見るのであるが、わたしもこの見解に異論はなく、おそらく伊藤氏のいわれるごとく、外ならぬ宝玉その人がここに載っていたから、彼がそれを見ることによって過去・未来の因縁をすべて察知することを、仙姑は恐れたのだと思う。

ただ、伊藤氏がここで十二人目というのは間違いで、正確には十二冊目である。というのは、金陵十二釵の正冊に含まれる十二人は、第一冊目に薛宝釵と林黛玉の二人を一緒に載せているので、宝玉が見た十一冊目までに既に出尽くしているからである。なぜ第一冊目にのみ、宝釵・黛玉の二人を並載したのかというと、恐らく宝釵と黛玉とは甲乙がつけがたく、どちらを先にするかを決められなかったからではなかろうか。第五回の「紅楼夢曲子」の第二曲「終身誤」と第三曲「枉凝眉」にも、同様に二人を一緒に詠い込んでいる。あるいはまた、最後の冊に宝玉を入れるために敢えてそうしたとも考えられるが、いずれにせよ、最後の冊に何が描かれていたのかは、やはり看過できない

ことであろう。わたしは、本文の思わせぶりな書き方から見ても、伊藤氏の言われるごとく、そこには宝玉が載っており、彼の運命が予知されるような絵や詞書きがあったものと思う。

では、宝玉はなぜ最後の冊子に入れられたのか。番外の附録とみなして、女子たちとは毛色の変わった例外的な人物を付け足しに置いたのであろうか。あるいは、女子たちを統管する重要人物と見なして、最後に置いたのであろうか。作者の真意はいずれともわからないが、いずれにせよ、そこにはやはり宝玉自身の絵姿と詞書きとがあったとするのが妥当な見方であろう。

とすると、次の問題は、男性である宝玉がなぜ女性の簿冊に入れられたのかということになるが、これについては伊藤氏もかなり苦慮されたようで、次に述べる情榜における宝玉の位置ともからんで、「（宝玉が）男性の身でありながら、群芳の首におかれたことは、一見不可解の感を与えようが、……」「彼は元来その首頁におかれるべきであるから苦しいが、……」（以上、前掲の伊藤著作集Ⅰの四二二頁）、「宝玉は男子の身でありながら、なんと〈十二釵の冠《かしら》〉たるべきさだめにあったのである。正十二釵簿冊が十一頁で仙姑より蔽われたのは、それへのいささか苦しい伏線であろう」（同上Ⅱの二五九頁）などと、一抹の疑念を漏らされている。

わたしも、以前、いろいろ考えてみたが、そのときには納得のゆくような答えは見つからなかった。だが、今ではこの問題も容易に解決できそうである。というのは、宝玉はもともと太虚幻境の灌園叟《はなもり》であり、女仙の国の住人であるから、仙界に帰れば、そこに居場所があるからである。また彼は、警幻仙姑の思し召しによって下界に降《くだ》り、警幻仙姑は彼を女子と同じに見なし、女子たちの良友として仲よく暮らすように運命づけているのであるから、帰天後に彼を女子の簿冊中に入れても、何らおかしいことではないからである。さらにまた、作者が宝玉を今日のいわゆる性同一性障碍者（ＭｔＦ）と同じく、「身体の性は男性だが、こころの性は女性」であると見なしていたと思われるので、彼を女子の簿冊に入れても一向にかまわないからである。要するに、もとの住人がまた元の場所に帰ったに過ぎないのである。

それでは、宝玉を簿冊の首位に置くのがよいか、最後に置くのがよいかの問題であるが、わたしは宝玉は最後に置くほうが彼に似つかわしいように思う。というのは、宝玉は娘子軍《じょうしぐん》の総大将として女子たちを統轄したり、取り締まったりするような人物ではない。彼は貴族の若さまであるとはいうものの、「怡紅公子」の号からもわかるように、女子たちを怡悦《よろこ》ばせることにのみ心を砕くような人物である。女子たちの親密な友だちとして、あるいは狂言廻しやまとめ役のような人として、彼女らと対等的な人生を送りたいと願う人である。補天の余の石頭《いし》の成り代わりを自称する作者は、自己の分身ともいうべき宝玉を正冊の最後に附録として置くことをむしろ望んだのではあるまいか。

（2）末回に置かれる予定だった警幻情榜

「情榜」とは、賈宝玉をはじめとする『紅楼夢』の主人公たちが、死後、天界に帰ったとき、科挙の合格者の名榜にならって、情の高下によって品等、あるいは品評されて表札に名が刻まれるというものである。これは、作者が未完の作品の最後（末回）に置くことを構想していたとされるが、本文中には見えず、脂硯斎の評語の中に何度か見えるだけのものである。たとえば、庚辰本第十七、十八合回の「介紹妙玉一段」の眉批に、畸笏《きこつ》が「末回の警幻情榜に至って、方《はじ》めて正・副・再副、及び三・四副の芳諱を知る（至末回警幻情榜、方知正・副・再副・及三・四副芳諱）」というのを見ると、曹雪芹は『紅楼夢』の末回に、正・副・再副・三副・四副の五冊分六十人の女子を情によってランク付けした情榜を置き、畸笏はそれを見ていたかのように受け取れる。しかし、実際にはただ宝玉・黛玉の二人についての短い評語、すなわち、「宝玉、情不情」、「黛玉、情情」という語が、脂批の中に併せて八回ほど記されているに過ぎない。

情榜中、宝玉と黛玉のどちらが首位を占めていたのかというと、その点も定かではない。庚辰本の第十七、十八合回の回前総批に「宝玉係諸艶之貫（冠）、故大観園対額必得玉兄題跋」といっているので、それに従えば、宝玉が多くの女子の中の首位（「諸艶之冠」）に置かれていたようにも受けとれるが、宝玉「情不情」、黛玉「情情」というのは、宝玉と黛玉の情の内容の違いを示しただけで、両者の間にランク上の優劣はなかったと見ることもできる。いずれにせよ、この情榜は余りにも簡単なものであり、作りかけの未完成品であったと見られるので、人名や序列といった些細なことを詮議してもほとんど意味はないだろう。

しかしながら、情榜に関しては二つの重要な問題がある。その一つは、宝玉が男子の身でありながら、女子を品隲した警幻情榜になぜ入っているのか、ということである。ただ、これについては、簿冊について述べた理由と同じく、宝玉が「身体の性は男性だが、こころの性は女性である」という現代のいわゆる性同一性障碍者に相当する人物であったからという以外にあるまい。宝玉はもともと天界の女仙の国（太虚幻境）の住人であり、それが再びまた天界に戻ったのであるから、女子の情榜に入るのを拒まれるいわれはないのである。作者はもともと賈宝玉を女仙の国に住む女子の心をもった人物として造型したのであるから、情榜においても彼を女性として取り扱うことに何らためらいを持たなかったのではないかと思う。

その二つは、宝玉「情不情」、黛玉「情情」という評語の解釈をめぐる問題である。これは、『紅楼夢』を代表する男女の主人公の賈宝玉と林黛玉の恋愛のあり方や性情の様態をあらわす言葉なので、看過するわけにはいかない。ただ、いかんせんあまりに短く、正確な解釈を期しがたいのであるが、敢えて私見を述べてみよう。

まず、黛玉の「情情」から述べると、「情情」は、「情にして情」と訓《よ》んでも、「情を情とする」と訓んでも、「情をどこまでも深めてゆく」という意味になるだろう。というのは、有正本第三回回末総評に「絳珠の涙、死に至るまで乾かず。万苦も怨みず。所謂《いわゆる》仁を求めて仁を得たり。又た何をか怨みん」といい、同本第三十五回の回末総評に、「黛玉は情に因りて凝思黙度し、其の身あるを忘れ、其の病あるを忘る」というように、黛玉には宝玉に対する恋情を「一往情深」（感情をひたすら込めてゆく）に深めてゆく傾向があるからである。諸家の説も、黛玉の「情情」は、彼女の宝玉に対する「専愛」的な愛情表出を言ったものとする解釈で、ほぼ一致している。

ところが、宝玉の「情不情」には、いろいろな説があって、一定していない。これについては、いちいち諸家の説を引用して説明する紙幅の余裕がないので、自説のみを提示することにしよう。

まず、「情不情」の訓《よ》み方であるが、わたしはこれを『紅楼夢』第六十三回に見える「僧不僧、俗不俗、女不女、男不男」（僧にして僧にあらず、俗にして俗にあらず、女にして女にあらず、男にして男にあらず）と同形とみて、「情にして情にあらず」と訓む。「僧不僧、俗不俗、女不女、男不男」という言葉は、曹雪芹の造語ではなく、もともと元の王実甫の『西廂記』第二本楔子に見える。ただ、『紅楼夢』の意味は『西廂記』とは異なり、「僧侶ではあるが、普通の僧侶とは違う。世間一般の人ではあるが、普通の世間一般の人とは違う。女性ではあるが、普通の女性とは違う。男性ではあるが、普通の男性とは違う」というものである。『西廂記』を愛読していた曹雪芹は、このことばを俗語《ことわざ》として『紅楼夢』中に借用したのである。

したがって、わたしはこの訓み方を踏まえて、「情不情」を「情にして情にあらず」と訓み、宝玉は「情の持ち主ではあるが、その情はいわゆる色情の情とは違い、意淫を主とする情である」、彼は「多情の人ではあるが、最後にはよき人をうち捨てて出家遁世をする薄情な面もあわせもつ人だ」、彼は「情の持ち主であるが、その情は普通の情ではなく、一風変わった痴情である」、彼の「情は人にのみ注ぐ情ではなく、無情の自然物に至るまで注がれる情である」といった意に解する。普通の人の情とは異なった「痴情」が種々さまざまなあらわれ方をするのが、宝玉の情の特徴だからである。

「情不情」を「不情を情とする」と訓まないのは、「不情を情とする」と訓むと、宝玉の根本的性格が「不情」であるということになっておかしいのと、その訓みではどうしても宝玉のさまざまな方面にあらわれている痴情のすべてを包含できないからである。警幻情榜の「情不情」は、彼の「意淫」、「体貼《おもいやり》」、「痴情」と深く結びついており、多くの意味内容を含んでいるのである。それらのすべてを包含した宝玉の「情」の特徴といえば、やはり「情にして情にあらず」と訓む以外にはないのではないだろうか。ただ、そのような普通の人とは異なった「痴情」がどうして発生するのかというと、それはやはり彼が性同一性障碍者であったからだという以外にないようにわたしには思われる。

（六）「名」をもたず、「乳名」で一生を通す宝玉

昔の中国人には名、字《あざな》、別号、その他いろいろな呼び名があるが、『紅楼夢』に登場する十八人ほどの賈家の男子のうち、賈宝玉を除いて、他の者はすべて「名」で呼ばれている。「字」のある者も、辛うじて賈赦《かしゃ》（字は恩侯）、賈政（字は存周）の二人が第三回に見えるだけである。宝玉と輩行を同じゅうする者も、賈珍、賈璉、賈琮《かそう》、賈珠と玉偏で統一された一字の「名」だけで呼ばれている。ところが、不思議なことに、賈宝玉のみは、「宝玉」という二字の乳名（幼名）が最初から最後まで一貫して用いられており、正式の「名」がなく、また「字」もないのである。

宝玉という乳名が生まれた由来は、よく知られているように、「その後、また一人お坊っちゃまがお生まれになりましたが、何とも珍しいことに、そのお坊っちゃまは生まれ出るときに、口の中に透き通った五色の玉を含んでおら

れ、その玉の表にはまたいろいろと文字が書かれていましたので、お名前を宝玉とおつけになられたそうです」（第二回）ということによる。以来、彼は「絳洞花主」、「怡紅公子」、「茜紗公子」などの別号はいくつかもっているが、正規に「名」や「字」をつけた形跡は全く見えない。

第五十二回には、「宝玉」という名を侍女や召使いばかりではなく、水汲み男や汚穢屋《おわいや》や乞食でさえも、呼び捨てにしていると、麝月はいう。

　このお名前を呼ぶことだって、まだ小さいころから今に至るまで、ずっと呼んできたことで、それもみなお祖母さま（賈母）のお言い付け通りにしていることなのよ。あなたがたもご存じのはずだわ。丈夫にお育ちにならないのではないかと心配なされて、わざわざあの方のご幼名を書いて方々に貼り出して、たくさんの人に呼び捨てにさせたのもみな、若さまが丈夫にお育ちになるようにとのお考えから出たことよ。水汲み人や肥え汲み男や乞食でさえ、呼び捨てにしてもよろしいんですから、ましてわたしたちは言うまでもないことではないの。

宝玉が正規の「名」をもたず、下々の者にまで乳名のまま呼び捨てにさせているのは、そうすることによって丈夫に育つという迷信によるのである。たしかに『中国風俗大辞典』（一九九一、中国和平出版社刊）などを見ても、「取乳名」の風習は、昔からあったようである。しかし、下層の庶民の家ならいざ知らず、鐘鳴鼎食の家、翰墨詩書の族とうたわれる賈家のような名家において、しかも栄国邸の事実上の嫡男であり、将来を嘱望されている人物が、十数歳になっても、他の兄弟とは甚だしく異なる奇妙な幼名だけで通すというようなことは、おそらく現実にはなかったであろう。というのは、こうした非現実的なことが為されるときには、しばしば太虚幻境の主宰者である警幻仙姑や賈家の絶対者であるお祖母さま（賈母）の思し召しによってそうしたということにするのであるが、この場合も賈母の「吩咐《めいれい》」ということになっているからである。

本名が必要になるのは、普通まず学校に上がって勉強するときである。宝玉は十歳のころ、一族の賈代儒が塾長を務める家塾に入っている。通常はこのとき、正規の名前を名乗るのであるが、ただ、この学校は公的なものではないので、従来用いている呼び方のままで通すこともできるだろう。しかし、それよりももっと不可解なのは、続作（第八十一回以後）において、彼が乳名（幼名）のまま官吏登用試験（郷試）を受けることである。正式の名も字もなく、科挙の試験を受けるというのは、いささか乱暴すぎる趣向のように思われる。そこで、「乳名」の使用を、賈宝玉の中舉（郷試）受験は曹雪芹のもともとの構想にはなかったのを、続作者が恣意的に創作したのだという説の根拠の一つにする人もいる。しかしまた、登場人物の多い小説では、混乱を避けるためにできるだけ一つの呼び名で通そうとする小説作法上の慣習もあるので、そこまで現実に合わせなくともよいではないかという見方も成り立つかも知れない。ただ、何にせよ、肝腎の主人公に正式の「名」を与えなかったことには、作者に何らかの意図があったのではないかという疑念を拭い去ることができないので、ここではその点について私見を述べてみよう。

その一つの理由は、宝玉はもともと天界から玉を含んで降世した超世絶俗の人として設定されているので、普通の人間の習慣に合わせて俗名をもたせることをしなかったということが考えられる。もし「名」や「字」をもてば、あらゆる点で俗界の人間と同じになってしまい、宝玉の超凡性が損なわれるからである。天界から降世した特別の人としての性格を失わせないためには、あくまでも乳名で押し通す必要があったのである。

もう一つの理由は、それとも少し関連するが、わたしは作者が宝玉を「名」や「字」の必要な現実社会（公的世界）では生きてゆけない人、「名」を必要としない閨門内でしか生きてゆけない人として造型しようとしたからではないかと思う。「名」をもつと、どうしても家庭の外に出て、公的な男性社会と関係をもたざるを得なくなる。しかし、彼はすでに見てきたように、現在のいわゆる性同一性障碍者のように、現実世界に出てゆくことに対しては、言いしれぬ不快感や恐怖感をおぼえる人物である。それゆえ作者は、宝玉が家庭内の女子たちの間でしか自立自足できない人、家庭外の男性社会では生きてゆけない人であることを徹底させるために、乳名（幼名）の宝玉のままで押し通し、「名」と「字」を与えなかったのではないかと思うのである。

(七) 賈宝玉と甄宝玉の人物像の変化の意味

『紅楼夢』における「真」（甄）と「仮」（賈）をめぐる問題には三つある。その一つは、太虚幻境の入り口の石の牌坊の両脇に掛けられていた対聯「仮作真時真亦仮、無為有処有還無」（第五回）の解釈についてである。ただ、これは大した問題ではない。というのは、ほとんど異論なく、「仮の真となるときには真も亦た仮となり、無の有となるところでは有も還《ま》た無となる」と訓《よ》み、この対聯が仙境の入り口にあったことからして、太虚幻境が人界に存在するような真と仮、有と無などの対立や差別の一切ない、絶対的な安楽境であることをいったものと、解しているからである。

その二つは、甄士隠《しんしいん》と賈雨村《かうそん》をめぐる問題であるが、両者が「甄（真）」と「賈（仮）」という相対する姓をもつ人物であることからもわかるように、現実社会において対照的な生き方をする人間の型をあらわしている。すなわち、甄士隠はこの世の無常を悟って出家する隠者的なタイプの人物として、賈雨村は官界で栄進や免職を繰り返しながら、どこまでも現世にしがみついて生きてゆくタイプの人物として造型されているのである。

そのこと自体には何の問題もないのであるが、問題は、甲戌本の第一回の回首総評に脂硯斎が「作者自云、因曾歴過一番夢幻之後、故将真事隠去、而借通霊之説、撰此石頭記一書也」といっていることである。甄士隠は「真事隠」の諧音（音通）とされるので、甄士隠の命名には何らかの寓意があるようだが、その命名の元になっている「真事隠」とは一体何をいうのかというのが問題になるのである。というのは、そこには『紅楼夢』の主題とも関わる重大な秘密（「真事」）が隠されている可能性があるからである。

通説では、この「真事」は作者の家（曹家）が抄没《とりつぶし》にあった事件を指すとするのであるが、わたしはこの説にはなお得心がゆかない。わたしの今の読み方によれば、脂評の「一番の夢幻を歴過した」というのは、『紅楼夢』世界（とくに大観園の理想郷）を夢見たことをいうのではないか。甲戌本第五回の「新塡紅楼夢仙曲十二支」の脂硯斎の評語に、「蓋し作者自ら云う、歴《ふ》る所は紅楼の一夢に過ぎざるのみ、と」といっているからである。「真事を隠し去る」というのは、自分の本当の正体（つまり、性同一性障碍者としての正体、本当は女性であること）を隠していることを指しているのではないか。「通霊の説を借りて」というのは、賈宝玉が通霊玉を帯びていることから、賈宝玉に仮託して、そして、「石頭記という一書を撰した」のではないか、というものである。この解釈が諸賢の賛同を得られるかどうかはわからないが、一応、自分なりの読み方を提示して先に進むことにしよう。

＊　＊　＊

性同一性障碍者（ＭｔＦ）のコメント

（著者の質問）

「真事を隠す」の「真事」が何を指すかについては、いろいろな説がありますが、絶対的な説はありません。私の説もいいかげんな思いつきにすぎません。ただ、性同一性障碍者にとっては、ＧＩＤをひた隠しにするのは（といっても、昔はＧＩＤなど誰も知らなかったのですが）、非常に大きな問題ではあるまいかと想像します。自分が他の人と異なることを意識しても、それを説明しようがない、ということのつらさは、どんなものだろうか、そこのところの思いを聞かせいただければあり難く存じます。

（Ｎ・Ｍ・さんの回答）

性はアイデンティティーの基礎の部分であると、自分がＧＩＤであるがゆえに強く感じていました。自分の本当のこと（女性であること）を隠していかなければならない現実と、これとは反対に、自分の存在を肯定するために他人に正しく（「こころの性」で）理解されたいという思いも強く起こります。ＧＩＤの方のホームページなどでトランス前やトランス途上の方が多いのも、このような相反したこころのあらわれだと思います。ＧＩＤ自助グループもそのような思いで参加される方が多いと思います。

三つ目は、賈宝玉と甄宝玉の人物像に関する問題である。私見によれば、これは賈宝玉の性同一性障碍の問題と関係すると思われるので、少しく論じてみよう。

曹雪芹は前八十回において、甄家《しんけ》と賈家《かけ》、甄士隠《しんしいん》と賈雨村《かうそん》のごとく、真（甄）と仮（賈）とを「対」的に用いている。しかし、なぜだか甄宝玉と賈宝玉の人物像は、はじめから全く同じような人物として造型されている。このことも不思議なことだが、さらに奇妙なのは続作（後四十回）において、賈宝玉と同じであった甄宝玉の性格が急変して、今度は正反対の人物に変貌することである。これは一体どうしてであろうか。また、このような人物像の変化は曹雪芹の原意に添うものであろうか、といったことが容易につかめず、両宝玉の人物像のあり方は『紅楼夢』中の難問の一つになっているのである。

甄宝玉が賈宝玉といかに相似た人物として造られているかについては、たとえば、第二回に賈雨村が南京の甄家の家庭教師であったときに接した甄宝玉の印象として、次のようにいっている。

その坊ちゃんの言い草がとてもふるっているのですよ。たとえば、「ぼくは二、三人の女の子と一緒に勉強すれば、字もよく覚えられるし、頭もすっきりするが、そうでないと、頭がぼんやりしてしまって駄目だ」と言ったり、またいつもお付きの小者たちに向かって、「〈女の子〉という言葉はとても尊くて、とても清浄なものだ。かの阿弥陀さまや元始天尊さまのご名号などよりも、ずっと尊い、絶対的なものなんだ。お前たちの汚い臭い口で、このありがたい言葉を汚すでないぞ。よく気をつけろ。ただどうしてもそれを口にしなければならないときには、必ずその前にきれいな水かお茶で口をゆすいでから、言うんだぞ。それを忘れてうっかり言ったら、すぐにそいつの歯を引っこ抜き、顎《あご》に穴を開けてやるからな」と言ったりするんですからね。その乱暴で落ち着きがなく、愚かで聞きわけのないさまは、まことに尋常ではありません。

これは、賈雨村が甄宝玉の日ごろの言い草や生活ぶりを間接話法で伝えたものであり、言い方は甄宝玉のほうが賈宝玉よりもややきついようでもあるが、内容的には賈宝玉のひごろの言動や考え方とまったく同じだと見てよいだろう。さらにこれに続いて、賈雨村は甄宝玉の異常な性癖について次のように述べている。

ところが、学校から帰って、女の子たちに会うと、そのおとなしくて優しく、賢くて雅やかなところは、なんとまあ人が変わったかと思われるほどの変わりようです。それで、その父君も何度か死ぬほど折檻《せっかん》なさったそうですが、どうしても性根を改めさせることができなかったようです。しかもいつも笞《むち》で打たれて痛くなると、このお坊っちゃまは「お姉さま」（「姐姐」）、「妹よ」（「妹妹」）とやたらに叫ぶのだそうです。あとでそのことを聞いた女の子たちがからかって、「なぜあなたは痛くて我慢ができなくなると、お姉さまとか、妹よとかひたすら呼び立てなさるの。まさか女の子に詫びを入れてもらおうというのじゃないでしょうね。恥ずかしいとお思いになりませんの」というと、その返事がまた実にふるってるじゃありませんか。そのお子の言われるには、「痛くてたまらないときに、何気なく、お姉さま、妹よという言葉をとなえたら、ひょっとしたら痛みが消えるかも知れぬと思って、そう言ってみたら、ほんとに痛みがなくなったような気がしたんだ。そんなわけで、この秘法をさとったものだから、それからというものは、痛みに耐えられなくなると、お姉さま、妹よと呼びたてることにしたのですよ」と、こうなんだからね。なんとも面白いことを言うではありませんか。

この場面は、甲戌本第二回の下線部の脂批に「古より未だ聞かざるの奇語を以てするが故に、古より未だ有らざるの奇文を写《か》き成す（以自古未聞之奇語、故写成自古未有之奇文）」というように、きわめて珍奇なものであり、性的マゾヒズムを描写した例としてよく知られている。確かに、父の折檻の苦しみに耐えかねた時、「姐姐妹妹」と心中で呼びたてると痛みが遠のくというのは、尋常ではないが、これもまた、賈宝玉の行為同然に見なされているのである。

また、引用は差し控えるが、第五十六回にも、甄家の家族が入京して、その使者が賈家を訪問したときに、賈家の者と甄家の者との間で、両者の酷似性が話題になっている。そこでもやはり、「容貌が立派でそっくりであること」、「祖母の異常なまでの愛護があること」、「腕白でひねくれていること」、「名前が共通していること」など、何から何まで似かよっていることに人々はみな驚いている。さらにまた、続作の第百十四回においては、甄宝玉の父の甄応嘉《しんおうか》が賈家を訪問して、賈宝玉を見て驚き、「これはなんとうちの宝玉とそっくりなのだろう。違うところは、ただ白い喪服を着ておられるだけだ」と思って、「今日はじめてお目にかかってみますと、お顔がそっくりであるばかりではなく、しぐさや物腰までそっくりです。これはいよいよもって不思議なことでございますな」と言っている。

以上のごとく、続作の第百十五回に至るまでは、賈宝玉と甄宝玉とはそっくりの人物（「這一派人物」）として描かれているのである。

ただ、甄宝玉の性格が変化する兆しは、すでにその前に少しあらわれている。話は前後するが、続作の第九十三回において、甄家の家僕の包勇が賈宝玉の父親の賈政に、甄宝玉が性格を改めたことについてふれ、「甄宝玉は大病をわずらい、死線をさまよったが、夢中、とある廟でたくさんの帳簿を見た。それから部屋の中に入ると、そこには大勢の女の子がいた。しかし、それがみな化け物や髑髏に変わったので、びっくり仰天した甄宝玉は、わっと泣き叫んだ。すると、それから息を吹き返し、病気がだんだんよくなり、以来、がらりと人が変わったように、女子と遊ばなくなり、心を入れ替えて、勉強に励むようになった」といっているからである。

そのような経緯を経て、第百十五回に至って、甄宝玉が賈宝玉を訪問し、二人の宝玉がはじめて対面するのである。会った当座は「互いに瓜二つと思い、どちらもどこかで会ったような気がした」という。ところが、話をするうちに、賈宝玉は甄宝玉が自分とは全く違った立身出世主義者であることを知って、非常に失望し、甄宝玉の禄盗人然《ろくぬすびとぜん》とした老成の言に毒されて、気がめいってしまう。そこへさらに、妻の宝釵が追い打ちをかけるように、甄宝玉の発言を肯定して彼を批判したので、ついにまた例の持病が起こり、痴呆のようになってしまうのである。

ではなぜ甄宝玉は、賈宝玉と一心同体のごとく見えたのに、このように急に立身出世主義者へ変身したのだろうか。

その一つの理由は、いま引用した甄家の家人の包勇の言にあるように、甄宝玉が病気になって、夢の中で太虚幻境に遊び、多くの女子を見たが、その女子たちがみな化け物や髑髏に変わったので、女は魔物であることを悟って、それ以来、人が変わったように学問勉強に励むようになったというものである（第九十三回）。

もう一つの理由は、第百十五回に、甄宝玉自身が次のように語っている。

わたくしは幼い頃には身の程を知らず、これでも努力次第では何とか物になるだろうと思っていました。ところが、思いがけず家の衰亡に遭い、ここ数年、瓦礫にも劣るような卑賤な身の上になってしまいました。辛酸を嘗め尽くしたなどとは敢えて申しませんが、それでも世道人心の機微については少しばかり理解したつもりです。

これによれば、甄宝玉は自家の抄没《とりつぶし》というお家の一大事に遭遇して、これまでの生き方を改め、一念発起して、立身揚名の道を歩む決心をしたというのである。

一方、これに対して、賈宝玉はどうかというと、第百十六回において、人事不省に陥った賈宝玉は、甄宝玉と同じく太虚幻境に遊び、今は亡き昔の友だちの女子たちに会ったが、しばらくすると、鞭を持った用心棒が、鬼怪の群れと化した女子たちといっしょになって彼を追いかけてきたので、必死に逃げていたところ、通霊玉をもち逃げした僧侶があらわれて手に持っていた鏡でさっと照らすと、鬼怪の群れはぱっと消え失せてしまった、という。目が覚めて、見てきた夢の中のことをつらつらふり返った賈宝玉は自分に仙縁があると悟って、この世の情縁を絶って出家をする決心をしたというのである。

以上見てきたように、前八十回においては、甄宝玉と賈宝玉とは、全く同一の人物のごとく作られていたのに、甄宝玉も賈宝玉も同じく、家の抄没《とりつぶし》という大変事に遭遇したことと、夢の中で太虚幻境の女子たちを見たことによって、続作になると両者は全く対照的な生き方をするようになるのである。

そこで問題になるのは、先に述べたように、曹雪芹はなぜ賈宝玉と甄宝玉をまったく同じ人物として造型したのか、また甄宝玉の性格が続作において急変するのは、曹雪芹の原意に添うものかどうかということである。前者については、いくつか説があるが、それらはどれも決め手に欠け、ほとんど議論するに値しない。むしろ、作者の単純な疎漏《ミステーク》だとする説が一番わかりやすい。しかしながら、わたしはもちろんその説には与《くみ》しない。なぜなら、甄宝玉と賈宝玉という酷似する人物を造型することには、曹雪芹の深慮遠謀があると思うからである。そしてまた、続作者は曹雪芹の構想を継承して敢えて対照的人物に変化させたと思うからである。

まず、前者の甄宝玉と賈宝玉とがなぜ同一人物のごとく設定されているかであるが、私見によれば、それは決して同一人物ではなく、似て非なる人物だったのである。言いかえれば、普通の男子である甄宝玉と、性同一性障碍者（ＭｔＦ）の賈宝玉であったのである。

甄家も賈家もともに抄没の憂き目に遭い、非常な苦境に陥ったのであるが、甄宝玉は一念発起して立身揚名をはかろうとするけれども、賈宝玉は、相変わらず心を入れ換えず、却って出家逃亡を希求する。また、ともに死線をさまようような病気の中で太虚幻境に遊ぶが、甄宝玉は仙界から追い払われ、俗世間で生きることを決心するのに対して、賈宝玉はそれを機に、塵縁を絶ってこの世からの離脱をはかろうとする。このように別々の道を取るのは、結局、甄宝玉は改心して男性社会に乗り出すことができるが、賈宝玉はそれができないからである。周りの者は、彼らの出自、容貌、名前、態度、振る舞いなどの外見上の類似を見て、何もかも酷似しているといっているが、それは彼らが、両宝玉の内面、つまり、こころのありようがもともと異なっていることを知らないからである。その違い、すなわち、普通の人と性同一性障碍者との違いが、続作における両者の対照的な生き方の変化となって顕在化したに過ぎないのではないかと、わたしは思う。

なお、もう一つの問題である甄宝玉のこのような変化が、曹雪芹の原意を承けているかどうかであるが、わたしは曹雪芹が最後まで『紅楼夢』を書いたとしても、おそらくその後半部にはこのような変化を遂げる甄宝玉像が見られたのではないか、と思う。というのは、最後まで二人を同一人物のごとく描き通す理由を見出し得ないからである。また、賈宝玉の生きる道が男性社会の俗世間に入って行けずに出家逃亡するのであれば、甄宝玉はそれとは反対に男性社会に乗りだしてゆく出世主義者に変貌させる手法を取るほうが、文学技法の面から見ても効果がはるかに大きいからである。二知道人は、曹雪芹が賈宝玉と同じような甄宝玉を造型したのは、読者が賈宝玉を特異人物と見なしすぎることを恐れたからであろうといっているが（『紅楼夢説夢』）、しかしわたしは逆に、作者は賈宝玉という人物の特異性を際立たせるために同類の甄宝玉を必要としたのではないか、と思うのである。すでに甄士隠と賈雨村のような対的人物がいるのに、さらにまた甄宝玉と賈宝玉を最初から「対」にするのでは、あまりに作為的で不自然である。やはり、最終的に、賈宝玉は出家遁走の道を歩むが、甄宝玉は科挙上進を目指すというふうに対待人物にするほうが、コントラストが効いてよりドラマチックな収束法となり得るのではなかろうか。

（八）前八十回と後四十回における賈宝玉像の異同について

現在通行の『紅楼夢』は、曹雪芹作の前八十回と高鶚らの続補した後四十回とからなる百二十回本であるが、続作の後四十回が曹雪芹の原意に符合しているかどうかは、『紅楼夢』をめぐる大きな問題の一つである。なぜこのことが問題になるのかというと、作者が異なるということだけではなく、やはり前八十回と後四十回との間には、物語の内容や描写の継続性や連続性にかなりの違和感があるからである。もし曹雪芹が最後まで『紅楼夢』を書いたならば、現在見る後四十回とは違う展開や結末になったのではないかという思いを払拭できないからである。その相違は、『源氏物語』五十四巻のうち、紫式部の作といわれる前四十一帖と、別人擬作説の有力な後十三帖における関係に似ているが、その違和感は『紅楼夢』のほうがかなり大きいだろう。

それについては、続作は曹雪芹の原意にほぼ符合しているという兪平伯や林語堂などの説、甚だしく異なっているとする周汝昌などの説、その中間の鄭雲郷らの折衷派の説などの諸説がある。ただ、この問題に関しては、肝腎の高鶚続補の後四十回の成書状況、たとえば、曹雪芹に草稿や腹稿の類があり、続作はそれにもとづいて作られたものなのかどうか、あるいは本文や脂硯斎の評語だけを拠り所にして作られたものなのかどうか、あるいはまた大半が続作者の創作になるものなのかどうか、といった問題がはっきりしないので、結局、本文や脂硯斎の評語を手がかりにして、前八十回と後四十回との内容上の連続性や整合性を検討する以外に方法がなく、どうしても推論的な見解にならざるを得ない。わたしのこれから述べることも、その域を出ないが、賈宝玉が性同一性障碍者であるという立場で見たとき、続作に描かれたような宝玉の生き方があり得るかどうか、あるいはそのような宝玉像が曹雪芹の原意に添うものであるかどうかについて検討することにしよう。

（1）出家逃亡について

賈宝玉に関する続作における最大の事件は、やはり最終回に置いた出家逃亡のことであろう。結婚後の宝玉は、周囲の期待や圧迫に抗しがたく、いやいやながら郷試を受験するのであるが、試験が終わって試験場を出たあと、人混みにまぎれて跡をくらまし、行方不明になる。その後、郷試には第七名の高位で合格していたことが判明するが、ついに家に戻ることはなかった。その後、父の賈政が毘陵の渡しで宝玉らしき者に会ったが、言葉を交わすこともなく、僧侶と道士に両脇を夾まれて、その人は飄然として立ち去った、という。このおなじみの場面については、出家逃亡という消極的な生き方に異を唱える学者による別説がいくつか提示されている。しかしわたしは、これは性同一性障碍者たる賈宝玉の最後を飾るにふさわしい場面であり、小説の構想としては大いにあり得るものだと思う。

その理由としては、

① 前八十回中に二回、宝玉自身が黛玉に向かって、「あなたが亡くなられたら、わたしは坊さんになります（你死了我做和尚）」（第三十回）といい、襲人に向かって、「おまえに死なれたら、わたしは坊さんになるよ」（第三十一回）といっている。宝玉はいずれ僧侶になることを、もともと念願しているからである。

② 『紅楼夢』の別名の一つに「情僧録」というのがあるが、これは「空空道人が遂に空に因りて色を見、色に自《よ》りて空を悟り、遂に名を情僧と改め、石頭記を改めて情僧録と為し」（第一回）たものである。空空道人や石頭《いし》は、賈宝玉の影射（影子、分身）なので、宝玉が最終的に「僧になる」ことが予定されていると思われるからである。

③ 庚辰本第二十一回の脂硯斎の批語に、宝玉がいずれ妻妾の情を絶って出家して僧となるという非情な行為を行なうことを暗示する言葉があるからである。（原文は一五五頁に引用している）

④ 宝玉の周りには、彼の身代わり（影子）といわれる和尚や道士、すなわち、空空道人、茫茫大士、渺渺真人などが、つねに影となり日向となってつきまとっているからである。また、宝玉の影子の一人とされる甄士隠も、びっこの道士にしたがって飄々として出家しているが、これも宝玉の将来を暗示するものであろう（第一回）。

以上のような理由によって、曹雪芹が賈宝玉を最後に出家放浪の僧侶にする構想（原意）をもっていたことが大いに考えられるのであるが、このことは宝玉が性同一性障碍者であったとすれば、いよいよふさわしいように思う。というのは、現実社会に関与することのできない彼の取るべき道といえば、苦しみにじっと耐えて生きぬくか、出家して雲水となって各地を遊歴するか、自殺して人生に終止符を打つかの三通りの選択しかないからである。いずれの生き方を取っても、最終的には困窮の果てに死に、死んだあとに仙界へ戻るという筋道を取るわけだが、これらのうち、苦しみに耐えて生きながらえるのも、自殺するのも、文学作品としては面白くない。やはり仙界へ昇る前に、一僧一道とともに離家出走し、飄然として何処へか去ってゆく、という趣向が一番ロマンティックで、当時の人々に歓迎されやすい最良の収束法であったのではないか、とわたしは思う。なぜなら、出家願望は当時の文人士大夫に普遍的に見られる、誰にも受け入れられやすいものだからである。実際上、これよりもよい収束法を見出すのは困難ではないだろうか。ただ、これはもちろん小説作法上の話であって、現実の話ではなく、もし宝玉が実在人物であったならば、最も非現実的なことかも知れない。裸足の苦行僧となって各地を経巡り歩くことなど、錦衣玉食の貴族の御曹司にはとてもできないことだからである。ただ、性同一性障碍者の「夢想」としては、普通の士大夫の場合よりもなおさらあり得ることといえるだろう。

（2）郷試受験について

次に重要な事件は、出家逃亡の前の郷試の受験である。続作（後四十回）における賈宝玉の人物像の最も大きな変化は、前八十回に見られるような男性社会の仕組みをすべて拒否するような強い姿勢が宝玉に見えなくなり、あっさりと当時の社会通念に追随し、家や親の期待に応えようと努力する儒家的モラルへの方向転換がはかられていることである。

周囲の者は寄ってたかって何とかして彼を親孝行な儒教徒にし、読書上進者（立身出世主義者）に仕立て上げようとしているかにみえる。宝玉は重い抑鬱状態から抜け出すと、あれほど嫌っていた八股文を学び、受験勉強をはじめる。そんな中で、以前には（第九回、第三十二回）、宝玉と同じように八股文を嫌っていた林黛玉までもが八股文の良さを説き、宝玉に向かって「あなたは試験に合格して名を揚げ身を立てねばならないのですもの」などと、道学者めいた忠告をするのである（第八十二回）。林黛玉のこの発言もおかしいが、世にも稀なへそ曲がりで通っていた賈宝玉が、周囲の期待や圧迫によるとはいえ、こんなに簡単に心変わりしてよいものだろうか、という疑問は残る。

そのようなわけで、「郷魁に中《あた》りて、宝玉、塵縁を却《しりぞ》く」（第百十九回）の場面は、かなり多くの研究者が曹雪芹の原意に添っていないといっている。上海古籍出版社刊の『紅楼夢鑑賞辞典』（賈宝玉）にも、「後四十回の続作に描かれている宝玉が『郷魁に中《あた》る』というのは、曹雪芹の原意に違背《そむ》いており、この人物の造型を損害《そこな》うところがある」といっている。確かに宝玉の性格からすれば、彼が郷試を受けることには何となく違和感がある。前八十回の本文にも、また脂硯斎の批語にも、宝玉の郷試受験を暗示するようなものはほとんど見当たらないし、また、宝玉が天界から降凡した人であることや、彼が正規の「名」をもたず、幼名の「宝玉」のままで通していることなども、気になるところである。

わたしも後四十回における、賈宝玉を何が何でも郷試受験にもってゆこうとする作為的なやり方は不自然であり、この点に関しては多くの研究者と同様にかなりの疑念を抱く。宝玉が性同一性障碍者であるとすれば、やはり科挙受験のような男性社会に直結するようなことにははじめから手を染めないように思われるからである。しかし、性同一性障碍者に郷試受験が全くあり得ないかというと、必ずしもそうとはいえないようである。というのは、他に何らかの目的があり、その達成のために一度に限って試験を受けるというのであれば、十分あり得るのではないかと、思われるからである。続作によれば、宝玉は宝釵と次のような言葉のやり取りをしている（第百十八回）。

宝釵は宝玉を諫めて、「あなたがお心を入れかえて、しっかり勉強してくださり、今度の試験に合格してくれさえすれば、それっきりでお止めになっても、天子さまやご先祖さまのご恩徳に負くことにはならないでしょう」といった。すると、宝玉はうなずき、ほっとため息をついていった。「試験に合格することなら、実のところそれほど難しいことではないよ。それより、あなたがいま言った〈これを最後に受験をやめても、天恩・祖徳に背くことにはならない〉というのは、本当にさほど人の道に悖《もと》ることではないのだね」と。

つまり、郷試受験を出家遁走という大きな目的を達成するための手段として使い、周囲の希望に添って一度だけ受験をしようとするのである。郷試を何度も受けたり、それに及第して、さらに上を目指したりするのではなく、苦悩に満ちた俗世との絶縁をはかるために科挙を受験するのである。当時の性同一性障碍者が男性社会に出てゆくのは、現代よりも遙かに多くの苦痛や困難が伴ったに違いないので、科挙受験も苦しいことかも知れないが、一度だけならば、それに耐えられないことはないのではないかと思われる。したがって、宝玉が、性同一性障碍者であるとしても、科挙受験を小説の趣向として用いることまで否定することはできないのである。

それにまた、当時の士大夫にとって人生最大のイベントである科挙受験を小説の趣向として用いることは、技法的には最も効果的なやり方であったように思う。というのは、何度受けても合格しない不遇の士大夫が多くいた当時にあって、第七名の高位で及第していたにもかかわらず、それを無視して出家逃亡し、杳として行方知れずになるというのは、実に痛快無比な留飲の下がる趣向のように思われるからである。現代人から見れば、あまりにも見え透いた通俗的な手法に見えるかも知れないが、作品を大団円的に収束させるという当時の小説作法の制約の中では、父母の養育の恩に報いるために一度だけ受験したあと出家逃亡するという続作の筋立ては、考え得る最も効果的な収束法であったように、わたしには思われる。

以上、二つの例を挙げたが、全体的に見れば、続作は曹雪芹の原意を甚だしく逸脱しているとはいえないのではないかとわたしは思う。ただ、続作者は賈宝玉を普通の男子に見立てているように思われるので、細部においては、宝玉の性格描写にときどきおかしなところがあらわれているのは否めない。その例を次に少し挙げておくことにしよう。

① 宝玉は以前、家人の出世などのような俗事にはほとんど関心がなかったのに、続作ではそうではなくなっている。たとえば、賈元春の貴妃への冊立について、とんと無関心であったが（第十六回）、続作では賈政の工部郎中への陞任を「宝玉はそれを聞くと、はじめて賈政が郎中に陞任され、人々がその吉報を知らせに来たのだと知って、嬉しくてたまらなかった」（第八十五回）といっている。彼本来の反俗的な性格が、性同一性障碍に起因していることを全く無視しているようだ。

② 宝玉は、以前は外出嫌いであったが、続作では芝居を見るために喜び勇んで外出するところもおかしい（第九十三回）。もともと宝玉は外での芝居見物は、そんなに好きではなかったはずである。

③ 宝玉は以前、狡猾でいやしい老婆を見るのはいやだといっていたのに、そんな老婆の仲人話を喜んで聞いている場面が唐突にあらわれるのも、何となく解《げ》せないことである。第九十四回に、「なんと宝玉さままでが、ひごろ老婆の顔なんか見るのも嫌だとおっしゃっていたくせに、どういうわけですかね。あちらの家のお婆さんには、お会いになっても少しも嫌がったりなさらないのよ。なんだかへんだと思わない」と鴛鴦が言って、疑問を呈し

てはいるけれども、その理由については何も述べていない。

④　宝玉の美女に対する眼差しが普通の好き者を思わせるような描写になっている。たとえば、柳五児を怡紅院に入れようとするとき、彼女がいよいよ仇っぽくなまめかしい姿（嬌娜嫵媚）になっているのを美しいと思い、そして、熙鳳が彼女を小紅の後釜に据えようとしていると知り、それこそ望外の喜びで、ついぼんやりと愚にもつかぬ考えに耽っている次第であった（竟是喜出望外了、所以呆呆的默想）、という（第九十二回）。柳五児はすでに死んでいたのに、ここでまた復活するという成書上のミスもあるが（第七十七回）、それはともかくとして、ここの柳五児に接する宝玉の描写は少し行き過ぎているようだ。

これらは、些細なことではあるが、宝玉が性同一性障碍者であれば、このような性格描写の変化は起こらないはずのものである。『紅楼夢』をよく読めば、まだあるかも知れないが、一応これくらいにしておこう。

以上、前八十回と後四十回における賈宝玉像の異同について見てきたが、総じていえば、従来の研究者にはどちらかといえば、続作を貶めようとして、プロットやストーリーの連続性や整合性の不備を突こうとする傾向があるように思われる。たしかに、続作は、内面心理の描き方にこまやかさが足りないところ、悲劇性の足りないところ、通俗的に流れているところ、人物の性格が妙に変化しているところなどには、かなり問題がある。しかし、賈家の取りつぶし、肉親や親族の逮捕や左遷、家庭内の淫乱や内紛、姉妹たちの出嫁や自身の結婚、科挙受験や出家逃亡といった事件が次々に起こり、否応なしに現実社会の厳しい攻撃や圧迫に対応しなければならなくなる賈家や宝玉の様子がドラマティックに描かれており、王国維（『紅楼夢評論』）や林語堂（『平心論高鶚』）が推賞するように、ストーリーとしては面白いところも多い。それぞれに長短があり、甲乙がつけがたいといえるのではないだろうか。ただ、なぜこのような相違や微妙な異同が生じたのかというと、これにもいろいろな事情が考えられるが、賈宝玉に限っていえば、わたしは続作者が賈宝玉を全く普通の変わり者と見なし、現代のいわゆる性同一性障碍者のもつ特徴を全く知らなかったために起こったという側面がかなりあるのではないかと思う。しかし、先にも述べたように、全体的に見れば、続作（後四十回）は、曹雪芹の原稿に基づくとまではいえないかも知れないが、少なくともその構想（原意）を踏まえて書かれているように私には思われる。

九　賈宝玉のモデルは誰か

前述のごとく、賈宝玉は普通人からすれば、極めて特異な特徴をもった、今日のいわゆる性同一性障碍者に酷似する人物として描かれている。このような不可思議な人物は、作者の最も親密な友人の一人である脂硯斎でさえ、彼らの周囲にも、歴史上にも見当たらないと述べている（一二頁参照）。

しかし、賈宝玉のような風変わりな人物を当時の文人が全くの空想（想像）によって創出するのは、どう見ても困難であり、やはり、賈宝玉にはモデルがいた、と考えるのが、最も自然な見方であろう。とすれば、脂硯斎を含めて作者の周囲に、宝玉のモデルになれそうな人が見当たらぬとなると、結局、作者の曹雪芹自身が賈宝玉のモデルであるということになるのではないだろうか。

ただ、賈宝玉のモデルが曹雪芹であることは、これまでにも多くの学者にいわれており、ほとんど定説となっている。その例を少し挙げると、たとえば、清末の解盦居士は、

観其所居之居、宝玉曰怡紅、雪芹曰悼紅、是有紅則怡、無紅則悼、実惟作者一人而已矣。

その居るところの住居を観れば、賈宝玉の住まいを怡紅院といい、曹雪芹の住まいを悼紅軒という。それは、紅があれば怡《よろこ》び、紅がなければ悼むという意味であるが、いずれにせよ、どちらも同じ人（作者）がかかわっているのである。（『悟石軒石頭記集評』上巻「石頭臆説」、光緒十三年刊本）

といっている。また、民国時代の平價生は、

『紅楼夢』既為曹雪芹自述生平之作、而書中主角就是賈宝玉。所以我們可以不仮思索、便知道賈宝玉就是曹雪

芹的化身、也就是説、作者用了隠名法、将自己写入作品中去的。

『紅楼夢』は曹雪芹がみずからその生き様を述べた作品であり、また書中の主人公は賈宝玉である。したがって、われわれは深く考えなくても、すぐに賈宝玉が曹雪芹の化身であることがわかるのである。つまり、作者は隠名（匿名）の手法を用いて、自分を作品の中に書き込んでいるのである。（『紅楼夢研究稀見資料匯編』下一〇九八頁所収、原載重慶『中央日報』、一九四六年五月十七、八日）

といっている。その後も、魯迅が「たとえば、『紅楼夢』中の賈宝玉の模特児《モデル》は作者自身の曹霑である」（「〈出関〉的〝関〟」、魯迅全集第六巻所収）といい、兪平伯が「雪芹の心中の宝玉は、常に彼自身の影子である」（『紅楼夢研究』所収「作者底態度」）といっている。このような明瞭な言い方でなくても、殆どの学者は主人公の賈宝玉はおおむね作者（曹雪芹）の分身であり、その特異な個性や言動は作者の心の反映であると見ているのである。

だとすれば、賈宝玉がもし現在のいわゆる性同一性障碍者であるならば、作者の曹雪芹もそうであった、と断定してもよさそうである。しかし、曹雪芹自身は本文中において、賈宝玉が自分の分身（影子）だとはっきり述べてはいないので、曹雪芹を現代のいわゆる性同一性障碍者であると結論づけることには、できる限り慎重でなければならない。というのは、もし間違っていたならば、ある面では偉大な作者の実像をゆがめることになるかも知れないからである。そこで、次のような疑問点を通してできるだけ客観的に検討することにした。

（1）賈宝玉のような特異な人物を造型し得た理由

いかなる天才でも、宝玉のような特異な人物の心理や生態を、モデルがなく、単なる空想（想像）によって、あのようにこまやかに描くことは不可能ではないだろうか。また、モデルがあったとしても、作者自身でなく、それが第三者であれば、やはり不可能ではないかと思われる。とくに前八十回の性格描写には、作者の魂が乗り移っているかのような緊迫感がある。

一般的に言って、当時の士大夫の子弟は、童年以後、女子と引き離され、男女が一緒に過ごすような環境の中で成長しないので、女子の性情や行動についてもよく知らないし、また女子の習性や振る舞いにあそこまで興味をもたないはずである。ところが、作者は、脂硯斎が第二十一回の脂評で、「黛玉の睡態を描けば、まるでいとおしくたおやかな女の子のようであり、湘雲の睡態を描けば、さながら可愛い女の児のようである。実に一人一人を描き尽くしており、それぞれが生き生きと躍動している。一体全体、作者の胸中には、どれだけ多くの女性がひそみ隠れているのだろうか（写黛玉之睡態、儼然就是嬌弱女子、可憐。湘雲之態、則儼然是個嬌態女児、可愛。真是人人俱尽、個個活跳、吾不知作者胸中埋伏多少裙釵）」と感嘆するように、女子のこまごました生活状景や微妙な心の動きを驚くほどよく知っている。それからしても、やはり作者が女性のこころをもった性同一性障碍者（ＭｔＦ）であったとするのが、最も納得がゆくように思われる。

（2）なぜ創作意欲を持続させることができたのか

賈宝玉のような変わり者の生き方に尋常ならざるこだわりをもち、『紅楼夢』のような長編の小説を延々と書き続けるのは、一体どうしてであろうか。考えてみれば見るほど、不可思議なことである。それにはやはり、作者に一生をかけて倦むことなく書き続けさせる何らかの強い動機や内的欲求があり、それが作者にとって意味をもつ作業であったからに違いない。もしそれがなければ、モチベーションを持続させるのは困難で、途中ですぐに投げ出してしまうだろうからである。

その動機や目的については、これまで納得のゆく説明はほとんどなされていないが、わたしはやはり作者に小説を通してしか訴えることのできない性同一性障碍者であることに起因するさまざまな苦悩、葛藤、不如意、そしてそれ故に夢想した大観園や太虚幻境における理想生活へのひたすらな希求などが存在したからではないかと思う。作者が賈宝玉と女子たちとのこまごまとした交遊の情景や遊びのありさまをあくことなく書きつづったのは、女子と共にありたいという作者の思いを吐き出さずにはおれなかったからであり、そしてそれこそ曹雪芹が自己の本来の性へ回帰する唯一の営為となっていたと思われるのである。そのような制作動機が根底にあったからこそ、作者は「字字看来たれば都《み》なこれ血、十年の辛苦、尋常ならず」（一説によれば、二十年を超える）というような苦闘を続けることができたのではないだろうか。

＊　＊　＊

性同一性障碍者（ＭｔＦ）のコメント

（著者の質問）

性同一性障碍者には、自分を知ってもらいたいために、マイナスにしかならない自己告白をやめない人がいるといわれています。とすれば、賈宝玉の特異な性格の原型は作者自身にあり、その特異な性格や感情や体験を自己告白をすることが『紅楼夢』創作の主要なモチベーションであったのではないかと考えますが、いかがでしょうか。また、『紅楼夢』はある意味では、現代の性同一性障碍者がカミングアウトした記録や報告書に相当するものではないか、ただ、違うところは、曹雪芹が稀代の文学的天才であったが故に、かくも壮麗な大小説を生み出すことができたということではないか、とも思うのですが、いかがでしょうか。

（N・M・さんの回答）

作者にとって書き続ける意味・・GIDとくにMtFの人は、自分の体験や思いなどをブログやホームページに公開している人がたくさんいます。もともと自分の生活を考えると、リスクばかりが多く、メリットはほとんどないのにです。これは、前にも述べましたように、「性別は自己認識の中心的な部分に位置し、GIDは身体の性とこころの性が一致しないため、自分の自己認識に自信をもてないことにより、自己が確立できず、自己卑下や自己嫌悪を起こす人が極めて多いので」、それを書くことによって、自己を再確認し、少しでも自信を持ちたい気持ちと、他者に解って欲しい、できれば女性として認めて欲しい、という欲求のあらわれではないかと思います。

（3）主人公に対するシニカルな描写の意味

作者は賈宝玉を、褒めるよりもむしろはるかに多く、ひどい言葉で貶めたり、嘲笑したり、揶揄したりし、「行為は偏僻《へんぺき》にして性は乖張《へんくつ》、那《な》んぞ世人の誹謗に管《かかわ》らん」とか、「天下無能第一、古今不肖無双」（「西江月」詞、九頁参照）などとたびたび言っている。どうしてこのような言い方が出来たのか。もし身内の者や、親しい友人が賈宝玉のモデルであったとすれば、曹雪芹は宝玉をこのようにひどく冷笑したり、揶揄したりするような書き方はできなかったはずである。互いに差し障りがあるからである。もし、罵倒したり揶揄したりすることができるとすれば、親しくない者か憎むべき仇敵かということになるが、そうすると今度は、そんな疎遠な人の性格や行動を、宝玉を描いたようにこと細かく、作者はどうして知り得たのか、ということになる。また、そんな人のことを書く気にもならないだろう。

だとすれば、他人がモデルであれば、宝玉のような人物の形象化はきわめて困難なのであり、また、制作上のモチベーションの維持という面でも困難をきたすことだろう。やはり作者の曹雪芹自身がモデルであってはじめて、賈宝玉を意のままに造型し、気兼ねなく毀誉褒貶することが出来たのではないだろうか。

（4）脂硯斎の評語に見る賈宝玉と作者の関係

作者（曹雪芹）と賈宝玉との関係について、『紅楼夢』の本文と脂硯斎の評語とを通して再検討することにしよう。

賈宝玉はもともと女媧《じょか》の補天《ほてん》にもありつけなかった天界の捨て石であるが、それが幾生幾劫を経てこの世に生まれ変わって賈宝玉になったものである。その捨て石には、「天を補う才もなく、姿を変えてこの世に生まれ変わった（無材補天、幻形入世）」と書かれていたという（第一回）。その箇所の脂硯斎の注には、「八字便是作者一生慚恨」といっている（第一回）。また、また甲戌本第三回の「孽根禍胎」の脂批には「四字是作者痛哭」といい、第五回「開闢鴻濛、誰為情種」の脂批には「非作者為誰。余又曰、亦非作者、乃石頭耳」といっている。

また、脂評において賈宝玉は八回も「石兄」と呼ばれている。第一回、第二回の本文だけで七回も、作者は「石頭《いしころ》」に託して自分の「懐才不遇の悲憤」「牢騒《ろうそう》不平」「窮愁潦倒の感」を述べている。作者はこのような内面の鬱屈した気持ちをあらわすには、「石頭」や「賈宝玉」を介して隠微に訴える外はなかったのであろう。

すべてを例示することはできないが、これらの例からもわかるように、作者と密接な関係のあった脂硯斎が、補天の余の石頭《いし》＝賈宝玉＝作者（曹雪芹）と見なしていたことがわかる。したがって、賈宝玉のモデルは作者の曹雪芹であり、賈宝玉が性同一性障碍者であるならば、曹雪芹もまた性同一性障碍者であった可能性が濃いといえるだろう。

ただ、作者が性同一性障碍者だとしても、重度であったか軽度であったか、障碍の度合いははっきりとはわからない。あまり重ければ小説の制作に没頭することはできなかったであろうから、性別違和感などの症状が比較的軽かったのではないかと想像されるのみである。

以上述べたことを総合的に判断すれば、曹雪芹が賈宝玉のような世にも稀な人物を形象化することができたのは、彼が今日のいわゆる性同一性障碍者であったからだと見るのが、最も自然な見方だといえるのではないだろうか。

＊　＊　＊

性同一性障碍者（ＭｔＦ）のコメント

（著者の質問）

親密な関係にあったと見られる脂硯斎が、曹雪芹の不遇や悔恨、慚愧《ざんき》などの念については何度も述べていますが、賈宝玉に見るような異常な性癖が曹雪芹にもあったとは全く言っていません。とすると、曹雪芹は『紅楼夢』中に描かれた賈宝玉のような性癖は全く持っていなかったのか、表にあらわさなかったのか、どちらかでしょう。あるいは、気付いていたが、失礼になるので評語中に書かなかったのかもしれませんが……。現代でも、性同一性障碍者がカミングアウトしないかぎり、気付かれないことも多く、時には長年連れ添った夫婦でも告白されてはじめて知ったという人もいるようですから、十八世紀の前半においては、曹雪芹が賈宝玉とは異なる風貌をしておれば、脂硯斎に異常さを全く気付かれないままに終わるということも十分あり得るようにも思われますが、如何でしょうか。

（Ｎ．Ｍ．さんの回答）

ＧＩＤが知られていなかった時代は特にですが、身体の性で生きることしか生きる方法がなく、女性の部分を押し殺していたと思います。私を含めてＭｔＦのほとんどの者がそんな歴史をもっています。また、脂硯斎は男性ですよね。特に男性はＧＩＤだと気付く人が女性より少ないと思います。私の場合も男性の友人はカムアウト時、全く気付かなかった人ばかりでしたが、女性はＧＩＤ的なところに気がついていたという方がわりと多かったように思えます。また、私のパートナーも私がカムアウトするまで全くＧＩＤだとは思っていなかったと言っていました。

（付記）

上述のような理由によって、わたしは作者の曹雪芹が性同一性障碍者であったと見るのであるが、なお、以下のような点で疑問をもたれる方がおられるかも知れないので、念のため簡単に説明しておくことにしよう。

①　曹雪芹の風貌と性同一性障碍との関係について

曹雪芹には肖像画がいくつか遺っているが、どれもみな贋作か想像画であって、彼を実写したものは一つもないようである。したがって、今日存在する画像から彼の相貌をうかがうことはできないのであるが、ただ、曹雪芹の友人の敦敏（一七二九―一七九六?）が曹雪芹の描いた石の画に題して「傲骨如君世已奇、嶙峋更見此支離（君のような傲骨の持ち主は世にも珍しいが、君の描いた山石はさらにゴツゴツしている）」（「題芹圃画石」詩）と詠っているのは、曹雪芹の友人の言として無視できないだろう。というのは、ここにいう「傲骨」という語は、曹雪芹の風貌のことをいったとも取れ、世に屈しない強い性格をいったとも取れるが、いずれにせよ、この語は、男性的な外貌や精神をもった人物を思わせるので、こんな人が女性の「こころ」をもった性同一性障碍者（ＭｔＦ）の中にいるだろうか、という疑問をもたれる向きも少なくないのではないかと思われるからである。

しかし、これについては、すでに二二頁において述べたように、外見や性格だけでは、その人がＧＩＤであるかどうかは判断できない。見るからに男性的な風貌の持ち主にも、また頑固者や不平家、決断力のある人、男性的な文章を書く人などの中にも、性同一性障碍者（ＭｔＦ）は存在するのである。

②　曹雪芹に子供がいることの可能性について

曹雪芹には、妻、継妻、一子がいたともいわれるが、それは敦誠の「輓曹雪芹」詩などの中で、曹雪芹の死の数ヶ月前に死んだ孤児がいたことが詠われていることに基づいている。ただ、名など具体的なことは全くわからない。また、賈宝玉にも、『紅楼夢』の最後の回（第百二十回）に宝釵との間に「賈桂」という遺児がいたということになっている。曹雪芹であれ、賈宝玉であれ、彼らが性同一性障碍者であるならば、そういうことがあるのかどうか、疑問をもたれる方もおられるかも知れない。しかし、それについても、すでに一〇八頁で述べたように、性同一性障碍者は基本的に生殖機能不全者ではないので、子供がいても何らおかしいことではないのである。

③　曹雪芹の飲酒癖と性同一性障碍との関係について

曹雪芹は非常な酒好きであり、敦敏の曹雪芹を詠った詩（「佩刀質酒歌」）の序に「雪芹酒渇如狂」といっていることなどから、晩年にはアルコール中毒の症状を呈していたといわれている。また、そのせいか、『紅楼夢』中には女子が酒を飲む場面が多い。

年端もゆかない女の子がこんなに酒を飲む風習が当時存在したとは思えないが、閨秀詩人の場合、詩社の集まりなどで飲酒することもあったようだから、『紅楼夢』ではそれを風流韻事のモデルとして取り入れたのかもしれない。*したがって、当時、酒が男性だけの飲み物と決まっていたわけではないので、性同一性障碍者（ＭｔＦ）であっても、もともと酒好きならば、酒を拒否するはずはないと思われるが、念のためにＮ．Ｍ．さんにＧＩＤと酒との関係について尋ねてみた。

＊　＊　＊

性同一性障碍者（ＭｔＦ）のコメント

（著者の質問）

曹雪芹は酒が好きで、晩年にはアルコール中毒になっていたようで、酒を飲むと、時世を憤り、鬱憤晴らしをしたかのようにいわれています。また、『紅楼夢』の賈宝玉は、酒好きというわけではありませんが、つき合い程度にはしばしば酒を飲んでいます。こんな人物が性同一性障碍者（ＭｔＦ）の中にいるのでしょうか。女性はもともとあまり酒を飲む習慣がないので、自分も飲まないように気をつけるという向きもあるかと思われますが、如何でしょうか。

（Ｎ．Ｍ．さんの回答）

ＧＩＤとは身体の性とこころの性が不一致な状態です。したがってそれ以外については個体差があります。「世に屈しない強い精神力を持っている」人もいます。「酒を飲むと、時世を憤り、鬱憤晴らしをするような態度」のＧＩＤ（ＭｔＦ）の方もたくさん知っています。体型体質が反対の性に近くない人は、診断に苦慮するといわれています。多分、普通の女性でもそんな方はたくさんいらっしゃいますよね。但し、お酒に関しては、女性ホルモン治療を受けると、多くの方はお酒に弱くなってしまいます。もっとも、この時代に女性ホルモン治療はないと思いますので関係ないですが……。また、肉体的にも屈強なMtFもたくさんいて、外見上トランスが難しく、悩んでいる方もたいへん多いのです。

（著者の質問）

前に一度お尋ね致しましたが、再度「酒」についてお尋ね致します。鬱になると、精神科の医師は酒を飲んで精神を解放しなさいというようですが、曹雪芹が晩年アルコール中毒になっていたのは、やはりそれと関係がある可能性もあるように思われます。もともと酒好きの性同一性障碍者ならば、鬱的な気分を振り払うために自然に「忘憂の物」（酒）に依存することも多くなるのではないか、と思われるのですが、如何でしょうか。

（N・M・さんの回答）

性同一性障碍者が鬱になりやすいことは、以前の質問でお答え致しました。鬱をやわらげ、精神解放をするために酒に溺れることも多いのではないでしょうか。

注

＊　鍾慧玲『清代女詩人研究』（一八一頁）によれば、明末清初の黄宗羲《こうそうぎ》の妻の葉宝林の伝記（『餘姚県志』巻二十五「列女伝」二）に「時越中閨秀有以詩酒結社者、葉聞之蹙然曰、此傷風敗俗之尤也。即取己槀焚之、不留隻字」という。また、二一四頁には、袁枚の女弟子たちが袁枚をかこんで西湖のほとりで詩会を催したとき、別れの宴席で酒を飲んだ例が見える。

十　『紅楼夢』はいかなる小説なのか

本章では、『紅楼夢』がいかなる小説であるかについて二つの面から考察することにする。一つは、『紅楼夢』の主要舞台である大観園のような女児国は現実にはあり得ないユートピアであるということ。もう一つは、『紅楼夢』は、性同一性障碍者と推測される曹雪芹が描いたユートピア小説であるということである。

（一）『紅楼夢』の中心舞台である大観園の性格

明清時代の小説には、大状況の虚構性や虚妄性を覆い隠すために、小事実を散りばめて、さも現実にあったかのように見せかけているものが多い。たとえば、『紅楼夢』以前に流行し、『紅楼夢』が批判している才子佳人小説などがそうである。実際には、才子と佳人が恋愛をすることなど、当時はほとんどなかったのに、さまざまな小事実による趣向や工夫を凝らして、読者にさも実際にあったかのごとく思わせるのである。

『紅楼夢』では、才子佳人小説のそうした虚偽性や虚妄性をきびしく批判しているが（第一回、第五十四回）、しかし結局、『紅楼夢』もその例に漏れず、小状況においては歴史事実や実際の生活に関わる事実をかなり多く取り込んでいるけれども、大状況はやはりフィクションであるように私は思う。『紅楼夢』の描写はとりわけ虚実真仮の混淆が巧みになされているので、小状況の描き方が写実的、事実的であると、大状況でも自然主義や現実主義《リアリズム》で貫かれているかのように思わされるが、全体的に見れば、決してそうではないのである。

ところで、『紅楼夢』の大状況の中でも最も重要なものは、何といっても大観園の設定であろう。舞台として、場面として、大観園が『紅楼夢』世界の中心であることに疑いを抱く人はいないだろう。だがしかし、大観園のような庭園が当時実際に存在したと即断してはいけない。いわんや、大観園内で営まれたような男子禁制の女児国が現実に存在したなどと思うことはできないのである。

ところがこれまで、多くの学者は、大観園にはモデルがあるとして、袁枚の随園や北京の恭王府をはじめ、さまざまな説を立ててきた。大観園だけではなく、賈府をも含むとそのモデルは相当の数に上るであろう。もちろん、作者が何の拠り所もなく、全くの架空によってこんな壮麗な大庭園を生み出すことは困難であり、少なくとも何ほどかは現実に存在した大庭園をモデルにしたであろうことは否定できないので、私もそうしたモデル捜しをすることに全く意味がないなどというつもりはない。しかし、この種のモデル捜しを得意とする研究者は、往々にして似かよった点ばかりをあげてそれを強調し、その反対のあり得ない面には触れようとしないので、当時の状況を知らない者は、こんな庭園が現実に存在したと思わされてしまうのである。そのようなわけで、いまだに大観園の実在性を信じている人が少なからずいるようだ。

しかしながら、大観園は、元春貴妃がその扁額に、「天上人間《てんじょうじんかん》、諸景備わり、芳園応に《まさ》錫《たま》うべし大観の名」（第十八回）と題したように、もともと天上界の風景と人間《ひとのよ》の風景とを混淆させて作った、真仮相半ばする架空庭園なのである。そのことを無視して、これまで大観園の所在地、面積、構造、植物、景観、風俗などの物理的、外形的、背景的な面にのみ重きをおいたモデル捜しが行なわれてきた。しかも、それよりももっと重要な、大観園内で主人公たちが繰り広げる生活情景や生活実態が、当時、本当にあり得たのかどうかということについては、ほとんど追究されてこなかった。自伝説派の学者にとっては、もし大観園やその中で行なわれる恋愛状景がほとんど虚構によって成立した世界であるということになれば、『紅楼夢』が作者の自叙伝であるとする見方にそぐわないことになり、立場を悪くするからであろうか。いずれにせよ、われわれは長い間、『紅楼夢』の中心部に関する考察を怠ってきたのである。

そこでここでは、従来の物理的、外面的、背景的な側面から見た大観園のモデル捜しではなく、大観園のような女児国や園内で繰り広げられたような恋愛風景が、当時、実際にあり得たのかどうかについて、主として歴史的、社会的、風俗的、道徳的な側面から検討し、『紅楼夢』文学の特色をさぐることにしよう。

（1）貴妃省親や大観園の築造の非現実性

まず、元春貴妃の省親（里帰り）のために賈家の中に造営された大観園とは、どんな庭園なのかについて述べると、その広さは、第十六回に、「東側の一帯からはじめ、東邸の花園を取り込み、それから北側へかけて、ぜんぶ測量を終わり、三里半の規模でお里帰りの別院を建てることになりまして、すでに図面を引かせております」といっているように、周囲三里半から成っている。

一里は、清朝では五七六メートルに当たるので、周囲は二〇一六メートルになる。ほぼ正方形だとすると、最大面積は五〇四メートルの二乗で二五四〇一六平方メートル、約二五・四ヘクタールということになる。これは、最も広い場合であるので、実際にはもっと狭かっただろう。張秉曜の説（『紅楼夢学刊』一九九七年第三号「大観園有多大」）によれば、二二・六ヘクタールという。『源氏物語』の光源氏の六条院は、一万九千二百坪、六・四ヘクタールというので、その約三、四倍の大きさである。

大観園は賈家の両邸の中にある庭園部分を拡充したものだから、光源氏の六条院と比べるならば、賈家の両邸と比較しなければならない。長安（北京）の賈府と全く同じように作られているとみられる南京の賈府は、「石頭城に入ってあのお邸の門前を通ったのだが、通りの北側の東が寧国邸、西が栄国邸、この両邸が続きあって、なんと街筋の大半を占領していた（二宅相連、竟将大半條街占了）」（第二回）というので、どれほどの大きさか、ちょっと見当もつかない。そうなると、全く空想上の家屋敷というほかはない。

いずれにせよ、大観園は都の長安にあったとはいうものの、北方系の庭園なのか南方系の庭園なのかも明確ではないし、そこに住む女子たちも、賈宝玉も含めて、現実的な人間なのか、仙女の化身のような非現実的な人間なのか、明代の人なのか清代の人なのか、漢族なのか満族なのか、肝腎のところはすべてわからないように工夫されているのである。しかも、そんな広い屋敷や庭園の中を、纏足しているのかいないのか明らかではない美女たちが、侍女に支えられてしずしずと歩くかと思うと、早足で行ったり、時には走っていったりしている。また、隣の家に行くように容易く行き来しているかと思うと、肩輿《かご》に乗って往来したりしていて、広いようでもあり、また意外に狭いようでもあって、これまた明瞭ではないのである。

もともと『紅楼夢』の世界は、第一回に「さてその王朝や年号、地域や国家などは、あいにく何も書いてなく、調べようもなかった（朝代年紀、地輿邦国、却失落無考）」、「ただその事柄の理にかなったところを取ればよいので、なにも王朝や年号などにこだわるには及びますまい（不過只取其事態情理罷了、又何必拘拘于朝代年紀哉）」（第一回）というように、朝代・地域・民族などを特定しようとしてもできないように作られているので、モデル捜しや謎解きのような研究をいくらやっても、結局、徒労に終わることははじめからわかっているのである。というのは、当時は、しばしば筆禍事件（「文字の獄」）が起こっていたので、作者はそれに巻き込まれないように細心の注意をはらって著作したに違いないからである。それは、甲戌本の凡例に、「この書は只だ是れ意を閨中に着く。故に閨中の事を叙すること切にして、略ぼ外事に渉るものは則ち簡なるも、その均しからざるを謂うを得ざるなり。この書は敢えて朝廷に干渉せず。凡そ朝政を用いざるを得ざるものあれば、只だ略ぼ一筆を用《も》って帯出す。蓋《けだ》し実に敢えて児女を写《えが》く筆墨を以て朝廷の上を唐突《おか》さざればなり」といっていることからもわかるだろう。

なお、大観園に関しては、周汝昌「栄国府院宇示意図」、曾保泉「大観園平面図」、楊乃済「大観園模型平面図」、徐恭時「紅楼夢大観園平面示意新図」など、多くの示意図（想像図）が描かれているが、『紅楼夢鑒賞辞典』（上海古籍出版社、一九八八年刊）の「紅学紀事」によれば、既に十四種存在するという。

① 歴史事実としてあり得ない貴妃省親

賈宝玉らが大観園に住むに至ったのは、元春貴妃が自分の省親（里帰り）用にわざわざ築造した豪奢な大庭園を無駄にしないために、「宝釵らを園の中に住まわせ、大観園を閉鎖しないように。また宝玉も一緒にそこで勉強させるように」と命ぜられたことによるが、そのまえにまず、そもそも元春貴妃が実家に省親するようなことが、歴史事実として、中国に存在したのかどうかについて、検討しなければならない。もし存在しなければ、『紅楼夢』で最も大きな情節とされる大観園の場面は、全くのフィクションにすぎないということになる。

これについては、紙幅を取るのでここには再述しないが、附論「『選秀女』と明清の戯曲小説」（二六三頁〜参照）に述べているように、実はそんな事実は古来皆無に等しかったのである。中国においては、一旦後宮に入った宮女が、宮廷を出て、実家に「省親」（「帰省」「帰寧」、里帰り）するような例は、管見の及ぶ限り、明初にほんの小さな例が一度だけあるのを除いて、全くないに等しいのである。ところが、それが史実として存在したことを何とかして示したい人は、清末の西太后が一八五七年一月（咸豊六年の冬）に皇帝の特恩を蒙って省親したことを以てその根拠にしようとする。しかしこれは、『紅楼夢』を愛好する西太后が、『紅楼夢』の皇妃省親をまねて行なったのであって、時代が全く逆さまであり、本末転倒も甚だしい説であるといわねばならないだろう。

因《ちな》みにいえば、日本では、天皇が外出することを「行幸」（「御幸」）といい、太皇太后・皇太后・皇后・皇太子・皇太子妃が外出することを「行啓」というように、それぞれ使い分けて用いられている。ところが、中国には「行啓」という言葉はない。なぜかというと、日本では昔から皇后・中宮・女御・更衣などの宮女はしばしば里帰りをしており、出産などは実家でするので長期外出もあったが、中国では、いま述べたように、いったん後宮に入った宮女が朝廷の外に出ることは、死んだり放出されたりしない限り、認められていなかったからである。つまり、皇妃省親のような実態はなかったのである。第十六回に、煕鳳が、「してみると、今上陛下のありがたいお恵みは、これまでの講談《おはなし》やお芝居にもない、古今未曾有のことですね（可見当今的隆恩、歴来聴書看戯、従古至今未有的）」といっているのは事実なのであり、まさに『紅楼夢』という虚構作品においてはじめて、皇妃省親という古今未曾有の場面があらわれたのである。

②　歴史事実としてあり得ない大観園の築造

次に、大観園の築造があったかどうかであるが、これは、貴妃省親が歴史的事実としてないのだから、貴妃省親と一体になった大観園の造営のようなことは、あろうはずがない。したがって、全体的に見れば、これらはすべて作者のフィクションになるものであるが、しかし、自伝説派の学者は、嘗て曹雪芹の家に康煕皇帝が行幸したことがあったので、それを皇妃省親に見立てて、大庭園の築造を構想したのだという見方をしている。わたしももちろん、皇帝の巡幸中の滞在所として豪華な庭園を築造することがないなどというつもりはない。ただ、皇帝の行幸と『紅楼夢』の皇妃省親の場面とは、随分情況が異なっている。たとえば、男性の皇帝を、女性の皇妃に置き換えることの不自然さも気になるが、そればかりではなく、宮中から夜間にわずか数時間でやって来て、夜の明けぬうちにそそくさと帰ってしまう皇妃省親の描き方は、皇帝の行幸の様子とは実態があまりにも異なるように思われる。発想上、皇帝の行幸が『紅楼夢』の皇妃省親に何らかの影響を与えたということは考えられないこともないが、もしそれが皇帝の行幸を示唆したものであることがわかれば、不敬罪に問われる恐れが十分考えられるのだから、作者はそうならないように最大限の注意を払って、皇帝の行幸とは相当異なる情景を描出しているはずである。したがって、その場面は実質的にはほとんどフィクションと見なすべきであろう。総じていえば、元春省親と大観園の築造とは、いずれも『紅楼夢』の作者のたぐいまれな構想力によって創出された『紅楼夢』中最大のフィクションなのである。

なお、「元春省親」について、詳しくは本書の附論「『選秀女』と明清の戯曲小説」（二六三頁以下）を参照されたい。

（2）大観園における男女交際の非現実性

では次に、大観園で営まれるような生活情景、とくに賈宝玉が大観園で行なったような男女交際が、当時、実際にあり得たのかどうかについて検討してみよう。

①　大観園世界と当時の社会情況との乖離

まず、大観園内には、どんな女性がどれだけ住んでいたのかについて述べることにしよう。（口絵の大観園の図を参照されたい）

大観園に常住していたのは、宝玉の外に、主人筋の女子としては、林黛玉・薛宝釵・賈探春・賈惜春・賈迎春・李紈・釈妙玉がいる。妙玉を除いて、他の女子たちにはそれぞれ二、三人の名の知れた丫鬟（侍女）が付いている。それらを併せると、すべてで二十三人ぐらいいることになる。ただ、第二十三回の記述によると、大観園に入るとき、彼女たちには、「めいめいの乳母や側近の侍女たちの他に、それぞれに二人の老女、四人の小娘が付け加えられた」というので、その数はそれよりもずっと多かったに違いない。

また、賈宝玉に侍っていた丫鬟には、襲人・晴雯・秋紋・麝月のような大丫鬟から、茜雪・碧痕・紅玉（小紅）・檀芸・蕙香（四児）・綺霰・佳蕙・墜児などの中小の丫鬟まで十八人ほど名前が挙がっている。さらに顔も知らない者が何人もいたというから、下働きの女中、下女に至るまで含めると、宝玉には常時二十人を超える女子が侍っていたことになる。

そのほか、一時期、園外に住む史湘雲・李紋・李綺・宝琴・岫烟らも、侍女を連れてやって来て居住しているし、芳官・藕官などの女伶（女優）も十二人以上住んでいる。さらにまた、隣り合わせの賈家に住むお祖母さまや王夫人に服侍する丫鬟たちもときどきやってくるし、賈璉の妻の王熙鳳、妾の平児、薛蟠の妾の香菱なども、始終大観園に出入りしている。はっきりとはわからないが、大観園に住んだり、出入りしたりしていた美女子は、どんなに少なくとも六十人はいたのではないだろうか。

次に、彼女たちの年齢であるが、これも正確を期すことは困難であるが、周汝昌氏の『紅楼紀暦』の説によれば、林黛玉が栄府に入ったのは六歳、彼女を迎えた宝玉はこのとき七歳であったという。また、彼らが大観園に入ったのは、宝玉十三歳、黛玉十二歳、宝釵十五歳であったという。宝玉が宝釵と結婚して大観園から賈家へ移ったのは、十七、八歳（十九歳説もある）のようだから、短くとも四、五年ぐらいは大観園内で過ごしたことになる。第四十九回には、かくて大観園は以前よりも随分にぎやかになった。（主人筋の女性は）李紈を頭として、ほかに迎春・探春・惜春・宝釵・黛玉・湘雲・李紋・李綺・宝琴・岫烟、さらに熙鳳と宝玉を加えて、合計十三人いる。年齢からいうと、李紈が最年長で、熙鳳がこれに次ぐのを除けば、あとはみな十五、六、七歳のものばかりで、そのうち、この三人は同じ年、あの五人は同じ歳、なかにはこの二人は同月同日の生まれというのもあれば、あの二人は同時同刻の生まれというものさえもあった。

といっている。そうだとすれば、このころにはみな十分に結婚適齢期を迎えているのであるが、このような年齢の男女が同じ場所に居住することは、当時、実際にあり得たのだろうか。

明代と清代ではわずかな違いはあるが、一般的にいって、当時、良家の子女の間では、「男女別あり」、「男女授受するに親しくせざるは、礼なり」、「女は位を内に正し、男は位を外に正す」、「七歳にして男女席を同じうせず、食を共にせず」といった礼法が厳しく行なわれており、男女間の良家の子女の恋愛はすべて御法度であっただけではなく、童年期を越えた男女はたとえ親戚同士であっても接触することさえ憚られていた。

そのような時代に、何十人もの若い女性たちの中に、現在の中学から高校生ほどの年齢の男性がただ一人、しかも、いま述べたように宝玉だけでも二十人を超える丫鬟にかしずかれて居住し、何の咎めもなく、全女性と気ままにつきあい、日々交遊に明け暮れるというのは、どうみても実際にあったこととは思えない。たとえ宝玉が幼いときから女性たちの間に育ち、女性同様に育てられたとしても、結婚適齢期にある青年男女なのだから、このような特別世界において、何の制限もなく、自由に遊び暮らすことが許されるはずはないだろう。もし不都合なことが起こったら、姦後結婚などということの許されない当時においては、大変面倒なことになるばかりではない。もし賈宝玉が作者と同じ清代の人であったとすれば、風俗壊乱の罪でその家はとっくに厳しい詮議を受け、それだけでひとたまりもなく抄没《とりつぶ》されるかもしれない。また、このような小説を著した作者も淫乱放蕩を唆《そそのか》した罪によって「文字の獄」につながれたり、酷刑に処せられたりするかも知れない。

しかし、そうならなかったのは、当時、大観園のような女児国が形成される条件がほとんどなかったからであり、大観園世界が全くのフィクションか、それに近いものであると見なされたからであろう。曹雪芹の伝記にも、少年時代に大観園のような女児世界を生活体験としてもったという事実はないし、また脂硯斎の批語にも、当時、そのような家があるということを匂わす記述は見当たらない。したがって、傍目《はため》には淫乱世界を描いたといわれても仕方がない『紅楼夢』を、作者の曹雪芹が自分の家（曹家）の再興をはかるために著したという伊藤氏の説*は、どうみてもおかしいのである。

また、このような女性だけの世界を彼が描くことができたのは、曹雪芹の友人の敦敏の詩句に「秦淮風月憶繁華」（「贈芹圃」）というのがあり、やや後の西清の言葉に「繁華声色、閲歴者深」（『樺葉述聞』）とあることから、少年時代に曹雪芹が遊里の世界を経験したからであろうという説があるが、この遊里経験説も甚だおかしい。なぜなら、曹雪芹が南京の旧宅で過ごしたのは、ほんの幼年時代にすぎないからである。成人後において、彼が遊里の世界を経験した可能性があるではないかという向きもあるかも知れないが、私見では、全くなかったのではないかと思う。というのは、これまで縷々述べてきたことからもわかるように、作者にとって遊里のような淫乱世界、それも男性が淫行を求めてたえず出入りしているようなところは、最も嫌悪すべき場所だと思われるからである。天真爛漫な少女役者だけの世界ならまだしも、妓女や優伶のいる花柳の巷は、清浄な女子だけの楽園である大観園とは全く相反する世界だからである。したがって、敦敏の詩句は、『紅楼夢』に描かれた世界を曹家の昔の繁栄ぶりに重ね合わせて詠ったものと解すべきであろう。

ただ、曹雪芹には、普通の女子たちとの交遊は全くなかったのではなく、少しはあった可能性はある。というのは、甲戌本の第一回回前総批に、脂硯斎が作者の言葉として、「ふとその昔いた女子たちのことを思い出して、いちいち細かに推しはかってみると、その品行も見識もともに私の上をゆくものだったように思われる（忽念及当日所有之女子、一一細推了去、覚其行止見識、皆出於我之上）」といい、また第一回に作者が自分の分身である石頭《いし》に託して、「それに比べれば、意外にも私が半生の間に親しく見、親しく聞いた何人かの女子にも及ばない（竟不如我半世親覩親聞的這幾個女子）」といっているからである。しかし、その交遊ももちろん大観園におけるような大げさなものではなく、ほんのささやかなものであっただろう。とすれば、なぜ多くの女子との交遊経験をもたずして、あのように多くの個性的な女子たちを描くことができたのだろうか、という疑問が生じるかも知れない。しかし、それについては、彼が性同一性障碍者（ＭｔＦ）であるが故に、女性の心理にもともと通じており、また女性と同化したい一心から意欲的に女子たちの心理を学ぶことに努めたからであろう。

さらにまた、作者の曹雪芹の出自が、純然たる漢族ではなく、満洲族に従って清朝創建に貢献した漢族、すなわち漢軍八旗の家系なので、作者が満洲族の風習に影響されて、このような女児国を構想したのだといった説＊＊もあるが、これもまた甚だおかしい。たとえ曹家が満洲族と深いつながりがあったとしても、建国当初ならいざ知らず、曹家も、また小説中の賈家も、創業期よりすでに数世代を経た歴《れっき》とした豪門貴族であり、曹雪芹のころには漢族の風習にすっかりなじんでいたはずである。しかも賈家は、平民ではなく、高貴な地位と教養をもった「翰墨詩書之族」「鍾鳴鼎食之家」などとよばれている名家である。それがどうして、結婚適齢期を迎えた女子たちの大群中に成人した未婚の男子を一人住まわせて、風俗を傷うようなことを行なわせるだろうか。当時の社会情況から見ても、ほとんどあり得ないことであろう。

それではなぜ、大観園にはあのように多くの美女子がいるのだろうか。普通の恋愛小説では大概二、三人程度であり、淫書も含めて、多いものでも十人もいる作品はほとんどないが、大観園世界は数十人にものぼろうかというほどの美女子を常時擁する一大女児国である。ハーレムや後宮でもないのに、彼はなぜそんなに多くの美女子を必要としたのだろうか。それについてはすでに「女の子と楽しく遊ぶことを切望する宝玉」（七一頁〜参照）のところで述べたように、性同一性障碍者であると見られる主人公の賈宝玉が自己のジェンダー・アイデンティティ（性自認）に随って、多くの女子たちと思う存分遊び戯れるために、地上楽園としての理想世界を形成しようとしたからであろう。それからしてもわかるように、大観園世界は作者による壮麗なフィクションであり、作者の心の中に育まれた理想郷なのであって、当時の大貴族の中にはひょっとしたらこんな家も実在したかも知れないなどと、思うべきではないのである。

注

＊　『伊藤漱平著作集Ⅱ』所収の論文「『紅楼夢』に於ける甄（真）・賈（假）の問題」（一九一頁）に、「その点につき私自身は、皇帝の恣意によって貪官の汚名を着せられてしまった家の恥をそそぐために、霑が自分の家、つまり曹家をモデルにした小説によって心ある人に訴えかけようとしたと見る」という。なお、これと同様の見解は、『伊藤漱平著作集Ⅱ』の一〇一頁、二〇八頁〜、二九八頁などに見える護官符についての解釈にも見える。伊藤氏のこの説に対する批判は、小著『明清時代の女性と文学』（四六九頁〜四七一頁）を参照されたい。

＊＊　自説に都合のよい些細な資料だけで、『紅楼夢』世界の全体を概括すべきではないだろう。たとえば、雪降りに鹿の肉

の焼き肉を食べている場面があるので、これは漢族の風習ではなく、満洲族の風習だとして、大観園世界にも満族の影響があるなどという人がいる。しかし、鹿の肉を食べるのは、南方ではないのかも知れないが、北京ではすでに以前から一般的に行なわれている風習であって、何も満洲族のみが食べていたのではない。

②　本文中に見える男女交際の異常性に関する作者の弁明

賈宝玉が大観園内で行なっている生活情景、なかでも女子たちとのつきあいが甚だ異常なものであり、ほとんどあり得ないものであることは、こと改めて言うまでもなく、実は作者が『紅楼夢』中に何度か弁明しているのである。しかし、読者がそこに目を留めず、その言葉のもつ意味あいに気付かないだけなのである。たとえば、第三回には、林黛玉がはじめて賈家にやってきたとき、彼女は宝玉の母の王夫人に向かって次のようにいっている。

伯母様がおっしゃいましたお方は、玉を含んでお生まれになったというお兄さまのことではありませんか。家にいたころ母からよく聞かされておりました。そのお兄様はわたしより一つお年が上で、幼な名を宝玉さまとおっしゃって、とても腕白でいらっしゃるが、ご姉妹にはとてもお優しいとか。それにわたくしこちらに参りまして、女のご姉妹がたとはご一緒でも、男の兄弟がたとはもちろん別院別室で暮らすわけですから、お近づきになることもございませんね。

これを見てもわかるように、親類の男女といえども、幼童の時期を過ぎたら、男女が別々に暮らすのは普通のことであったのだ。このとき、宝玉は七歳、黛玉は六歳ぐらいであったと見られるが、黛玉は当時の男女交際の習慣に従って、従兄妹でも今後接触することはないはずだというのである。ところがどうして、賈家の宝玉に関しては、賈母のお墨付きもあって、そんな世間の礼法などどこ吹く風と女子たちの間を遊び回るのである。

また、第五回には、宝玉が急に昼寝がしたくなり、秦可卿の部屋で休もうとしたとき、一人のばあやから「叔父さま（宝玉）が甥御のお嫁さん（秦可卿）のお部屋に入って休むなんて道理はございませんでしょう」といわれている。宝玉はこのときまだ八歳そこそこの童子であったけれども、秦可卿は一世代下の賈蓉の妻なので、宝玉は叔父さまといわれたのであるが、当時は男女間の交際にはこんな子供にも、男女は「寝席を通ぜず」といった高い障壁があったのである。

さらにまた、第三十四回には、宝玉の侍女の襲人が彼の素行が一向に改まらないのを心配して、宝玉の母の王夫人に訴えて、次のように言っている。

> 今では若さまもご成長なされ、園内のお嬢さま方も大きくおなりです。しかも林のお嬢さまと宝のお嬢さまは、お二方ともお母方の表姉妹《いとこ》に当たられ、ご姉妹の間柄とは申せ、そこはやはり男女の別というものがございましょう。日夜一つところでお暮らしなさるのは具合が悪く、なんとも気がかりでございます。世間体から申しましても、りっぱなお屋敷のあるべき姿とは思われないのではないでしょうか。

このときには、彼らはすでに大観園に移住しており、女子たちもみな年頃になっていたのであるが、宝玉は大観園が賈家の両邸から隔離された特別区域であるのをよいことに、相変わらず女子たちの仲間になって遊び回り、しばしば彼女たちの部屋の奥にまで自由に入ってゆく。襲人は彼の異常な行動が将来賈家に大きな災禍をもたらすのではないかと心配して、王夫人にご注進におよんだのである。これは宝玉が十三歳のころのことであるが、この年齢からすれば、襲人の気がかりは至極もっともなことであろう。

また、これはかなり後のことであるが、妻の宝釵の誕生会を女性たちだけで開いたとき、既婚の男性の宝玉もこの会に参加することを許された。その理由について、「宝玉は既婚者ではあるが、ご隠居さまのお気に入りなので、女たちの仲間に入れた」という言い訳がなされている（第百八回）。当時は結婚後といえども、婦女子の集まる会に男性が顔を出すことは禁じられていたのであるが、この場合も、賈母の特別の計らいによって許可されたことになっているのである。

ところで、賈宝玉の男女交際において、当時の「規矩体統」（きまりや秩序）を逸脱した最大の事例は、女子国の大観園に男性として宝玉のみが入園を許可されたことである。普通の男子は誰も入ることのできない大観園にどうして彼一人入ることが許されたのであろうか。第二十三回には、次のようにいう。

> 元春妃は心の中で思った。「自分が里帰りしたあと、あの父上（賈政）のことだから、きっと恐れ謹しみ、大観園を閉鎖して人の出入りを禁ずるに違いない。それではあの立派な庭園を無駄にすることになるのではないだろうか。まして一家のうちには詩賦のたくみな姉妹たちが何人もいるのだから、あの子たちをあそこへ入れて住まわせてやれば、佳人たちもさびしい思いをすることなく、園内の花や柳も面目を保てるのではないだろうか。それから、宝玉のことだが、あの子は幼いときから大勢の姉妹たちに囲まれて育ってきたので、他の弟たちとは違う。もしもあの子を園の中に入れてやらなかったら、冷遇されたと思うだろうし、おそらくお祖母さまもお母上もお喜びにはなられまい。やはりあの子も園に入れて一緒に住まわせてやったほうがよさそうだ」、と。皇妃

さまはそうお考えになって、太監の夏忠を栄国邸へ遣わし、「宝釵らを園の中に住まわせ、大観園を閉鎖しないように。また宝玉も一緒にそこで勉強させるように」との諭旨を伝えられた。

これを見てもわかるように、宝玉が大観園入りを許されたのは、元春貴妃の思し召しによるものである。朝廷から発せられた元春貴妃の命令により、賈母や母親の同意を得て、入園が許可されたようになっている。時の皇帝の寵愛を得ている元春貴妃のお墨付きを得て、入園が許されたということは、その命令は皇帝の意向に添うものといえるだろう。このような絶対者の命令であれば、いくら謹厳な道徳家である父親の賈政といえども、異を唱えることはできなかったのである。

『紅楼夢』においては、実際にはあり得ないことを登場人物に行なわせる場合には、しばしばこのようなやり方、すなわち、警幻仙姑や元春貴妃や賈母や王夫人などのような超越者や権威者の命令や思し召しによって特例として許可されたといった理屈づけがなされている。しかし、それらはみな実際にはあり得ない非現実な事柄をカムフラージュするために用いる『紅楼夢』の手法なのである。われわれは実際にあったことかどうかを判断する時には、そのような作者の弁明の言葉を見落とさぬようにすべきだろう。

以上述べたように、当時、良家の子女の間では、幼少の時期を除いて、男女間の交際はほとんどあり得なかった。当時の大官貴族の子女の間において、「男女七歳にして席を同じうせず」「食を共にせず」「寝席を通ぜず」「衣装を通ぜず」といった「男女の大防」は相当きびしく守られていたと見られるのに、宝玉のように、男子がただ一人女子国に何年間も居住し、女子たちと一緒に遊び続けるなどというのは、実際にはほとんどあり得ないことである。したがって、総体的に見た場合、大観園内の小事実はともかくとして、大状況としての大観園世界は、この世におけるユートピアとして作者によって創造された一大虚構世界であると言わざるを得ないのである。

（二）性同一性障碍者の理想郷としての大観園世界

（1）大観園世界の性格

上述のように、大状況としての大観園世界が、当時実際にはあり得ない虚構世界、理想世界であるとすれば、それはどのような特徴をもつものであろうか。

①　大観園――俗世間に囲繞されたユートピア

普通、中国の理想郷、あるいは中国のユートピアというと、たとえば、

（1）渤海の中にあるといわれる蓬莱・方丈・瀛洲の三神山。

（2）西方の崑崙山にあるとされる女仙の西王母が支配する仙境。

（3）後漢の方士の費長房が、薬売りの老翁とともに壺の中に入って、別世界の楽しみを極めた壺中の天。

（4）晋の陶淵明の作と伝えられる「桃花源記」に描かれた桃源郷。

（5）唐の張文成が遊里を仙洞に見立てて作ったといわれる「遊仙窟」に描かれた歓楽境。ただ、これは黄河の源の山中にあった。

（6）唐の李朝威の「劉毅伝」に描かれた洞庭湖の中にあった龍宮。

（7）酒に酔って槐樹の下で眠り、夢の中で大槐安国に至り、富貴栄華を極めるという淳于棼の話。唐の李公佐の「南柯太守伝」に見える大槐安国。

（8）趙の邯鄲で道士の呂翁から栄華が意のままになるという枕を借りて寝たところ立身出世して栄耀栄華を極めたという盧生の話。唐の沈既済の「枕中記」に見える夢中のユートピア。

などが、しばしばその例として挙がっている。この種のユートピアは後世になればなるほど多くなり、短篇小説などに枚挙に暇がないほどあらわれているが、それらはほとんどみな人里離れた山中や、陸地を遠く離れた海の中や、非現実的な夢の中などで見られる、絶対的な安楽境や快楽境ばかりである。したがって、そこに至った人は、よいことずくめ、楽しいことずくめの生活を享受したり、現世では得られぬ栄耀栄華を極め尽くしたりすることができる。中国文学におけるユートピアといえば、一般的にはこの種の「おとぎ話」や「夢物語」に類するような非現実世界がほとんどである。それゆえ、中国には、西洋におけるような本格的なユートピア文学は生まれなかったかのごとくいわれているのである。＊

ところが、『紅楼夢』の大観園はそんな単純なユートピアではない。では、どこがそれらと違うのかというと、まずその存在場所が異なるのである。普通のいわゆる中国の理想郷は、先に挙げたような人界を遠く離れたところにあったり、天上界にあったり、夢の中で見たりしたような俗世と隔絶したものがほとんどであるが、大観園はそうではなく、京師の長安（おそらく北京を想定したものと見られる）の中心の宮城からさほど離れていない、寧栄街の賈府の中に存在するのである。こんな街中に設定されたユートピアは、西洋においても珍しいのではないだろうか。

ただ、大観園はそんな街中にあり、俗悪汚濁な現実社会に囲繞されているので、しばしば醜悪な俗世の嵐が吹きつけたり、あるいはその風気の浸潤を受けたりして、さまざまな摩擦や矛盾や苦悩を生じがちである。完全無欠な理想郷におけるような結構ずくめの満ち足りた生活を送るというわけにはいかないのである。たとえば、宝玉は現実社会（男性社会）に立ち向かえないＭｔＦなのに、隣り合わせの賈府に住む父親の賈政から呼びつけられて科挙のための勉強を強いられることもある。また、丫鬟たちから暇を取るとか、嫁に行くとか言って脅かされたり、周りの者から男らしくあれといわれて悩むこともある。大観園が遠からず崩壊するのではないかという不安に襲われることもある。賈宝玉が感じたこうした諸々の苦悩については、それまでにもかなり述べたので贅述しないが、大観園世界には宝玉のこうした孤独、悲嘆、寂寥、屈辱などの感情が、女子たちと一緒に暮らせるという喜びや満足の思いと綯《な》い交ぜになって存在しているのである。

しかしながら、大観園世界はこのような複雑な性格をもつユートピアであるがゆえに、文学的に成功しているといわねばならないだろう。大観園世界は清浄なユートピア世界を保ちながらも、つねに醜悪な反ユートピア世界からの攻撃に曝されている。非現実世界のごとくあるが、完全なフィクションではなく、かなりの現実味も帯びている。喜悦の感情にもとづくオプティミズムと悲しみの感情にもとづくペシミズムの双方を内包している。このような大観園世界が作品の中心に坐っているが故に、『紅楼夢』は単純で底の浅いユートピア小説とは異なり、非常に彫りの深い奥行きのある作品となっているのである。

注

＊　私が読んだ数冊のユートピアに関する本のうちでもすぐれた解説書であり、評論書であるクリシャン・クマー著『ユートピアニズム』（菊池理夫・有賀誠訳、昭和堂、一九九三年刊）には、著者自ら、「本書は主としてユートピアの過去に関心を向けている。私はユートピアがほぼ完全に西洋の伝統であることを指摘している。ユートピアは東洋では言うべきほどの歴史をもたなかった」（「日本語版への序文」など）と述べている。

②　大観園――性同一性障碍者のユートピア

大観園世界のもう一つの特徴は、すでに何度も述べたように、数十人もの美女子が居住する女児国に若き貴公子（賈宝玉）がただ一人住み、彼女たちと性愛の伴わない友情的交遊を長い年月にわたって繰り広げることである。しかしながら、このような賈宝玉の暮らしぶりは、普通一般の男性にとって理想的世界といえるものだろうか。われわれはともすればそれが普通人にとっての理想的世界であるかのように思うかもしれないが、よく考えてみれば、必ずしもそのように即断することはできないのではあるまいか。むしろ、きわめてふしぎな世界だと見なされるのではなかろうか。

というのは、普通の男子が多くの美女子に取り囲まれた大観園のような世界を夢見る時には、明清時代に多くあらわれた淫書のように、往々にして淫乱放蕩を恣にし色欲の満足を得るほうを望むだろうからである。多くの若者にとってはむしろ、賈宝玉のように明けても暮れても女子ばかりと暮らし、性的欲情を起こすこともなく、長年にわたって友情だけのつきあいを重ねる世界は、とても耐えられないのではなかろうか。おそらく普通の男性が実際に賈宝玉のような世界にずっと住まわされたら、男の友だち恋しさに気鬱になったり、園を抜け出して遊びまわったりして、そんな世界は願い下げにしてもらいたいと言うことだろう。

また、道徳を重んじ、社会の眼を気にする普通の士大夫の子息ならば、ふとそんな世界を夢想することはあるかもしれないが、現実には自分から望んで入って行くはずもないし、また周囲の者もそれを決して許さないだろう。ましてや賈政のような厳格な父親のいる「翰墨詩書の族」と呼ばれる名家においては、なおさらそんな淫乱無道を見逃すはずがないだろう。なぜなら、こんな女児国の存在が外部に知れたら、家の評判を落とすばかりか、当人の将来の出世にも差し障るからである。そんなことはこの年齢の若者なら当然わきまえており、入園を許されても自分から断るに違いない。ところが、宝玉は入園を認められた時、「外の者がこれを聞いたらそれほどでもないだろうが、宝玉はもう嬉しくてたまらない（別人聴了、還猶自可、惟宝玉聴了這話、喜之不勝）」（第二十三回）というように、彼は驚喜して飛び込んでいったのである。これは、おそらく宝玉のみに通用する理想郷ではないだろうか。作者も普通の男性であれば、このような世界を延々と描き続けることは、おそらく無理ではないだろうか。

普通の男子ならば、すんなりとは喜べないはずのそんな世界も、宝玉（あるいは作者）にとって、それが理想郷になり得るのはどうしてであろうか。やはり彼らが、普通の人とは異なり、性同一性障碍者（ＭｔＦ）であるからだという外はないのではないだろうか。性的欲動をはじめからほとんど持たず、女児国に暮らすだけの生活を長年にわたって続けることこそが、宝玉の性《しょう》に合っているのである。彼にとってはむしろ、男性社会に入ってゆき、男性と遊びなさいといわれるほうが、遙かに苦しいのである。現代の性同一性障碍者は女子の友だちをたやすく持つことができるので、これほどまでに女子たちで埋め尽くされた理想郷を思い描く必要はないかも知れないが、厳然たる男女分離社会に生きた当時の性同一性障碍者であれば、大観園で繰り広げられるような生活は、この世における最上の理想郷として切望されるものであったに違いない。一般の男子にとっては、必ずしもユートピアとはいえない世界も、性同一性障碍者にとってはかけがえのない理想世界となり得るのである。たとえ時おり、苦悩、寂寥、不安、屈辱などのような不快な感情に襲われようとも、宝玉にとって大観園は何物にも代えがたい理想の空間であったのだ。

（２）『紅楼夢』の構成に見る女子中心の世界

『紅楼夢』が性同一性障碍者（ＭｔＦ）の思い描いたユートピア小説であることは、『紅楼夢』の構成からも窺知できるのではないだろうか。私見によれば、『紅楼夢』世界は大別して左記の三つの世界によって構成されているよう

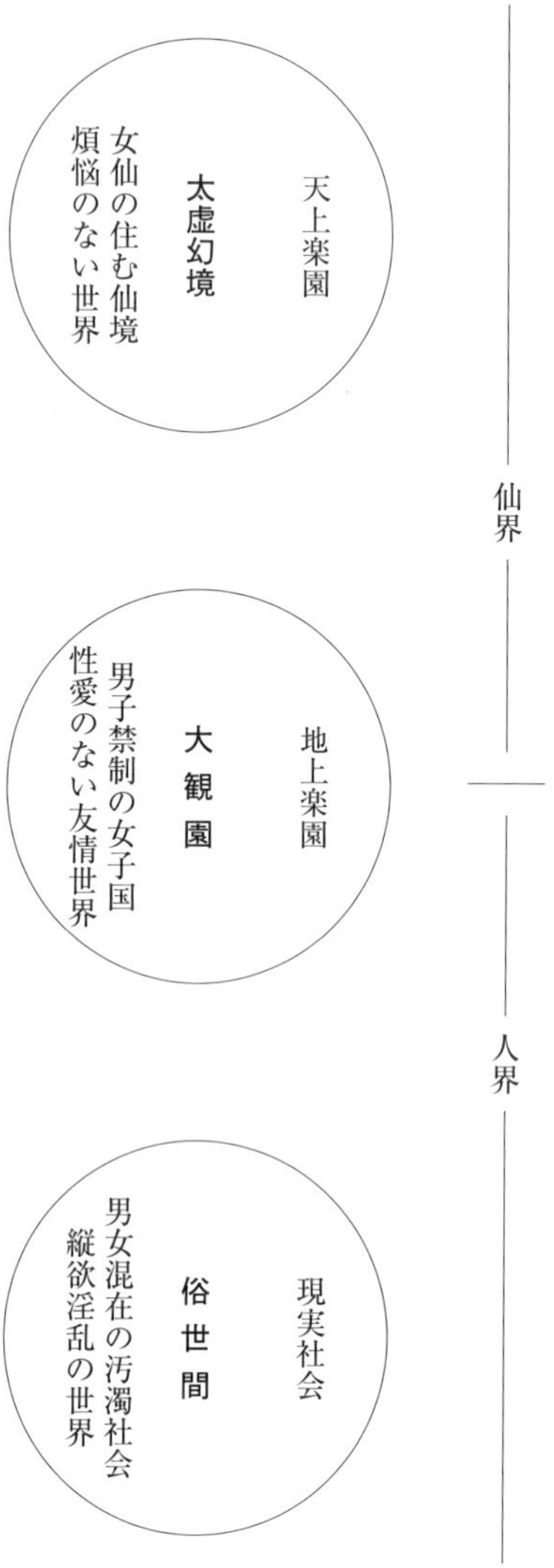

に思う。

① 太虚幻境は、警幻仙姑という女仙の主宰する天界の仙境で、賈宝玉の前身の神瑛侍者や林黛玉の前身の絳珠仙女などが住んでいる清浄無垢の理想世界である。そこは、この世の人間のもつ煩悩や情欲の苦しみから解放された真正の理想郷である。ただ、太虚幻境に住むのは女仙ばかりで、神瑛侍者を除けば、男仙は全くいない。

② 大観園は、開国の元勲の子孫の住む賈家に築造された大庭園で、『紅楼夢』の中心舞台である。庚辰本第十六回の脂硯斎の評語に、「大観園は、玉兄（宝玉）と十二釵の太虚幻境である」というように、天界の太虚幻境から降世した賈宝玉や林黛玉たちが暮らしているこの世の楽園である。しかも、住人は太虚幻境と同じく、一人の男子を除いて、みな女子たちばかりである。

③ 俗世間は、大観園以外のすべての現実社会を含み、財欲や色欲などの欲望の渦巻く厭悪すべき汚濁世界であり、

住人も欲望に目のくらんだ俗悪な男女が多い。この世において、大観園と対峙する反ユートピア的世界である。

右の三つの世界のうち、②の大観園が最も重要な世界であることは言うまでもないが、『紅楼夢』には大観園のさらに上に太虚幻境という理想郷が天界にもある。地上の楽園である大観園は、天界の真正の理想郷である太虚幻境を投影したものとされるので、擬似的な理想郷であるということになる。理想郷を二つも一つの小説の中に含む作品はきわめて珍しいが、作者はなぜこのような理想郷の二重構造形式を採用したのであろうか。

①『紅楼夢』における太虚幻境の意味

その理由としては、この世に設けられた理想郷の大観園は、いずれ必ず消滅するものなので、彼らの魂の帰着先として、滅びることのない真正の理想郷の太虚幻境を天上界にも設けたという面もあるかも知れないが、それとともに考えられることは、賈宝玉のようなこの世にほとんどいないような風変わりな人物を小説の主人公にするからには、やはり、単なる変人ではなく、天界から降凡下世した特別の人であることを示す必要があったのではないかと思う。すなわち、彼は普通の人とは異なった容易には説明しがたい性格をもち、さまざまな風変わりな思考や言動を為すが、それは実は彼がもともと人界の俗物とは異なった天界の住人であるが故の所行、所為なのである。彼はこの世の風俗習慣になじまず、世の常識を受けつけず、矯正のきかない駄目な人間のごとく見えるが、それは実は彼がもともと世の凡俗を超越した天界の人だからであると読者に思わせるために、言い換えれば、賈宝玉の異常な性格や行動を是認し、その存在にお墨付きを与え、その人物に箔《はく》をつけるために、天界に神の国ともいうべき真正の理想郷を設定し、彼をそこの住人であったとしたのではないだろうか。

大体、中国においては、変人奇人を肯定したり、賛美したりするときには、たとえば『荘子』（大宗師篇）の「畸人《きじん》」（偏頗者）において、「畸人とは、人に畸《こと》なりて天に侔《ひと》しきものなり。故に曰く、天の小人は、人の君子。人の君子は天の小人なり」というように、その人がもともと天上界の人であったとか、天道を体得した超人だとかいった説明をして、世の俗流とは異なった尋常ならざる人物であるという手法を取ることが多い。そのような説明でなければ、読者を納得させることができないからである。『紅楼夢』の賈宝玉の場合も、この手法を用いたのであろう。そのために彼はこの世にあっても、夢の中で何度か本来の居所である太虚幻境に遊び（特に第五回、第百十六回に多い）、自分が世の俗人とは異なる天上界の住人であることを確認し、読者にもそれを認めさせようとするのである。

そのようなわけで、太虚幻境は『紅楼夢』において不可欠な世界であるが、従来、この三つの世界の中では余りにも軽く扱われてきた。つまり、太虚幻境は当時の小説手法にありがちな神話譚形式を借りただけのほとんど意味のない、むしろ無くもがなの世界であるかのごとく見なされてきたのである。それはおそらく、『紅楼夢』をリアリズム小説と見なそうとする学者からすれば、余りにも荒唐無稽な非現実世界である太虚幻境を重視することはできなかったからであろう。しかし、わたしは今述べたような意味で、太虚幻境は作者の巧みな作品構成力によって生まれたものであり、とりわけ賈宝玉や彼を取り巻く佳人たちのありようを理解するためには、もっと重視されて然るべきではないかと思う。

②　二つの理想郷の設定に見る女子世界への憧憬

そしてさらに、それよりも重要な問題は、天界の理想世界である太虚幻境は、なぜ男仙を除外した女仙だけの仙境なのか、また、この世の理想世界である大観園もまた、なぜ男子を除いた女子だけの楽園なのか、『紅楼夢』ではなぜ男仙や男子を除外し、女仙や女子だけの理想郷を二つも構築しなければならないのか、ということである。『紅楼夢』におけるこの異常な女仙や女子へのこだわりは、一体どうしてなのだろうかという疑問である。

これは『紅楼夢』における最大の謎の一つであると思われるが、従来誰もその理由については述べていない。作品構成がそうなっているので、追究する価値がないと思っているのか、追究してもわからないのでしないのか定かではないが、とにかく全く論及されていないのである。しかし、わたしはこれこそ、『紅楼夢』という小説の本質を解明するための重要な手がかりになるのではないかと思う。なぜなら、太虚幻境と大観園という男性をシャットアウトした理想郷を二つも設定して、どこまでも女子とともに暮らすことを希求するとすれば、それ相応の理由があるはずだからである。

一体に、理想世界の仙界においては、生前、地上の人界において、色恋のことなどで苦悩した者も、あるいは淫乱放蕩の限りを尽くして非業の死を遂げた者も、死して仙界に昇れば、そこはすべて煩悩に悩まされることのない清浄世界であるから、人界にいた時とは違って、恋情もなく、性愛もなく、すべての男女が全くの友情だけで仲よくつき合うことができる。したがって、普通の小説の場合、天界に理想世界が一つあれば足りるのである。よしんば理想郷を二つ設けたとしても、『紅楼夢』のように、二つとも男子禁制の女児世界とし、主人公の賈宝玉に天界においても、人界においても、女子とばかりつき合わせるような設定にする必要はないのである。とすれば、『紅楼夢』のこうした構成には、やはり『紅楼夢』ならではの特別の理由があるに違いない。それは何だろうか。

こうした疑問も、作者の曹雪芹、あるいはその分身である賈宝玉を性同一性障碍者（ＭｔＦ）と見ることによって、容易く解決できるのではないだろうか。この世において、外界の男性社会で活動することもならず、文字通り、家庭内にしか居場所のない性同一性障碍者は、天上界の太虚幻境だけでは物足らず、この世の家庭内（賈家内）においても性愛なき清浄世界である理想郷（大観園）を構想し、そこを自分の「こころの性」のありかである女子国にする以外に、その存在意義も、生きる術《すべ》もなかったのである。そのようなわけで、わたしは太虚幻境も大観園もともに性同一性障碍者（ＭｔＦ）である作者（または賈宝玉）が夢想したユートピアと見るのである。甲戌本の第一回の回前総批によれば、作者は「かつて一度このことを夢に見て、わざと真事を隠し、「通霊」の説を借りて、この石頭記を書いた」というのであるが、作者が見たこの夢とは、つまり大観園の理想郷での生活を指すのではないかと思うのである。

（付記）余英時氏の理想世界論と自説との相違点

ところで、大観園が虚構による理想郷であるという説は、つとに余英時氏が「『紅楼夢』的両個世界」（『香港大学学報』第二期、一九七四年六月）において述べている。これは、他の論文を加えて、一九七八年に台湾の聯経出版社刊の同名の著書に収録されているが、その説は、『紅楼夢』を政治小説や社会小説と見る見方が中国大陸において流行していた時期に、『紅楼夢』が「現実世界」と「理想世界」との対立と絡み合いの中で成り立っているとする立場で解析した新説で、当時としては学術的意義が非常に大きかったと思う。わたしもこれを読んだとき、目から鱗が落ちるような思いをしたことを覚えている。しかし、今では、この説は『紅楼夢』の本質を掴むにはいささか大まかすぎる説といわねばならないだろう。というのは、余氏は、『紅楼夢』を「現実世界」と「理想世界」の二つに分けているが、わたしはやはり「太虚幻境」と「大観園」と「俗世間」との三つに分けるべきだと思う。太虚幻境があることによって、大観園というこの世の主要舞台が奥行きの深い理想郷になっているからである。

それからまた、それよりもさらに大きな問題は、余氏が賈宝玉を普通一般の風変わりな男子としてしか見ていないことである。余氏がその説を唱えたころには、性同一性障碍（ＧＩＤ）なるものが全く知られていなかったのであるから、それは致し方のないことではあるが、その見方では、賈宝玉の異常な行動がどうして生まれてくるのかの根本原因がつかめず、また、彼が希求するユートピア（とくに大観園）の性格も十分には把握できないからである。やはり、普通人の理想郷ではなく、「性同一性障碍者の理想郷」とすべきであろう。

＊　＊　＊

性同一性障碍者（ＭｔＦ）のコメント

（著者の質問）

賈家の絶対者であるご隠居さまの篤い庇護を受けた宝玉は、大観園というほとんどあり得ない特別区域の中で、四、五年のあいだ、いじめや疎外にも殆どあわず、こころの性との同一性を得て、思う存分遊ぶことができました。現代でさえ、性同一性障碍者は人生を送る上に多くのハンディキャップを負っているのですから、当時においてはなおさら、大観園のような理想世界で過ごすことを夢想することはあり得るのではないでしょうか。

（N．M．さんの回答）

理想郷ではないかも知れませんが、眼が覚めたら、周りは全く変わらないのですが、自分が生まれつき女の子だったという世界に変わらないかというパラレルワールドを夢想していました。それは、物心ついた時からトランスするまで続いていました。

次の「報告書に見える事例」に述べられている「町の三分の一がセクシャルマイノリティ」というのは、わたしとしては少し異論がありますが、差別のない優しい町はすてきだと思います。わたしも老後などを考えると、性同一性障碍者の心の性を尊重し、差別のない老人施設などを自分たちで造っておこうかなんて思ってしまいます。

報告書に見える事例

針間克己監修・相馬佐江子編著『性同一性障害30人のカミングアウト』（双葉社、二〇〇四）より

☆「夢から語っていいですか。笑われるかもしれないけれど、私には大きな大きな夢があるんです。それは、私のようなセクシャルマイノリティが住む優しい町を作ること。私の住む北海道には広大な土地があります。夢の実現を後押ししてくれる企業や銀行、志をともにする人々が集う町……。町の人口の三分の一がセクシャルマイノリティだとしたら、どうでしょう。町づくりの核として、たとえば園芸や花卉農園なんかもいいですねえ。ローズガーデン、加工工場や直販の売店。それにレストラン、商店街や銀行、文化施設やスポーツクラブ。町として必要な機能を全て備え、セクシャルマイノリティだけでなく、あらゆる弱者が住み、人と人との垣根のない町……。住人たちの終の住処となれる町。世間の話題になり、観光スポットになるのもいいですね。町が発展すれば地域通貨も発行できてしまう……。本当に夢のまた夢ですよ。でも私、この夢をあきらめていないんです。」（一八〇頁）

（三）『紅楼夢』——性同一性障碍者のユートピア小説

（1）乱立する『紅楼夢』説

『紅楼夢』がいかなる小説であるか、その主題や作者の創作意図は何かということについては、従来、多くのさま

ざまな説が唱えられてきた。『紅楼夢』は複雑に組み立てられた長編の大小説なので、立場や観点の違いによって、いろいろな見方ができるからである。世界の有名な古典小説において、『紅楼夢』ほど多く、いろんな説が乱立錯綜している作品は他にないのではなかろうか。それはまさに「仁者は仁を見てこれを道と謂い、智者は智を見てこれを智と謂う」ということばのように、各人各様、『紅楼夢』の一部を強調すれば、一説が成り立つといってもよいほどである。それらの中から、大きな説を上げると、たとえば、次のようなものがある。

（1）自伝的小説——胡適『紅楼夢考証』、兪平伯『紅楼夢辨』（修訂本『紅楼夢研究』）から、周汝昌『紅楼夢新証』へと続く最も大きな学説である。周汝昌は、小説中の事を「実に其の事あり」、小説中の人物を「実に其の人あり」とし、『紅楼夢』は「曹雪芹の自叙伝であり」、「曹雪芹の家の生活実録である」と見なした。

（2）他家の家事を描いた小説——作者の自伝ではなく、他人の家の事を描いたという説。そのモデルとしては、①清初の宰相の明珠の家事を描いた作品で、賈宝玉は明珠の子の納蘭性徳を指すという説。②乾隆時代の権臣の和珅の家事を描いたとする説。その他、③金陵の張侯、明末清初の張勇、乾隆時代の傅恆の家事などを描いたという説。さらに、④当時の名伶（役者）を描いたという説などもある。これらの説は、ほとんど旧紅学派の説で、現在ではほとんど問題にしない。

（3）歴史小説——①明清の興亡の事を寓した歴史小説。②清代の具体的な歴史事件に基づく歴史小説。③順治・康熙の両朝八十年の歴史を述べたもの。④康熙・乾隆時代を反映した歴史小説などの諸説がある。

（4）**政治小説**――上記の歴史小説と重なる部分があるが、①清初の政治および宮闈の秘事を述べたとする説。②清の康熙朝の政治小説。明の滅亡を弔し、清の失政を掲《あき》らかにしたという（蔡元培『石頭記索隠』）。③順治・康熙・雍正の「三朝政局史」などがある。なお、④毛沢東は『紅楼夢』を「政治歴史小説」とみなした。

（5）**社会小説**――中国の封建社会が隆盛から衰退へ向かう転換点に当たる時代にあらわれた社会小説という説で、それには、①封建社会階級闘争論、封建社会衰亡史。②四大家族衰亡史。③賈府衰亡史などの説がある。

（6）**家庭小説**――封建家庭の多くの病原を剔抉《てきけつ》した小説で、①封建家庭盛衰史、②貴族家庭敗亡史などの説がある。

（7）**恋愛小説**――最も一般的な説で、愛情小説、言情小説、艶情小説などの言い方もある。『紅楼夢』はしばしば、日本の『源氏物語』と並称されて東洋の生んだ二大恋愛小説といわれている。それには、①賈宝玉と林黛玉との実際にあった悲恋をモデルにした愛情婚姻悲劇説。②清の世祖順治帝と董鄂妃、または順治帝と名妓董小宛との恋愛を描いたという説。③封建的な婚姻制度に反対し、青年男女の自由恋愛を主張したとする説。その他、④『紅楼夢』を「誨淫」（導淫）小説、あるいはその反対の「戒淫」小説と見る説もある。

（8）**掩蓋説**《えんがいせつ》――恋愛が、曹家と雍正帝との関係などの政治闘争を掩《おおい》蓋《かく》しているという説。『源氏物語』における王権論に似た説で、一九七八、九年ごろ盛んに唱えられた。

（9）**哲学小説**――ある種の思想や観念を述べるために著した思想小説とする説。それには、①易の思想、②讖緯《しんい》思想、③理学（朱子学）批判を含む思想小説、④王国維の人生解脱説、兪平伯の色空観念説のような、厭世主義思想を盛り込んだ思想小説と見る説もある。

（10）**懺悔《ざんげ》小説**――曹雪芹の懺悔録。兪平伯は作者が昔日の放埒惰弱な恋愛生活を後悔懺悔した「情場懺悔説」を唱えた。

（11）**理想世界論**――理想世界（大観園）と現実世界（大観園以外の世界）の二つの世界から成るという余英時氏の説。（二三四頁参照）

（12）**現実主義小説・写実主義小説**――『紅楼夢』が事実を重視するリアリズム小説であるという説。主題ではなく、主として表現面について述べた説。その他、『紅楼夢』を浪漫主義小説とする説、あるいはその反対に自然主義小説とする説もある。

これらの説の多くは、一九一〇年代後半に起こった新文化運動以後にあらわれたものであるが、なかでも一九四九年の中華人民共和国の成立以後にあらわれた説は、しばしば当時の政治の動向と結びついて提出され、そのたびに激しい論争や批判を引き起こした。たとえば、一九五四年ごろには、今日から見れば至極穏当な学説である兪平伯の『紅楼夢』研究が、ブルジョア的研究態度と見なされて、「紅楼夢研究批判」（「紅楼夢論争」）の対象となり、激しい批判を浴びた。また、同じころには、『紅楼夢』を十八世紀上半期の未成熟な資本主義期に起こった市民文学と見る説（「市民文学説」）と、その当時の農民階級の間の矛盾を描いた農民文学と見る説（「農民文学説」）との論争といった、今日ではおよそ考えられないようなものもあった。

右に挙げた（1）から（12）の説について、ここでいちいち説明したり、批評したりすることはできないが、それらの中でも最も重要な説について少し問題点を指摘しておこう。

（1）の自伝説は、二十世紀の『紅楼夢』の主題をめぐる諸説の中では、学問的に最も影響の大きかった学説である。わけてもその集大成者ともいうべき周汝昌氏の写実自伝説は、一九五三年刊の『紅楼夢新證』の引論に、周氏が「曹雪芹の小説が写実的自伝であることは、まさしく挙世公認の事実であり、いささかも疑う余地のないことである」といっているように、『紅楼夢』は作者（曹雪芹）が自分の家の家事や自分自身の生活実態を叙述した作品だという立場で、曹雪芹の家の盛衰の歴史や人間関係を徹底的に調べ上げた浩瀚な大著述である。厖大な資料の山の中から従来ほとんど知られていなかった曹雪芹や曹家に関する事象を引き出した周氏の資料探索力や考証力には敬服の外はないが、それにもかかわらず、小説中の賈府の人物や事件と、曹雪芹の家の人物や事件との相関関係には疑わしいものや不分明なものが多く、現在では、この方向からのアプローチではもはや『紅楼夢』文学の本質が何であるかを解明することが困難なことが明らかになった。むしろ今ではそのことを明らかにしてくれたことが、皮肉にも周氏の『紅楼夢』研究史における最大の功績となっている感がある。

（3）の歴史小説、（4）の政治小説、（5）の社会小説、（6）の家庭小説などの諸説は、おおむね作者の創作意図が、当時の政治社会や貴族家庭に封建時代の害悪が集中的にあらわれていると見て、これをえぐり出し、批判することにあったとするものであるが、これもいささか見当違いな説ではないだろうか。というのは、もしそれを書くことが『紅楼夢』の作者の創作目的であるならば、なぜ宝玉のような身分社会の恩恵をとりわけ強く受けた懶惰《らんだ》な若者を主人公にして、一般的には淫乱世界とさえいえる大観園のような女子国に住まわせて、連日女子たちと遊び暮らさせ、男性はすべて悪く、女子はすべてよいといった極端な物言いをさせたのか、最も批判されるべき人物を主人公にして当時の政治や社会を批判させるという理由がわからないからである。もっと社会的に通用する立派な人か、あるいは封建制度に苦しめられている悲劇的人物を主人公にするのでなければ、その意図を読者に理解させようとしても困難であろう。

（2）性同一性障碍者のユートピア小説としての『紅楼夢』

ところで、『紅楼夢』の主題や創作意図に関して、中国ではなぜこのようにさまざまな説が生まれたのであろうか。それについては、先に述べたように、文学研究も政治の動向に左右されやすかった中国の特殊事情によるところが最も大きいだろうが、しかし、学問的にはやはり、核心の部分についての解明がなされていないことがその理由であろう。総じていえば、これまでの説はみな一面や一部を見たり、外面や背景を解明したりするに留まり、肝腎のところが把捉できていないのである。文学作品において最も重要な場面や最も重要な人物を除外して立てる説は、どうしてもみな一面的、背景的、表面的になり、結局、その本質や核心に迫ることはできないのである。

これに対して、今回の私の説は、従来の『紅楼夢』説とは異なり、『紅楼夢』の主要部に的を絞って、『紅楼夢』がいかなる小説であるかを考察したものである。

わたしはまず、先に挙げた図表の中、『紅楼夢』の枠組み（構成）を示す三つの世界の中でも、とりわけその中心舞台である大観園に重きを置き、その中における主人公と女性たちとの交遊の様態について検討した。ではなぜ、大観園世界が他の世界よりも重要であるかといえば、甲戌本の凡例に、

この書は只だ是れ意を閨中に着く。故に閨中の事を叙すること切にして、略ぼ外事に渉るものは則ち簡なるも、其の均しからざるを謂うを得ざるなり（此書只是着意于閨中、故叙閨中之事切、略渉於外事者則簡、不得謂其不均也）。

といい、また脂硯斎が甲戌本の第一回回前総批において、

以上が第一回の題目の本当の意味である。開巻第一回から、「風塵に佳人を懐《おも》う」といっている通り、もともと作者の本意は、昔日の女友達の話を書くことであって、決して時世を怨んだり罵ったりした本ではないのである（乃是第一回題綱正義也。開巻即云、風塵懐閨秀、則知作者本意原為記述当日閨友閨情、並非怨世罵時之書矣）。

といっているからである。このように、『紅楼夢』は政治や社会のことよりも、「閨中の事」や「閨友閨情」を描くことを主眼としているのである。言い換えれば、大観園内における賈宝玉と女子たちとの交遊を描くことが主要テーマであったと見られるのである。

次にもう一つ、私が最も重視したのは、『紅楼夢』の中心人物である賈宝玉についてである。というのは、これまで『紅楼夢』がいかなる小説か、肝腎のところを掴むことができなかったのは、『紅楼夢』の中心人物の賈宝玉が何者なのかを解明できなかったことが、最大の理由であると思われるからである。今までは賈宝玉をせいぜい普通人の中の変人ぐらいにしか捉えていないので、彼を中心にして展開する『紅楼夢』の文学世界の特異性を把握することができず、それゆえ、宝玉個人の性格や心情や行動についてもさまざまな恣意的な解釈がなされたり、あるいはまた宝玉に焦点を当てることを避けて、政治小説とか、社会小説とかいった外面的、背景的な説が横行することになったの

ではないだろうか。もちろん、先に述べたように、かつての中国においては、その政治動向から見て、主人公の賈宝玉が多くの女子たちとつき合う軟弱な人物であるといった方向から、宝玉の人物像を検討することはほとんど不可能であっただろうが、何はともあれ、賈宝玉という肝腎の人物の解明なしには『紅楼夢』の本質を掴むことはできないのである。

以上のような立場で、わたしは『紅楼夢』世界の全体像を改めて検討し、その結果、すでに縷々述べたように、『紅楼夢』は一風変わった普通の若者を描いた小説ではなく、男性社会（家庭外の現実社会）で生きてゆくことのできない性同一性障碍者（ＭｔＦ）の貴族の若者が、この世において生を送るうえに最も望ましい世界を夢想したユートピア小説であるという結論に達した。『紅楼夢』はおそらく今日のいわゆる性同一性障碍者であったと思われる作者が、そのような窮愁落魄の苦しい気持ちを振り払うために、少年時代に体験した幾ばくかの楽しい思い出を膨らませて、仙女の化身の絶世の佳人たちの住む艶麗優美なユートピアを夢想し、その中に自分の影子である賈宝玉を住まわせ、日々楽しく遊び戯れさせることによって、現実の苦悩や悲嘆から脱却するよすがとした作品であろう。したがって、これをつづめて言えば、本書の副題のごとく、**『紅楼夢』は、「性同一性障碍者のユートピア小説」**ということになるのである。

（付記）

＊　本書には、『紅楼夢』の本文を多く引用したが、翻訳に当たっては、松枝茂夫氏（岩波文庫）、伊藤漱平氏（平凡社文庫、中国古典文学大系）、飯塚朗氏（集英社、世界文学全集11～13所収）の三氏の訳書を参照させていただいた。また、ときおり幸田露伴、平岡龍城共訳の国訳漢文大成本も参照した。初めはできるだけ自分の文調で訳したいと思ったが、あまり時間をかけるわけにはゆかなかったので、前訳書に依拠したところも多い。記して感謝の意を表する。また、必要に応じて『紅楼夢』の原文を（　）内に入れた。

＊　なお、原文では、賈宝玉が自分を言う時の第一人称にはつねに「我」の字を用いているが、日本語の男子の自称には、「ぼく」「われ」「わたくし」「おれ」「それがし」等々いろいろな語がある。賈宝玉の述べた言葉であることをはっきりさせるには、訳語として「ぼく」を当てるのが最もよいと思ったが、今日の性同一性障碍者（ＭｔＦ）は、自称として男女共通の「わたし」や「わたくし」という語を用いて、「ぼく」のような男子だけが用いる語をほとんど使わないと聞いたので、本書では宝玉の自称の「我」の訳語はすべて「わたし」に統一した。

（附論）「選秀女」と明清の戯曲小説

まえがき

明清時代の戯曲小説には、たとえば、男女が詩詞を取り交わして恋愛をし、二人だけで結婚の約束をすること、詩の能力を競わせて女婿を選ぶこと、皇帝のお声掛かりによって婚姻が成立すること[1]、一人の才子が何人もの美妻を娶ること[2]、主人公の男性が科挙に最高位で及第して団円となること、男装女装が頻繁にあらわれることなどのような同一の手法、同一の素材を用いる定法化した趣向が数多く見られる。民間の女子を采選して後宮に入れる「選秀女」（「選淑女」、「選宮女」[4]）も、これらほどには知られていないかもしれないが、やはり当時よく用いられた趣向の一つであった。

たとえば、明末の戯曲『贈書記』には、

のちに主人公の談麈と結婚する賈巫雲は、彼が逃亡中に投宿していた家の娘であるが、たまたま朝廷が太監の費有を派遣して毎年北地で行なっていた「選秀女」を江南地方で行なおうとしたので、叔父の賈椒は彼女を陥れようとして、その名を官府に報告した。そこで、彼女はやむなく男装して逃亡した。しかし、幸いにも転任の沙汰を待つために京師に上る途中の傅子虚に拾われた。傅子虚は彼女の相貌が不凡なのを見て、彼女を収めて義子とし、名を傅賈と改めさせた。一方、女装して逃げた主人公の談塵は、土地のごろつきどもにつきまとわれたが、選秀女を行なう為に派遣された宦官の費有の「義女」となって、京師に上ることとなった。

また、清初の作と見られる小説『定情人』には、

たまたまこの年に、東宮太子の大婚が行なわれることとなり、両浙地方の民間の女子を挑選するために、太監を各地に派遣した。赫炎は江蘂珠に求婚したが、うまくゆかなかったので、これを恨み、嫌がらせに江蘂珠の名を太監に報知した。蘂珠は父母に禍を残さないために、「選秀女」に応じることとし、丫環の彩雲に自分に代わって婚約者と結婚して父母に仕えてほしいと頼み、毅然として上京したが、途中、舟が天津に至ったとき、河に飛び込んで自殺した。しかし、たまたま江家の書僮に救われて、婚約者の家に送られた。

これらはその部分の梗概を述べたものにすぎないが、明清の戯曲や小説には、このような「選秀女」の趣向が多く見られ、それらは主人公の運命を暗転させ、作品に波瀾を呼び起こすという意味において、しばしば重要な役割を果たしているのである。

ところで、先に挙げたような、明清時代の戯曲や小説に用いられる多くの趣向や仕掛けは、実際の社会風俗としては殆ど見られない事柄であるにもかかわらず、作品の中ではさも実際に行なわれていたかの如くに描かれていることが多い。しかし、「選秀女」の場合は、実際に行なわれたことをそのまま写したように見られがちであるが、果たしてそうであろうか。もしそうだとすれば、宋元時代までは社会風俗としてさほど話題に上らない「選秀女」が、なぜ

明清時代には、そのように問題になるのであろうか。さらにまた、戯曲や小説中の描写では、しばしば「選秀女」を不慮の災難と見なし、朝廷の強暴な「選秀女」のやり方を手厳しく批判しているようにみえるが、当時そのような朝廷批判や皇帝批判を含む可能性のある事柄が、どうして趣向として用いられたのであろうか。あるいはまた、清代の大小説『紅楼夢』の元春貴妃は、「選秀女」としてではなく、「女官」として入宮したようであるが、「選秀女」からの入宮と、「女官」からのそれとはどう違うのであろうか。さらには、『紅楼夢』の作品構成中、最大の構成要素の一つとされる元春貴妃の「省親」（里帰り）や大観園の築造は、実際にあり得たことなのだろうか。それとも、現実にはあり得ないことを、作者が文学的フィクションとして創り出したものなのだろうか、といった疑問が湧いてくる。そこで、まず、当時の社会風俗としての「選秀女」の実態について調べ、それが文学作品とどのようにかかわっているかを見ることによって、以上のような疑問を解明することにした。

一　明代における「選秀女」の実態

「選秀女」についての記事は、『後漢書』皇后紀序や『東漢会要』（巻二、内職）などに見えるものが最も古く、それによれば、毎年農暦八月に、朝廷が中大夫、掖廷丞を派遣して、相術に精通した者とともに、洛陽の郷間において、十三歳以上、二十歳以下の良家の童女で、姿色秀麗、容貌端荘、面相が相法の「吉利」に符合する者を閲視したという。その後の時代においても、「選秀女」は絶えず行なわれたが、よく知られているのは、三国呉の末帝（孫皓）、晋の武帝（司馬炎）、後趙の武帝（石虎）、北斉の後主（高緯）、隋の煬帝（楊広）などの荒淫な君主の乱暴な宮女徴発や唐の玄宗が美女を采選するために各地に派遣した「花鳥使」などのような、どちらかといえば悪名の高いものばかりである。従って、晋の武帝が、「博く良家の女を選んで、後宮に充つ。……名家盛族の女は多く敗衣瘁貌して以てこの選を避く」といわれているように、朝廷の行なう選宮女は、昔から民衆にひどく嫌われ、恐れられてきたようである。ただ、それでも宋代までは、特定の皇帝の暴虐な宮女狩りを除いて、「選宮女」が時代を特徴づけるほどに大きな社会問題となることはなかった。

元代になると、「選秀女」が多少社会問題化する兆しが見える。たとえば、陶宗儀の『南村輟耕録』（巻九、謠言）には、順帝の後至元三年（一三三七）六月に、「選秀女」が実施されるという噂が中原から江南に至る広い地域で大騒擾を引き起こしたことを記している。その一部を引用すると、

後至元丁丑夏六月、民間謠言。朝廷将采童男女、以授韃靼為奴婢、且俾父母護送、抵直北交割。故自中原至于江之南、府県村落、凡品官庶人家、但有男女年十二三以上、便為婚嫁。六礼既無、片言即合。至於巨室、有不待車輿親迎、輒徒歩以往者、蓋惴惴焉、惟恐使命戻止、不可逃也。雖守土官吏、与夫韃靼色目之人、亦如之、竟莫能曉。

漢族の娘にとっては、異民族の奴婢にされるという噂は、恐怖心を煽るに十分であっただろう。『廿二史箚記』（巻三十「元時選秀女之制」）によれば、元初に耶律楚材や耶律鑄などが「選宮女」を諫止させた記録が残っているので、訛言とはいえ、元代にこのような騒擾が起こる原因がないわけではないという。しかしながら、それでもなお、元代の「選秀女」が社会に与えた弊害は、明代のようにひどいものではなかった。

明代になると、太祖朱元璋は大いに宮室を興し、大量の妃嬪宮女を後宮に入れるとともに、「選宮女」制度を従前

よりも相当に整備した。国初の法制がまだ定まらないときには、なお高貴な家の女子を選んで、天子や親王の后妃宮嬪に当てていたが、やがてその多くを民間の庶民階層から採るようになった。『廿二史箚記』（巻三二「明代選秀女之制」）に、「明史に明祖の制を載す。凡そ天子・親王の后妃宮嬪は、慎んで良家の女を選んでこれを為すも、進められし者（推薦された者）の受けざるが故に、妃后は多くこれを民間に採る」というがごとくである。

そこで、新天子が登極するごとに、「選秀女」が実施されるという謠言が民間に恐慌を来たし、しばしば騒擾を引き起こした。新天子の即位前後に、なぜ必ず「選秀女」が行なわれたのかというと、周知のごとく、継承者の皇帝が、前帝（多くはその父）の妻妾を自分のものにすることは、漢民族においては礼法上から禁ぜられていたので、新帝は前帝の妻妾であった宮女を一掃し、新たに後宮を形成し直す必要があったからである。また、なぜ明朝において、「選秀女」が社会問題化したのかというと、明朝では民間からの「選秀女」をしばしば大規模に行なったために、人心を恐惶せしめたのである。朱子彦の『後宮制度研究』（華東師範大学出版社、一九九八）には、弘治十二年（一四九九）から南明福王の弘光元年（一六四五）に至るまでの明代における「選秀女」騒動の例が数多く引かれているが、それらはみな流言（「訛言」）によって引き起こされたものである。

ところで、明朝ではなぜ、后妃宮嬪を高官貴顕の家からではなく、民間から採用したのであろうか。その理由について、『廿二史箚記』（巻三二）には、明の于慎行の『穀山筆麈』巻一を引き、（一）民間の女子はつつましく、庶民の生活を習見しているので、君主の節倹の政治を佐けることができる。（二）勲臣の家の出身だと、功臣にして外戚を兼ねることになって、漢の王氏や晋の賈氏のような禍を起こす恐れがあるからであるというが、おそらく（二）のほうがより重要であったろう。従って、宋代には、后妃は大官僚や外戚の家から選ばれていたが、明朝では民間の貧寒の家の出身者でも妃嬪になることができたのである。

また、「選宮女」の実施地域は、京師の付近が多かったが、最初の頃は両京（北京・南京）がともに重んじられたので、皇后や貴妃にも南人がいた。しかし、後期の皇帝、すなわち、穆宗・神宗・光宗・毅宗などになると、后妃はほとんど北人（あるいは北地で成長した人）で占められた。「蓋し有明の中葉以後、選妃は多く京師に在《おい》てし、遠方に及ばず。滋擾《そうどう》を恐るればなり」（『廿二史箚記』巻三二）、「我朝より選典、曾て未だ江南に及ばず」（何偉然「淑女紀」）というがごとくである。戯曲や小説に描かれた「選宮女」では、しばしば江南の江浙地方などで行なわれる例が多いが、明代の中後期以後、穆宗隆慶帝の頃からは江南で行なわれることは殆どなかったようである。

しかし、それにもかかわらず、武宗の辺《あた》りかまわぬ美女狩りなどの影響も残っていたからか、(5)南方の江南地方ではたびたび「選宮女」が行なわれるという謠言が飛び交い、その度に騒擾を繰り返した。特にひどかったのは、穆宗の隆慶二年（一五六八）の事件である。これについての記録は諸書に見えるが、(6)最も詳しいのは、田藝蘅の『留青日札』（巻九、風変）に見える記事である。長文なので、一部分しか引用できないが、

隆慶二年戊辰正月元旦大風、走石飛沙、天地昏黒。銭塘湖市新碼頭、官船火起、沿焼民居二千余家、官民船舫焚者三四百隻、死者四十余人。至初八九日、民間訛言、朝廷点選綉女、自湖州而来。人家女子七八歳已上、二十歳已下、無不婚嫁、不及択配、東送西迎、街市接踵、勢如抄奪。甚則畏官府禁之、黒夜潜行、惟恐失暁。歌笑哭泣之声、喧嚷達旦、千里鼎沸。無問大小長幼美悪貧富、以出門得偶、即為大幸。雖山谷村落之僻、士夫詩礼之家、亦皆不免。時偶一大将官抵北関、放砲三声、民間愈慌、驚走曰、朝廷使太監至矣。倉忙激変、幾至于乱。至十三日、上司出榜厳禁、尤不能止、真人間之大変也。未幾而知其偽、悔恨嗟嘆之声、則又盈于室家、然亦無及矣。愚民無知揺惑、此甚可笑也。此風直播于江西・閩・広、極于辺海而止、又何其遠也。

江南の各地で動乱にも似た騒擾を繰り広げた隆慶二年の訛伝によるこの「選宮女」騒ぎは特に有名であるが、その後も江南地方においては、しばしばこの種の紛擾が起こっている。たとえば、熹宗が即位した天啓元年（一六二一）四月には、実際に「選宮女」を北京で挙行し、十三歳から十六歳に至るまでの良家の女子五千名を北京に集め、だんだんに選び抜いた後、最後に五十人の妃嬪を選び、その中から最上選の者三人を、それぞれ中宮・良妃・純妃としたというが（熹宗実録巻九、紀昀「明懿安皇后外伝」）、そのことが謠言となって流布したものであろうか、江南地方でも選秀女が行なわれるという噂が飛び交い、またもや大騒擾となった。

天啓元年、民間訛伝、朝廷命内臣、刷取各省女子、充宮娥。一時民間、争相婚配、各務苟合、不問良賤、唯以得夫為幸。有司知而不禁、閲両月始定。先是民間有謠言云、万暦四十九、女子賤如狗。（『花当閣叢談』巻五「選宮女」）

というがごとくである。ここにいう万暦四十九とは、天啓元年のことである。この時の騒擾についても、明末の小品文学者、何偉然の「淑女紀」(7)をはじめ、少なからぬ記録が残っている。

以上のように、明代中後期以後、「選秀女」は江南地方では殆ど行なわれなかったにもかかわらず、訛言によって「選宮女」騒動がしばしば江南地方で引き起こされた。実際に京師で行なわれた「選宮女」は、明の秦徵蘭の『天啓宮詞』の自注に、「（天啓）元年春、民間に選婚す。京輔の地、皇上の年少なるを以て、寵沢を邀むるを希い、女ある者は多く楽んで之に従う」というように、挑選される秀女はむしろ玉の輿に乗るのを夢みて、喜んで従っているふうであるが、一方、謠言を信じた江南の人々は、「選婚の令、江浙の民間に聞こゆ。婚嫁紛紛として、多く錯配する者あり」というように、大恐慌を来したのである。

これは、正統王朝の明が滅びた後の弘光帝の時でさえ同様で、李清の『三垣筆記』（筆記下、弘光）によれば、存亡の危機にあった南明政権でも、選考が宮嬪ではなく、后妃だとわかると、応募者がわんさと押しかけたという。(8) ただ、これについては反対の記事もあり、(9) 李清が弘光帝の肩をもって述べたものだともいわれているので、真偽のほどは定かではないが、いずれにせよ、実際と訛言との間には、かなりギャップがあるようである。確かに、実際に朝廷が行なった「選宮女」では、謡言によるような騒擾は起こらなかったのかもしれない。あるいは起こっても、それをそのまま記録することが憚られたのかもしれないが、大騒擾を引き起こした記録は、ほとんどみな「訛言」によるものである。

それでは、「選秀女」や「選宮女」はなぜ、それほどまでに民衆に嫌われたのであろうか。その理由について、宣教師のセメードは「大官たちは自分の娘を国王の妻として差し出すことを望んではいない。というのは、后妃の候補者は、ただ彼女の夫となる人だけが見ることができる身体をまず検査されることになり、その担当者が気に入らないと思うことが何かあると、彼女は落第ということになり、ほかの女性が探されることになるからである。そこで名誉を重んじるひとはだれひとりとしてこんなことをしない」といっているという（矢沢利彦『西洋人の見た十六〜十八世紀の中国女性』）。紀昀の「明懿安皇后外伝」の記述が正しければ、ここにいう裸体検査も確かに行なわれていたようだから、高貴な身分の女子にはとりわけ耐え難いものがあったかもしれない。

しかし、私は普通にいわれているように、後宮に一旦入ったが最後、牢獄に入れられたように外界との接触を絶たれ、通常の家庭生活を営むことができなくなるという後宮の閉鎖性のほうが、「選秀女」が嫌われるより大きな理由ではなかったかと思う。入宮した女子は、完全に身の自由を失い、『紅楼夢』第十八回にいうように、「外の人と会うことのできないところ（那見不得人的去処）」において、幽閉同様の生活を送らねばならなかったからである。明の憲宗の后妃であった邵貴妃が、「女子の入宮には生人の楽しみなし。飲食起居、皆な自如を得ざること、幽繫の如く然り」（毛奇齢『勝朝彤史拾遺記』巻三）と、晩年に語っていることからもわかるだろう。明の戯曲の『四喜記』（第十七齣「祝憶瓊英」）にも、親が娘に会えない苦しみを語り、入宮したら「一向杳《ずっと》として消息なし」であるから、「民間に嫁するに如かず」といっている。当時は、外戚の専横を排除するために、宮女を出しても実家には殆ど特典も与えられなかったので、その意味でも宮女になることのメリットは少なかった。また、一定の年齢を超えて宮中から放出されることはあっても、既に結婚年齢を超えていたり、再嫁を嫌う当時の貞節観念などのために、望ましい結婚はあまりなかったのではないだろうか。

なお、女子の入宮には、皇后・妃嬪などの宮女を選ぶ「選秀女」制とは別に、宮中の各種の事務を司掌する「女官」制度というものがあった。宮廷の宮女は広義には、すべて女官であるといえる。しかし、狭義には、「選秀女」（あるいは「選宮女」）制度によって選ばれた「秀女」（宮女）と、女官制度によって選ばれた「女官」とは基本的に異なる。明代には、選宮女によって入宮しながら、年老いた内監や学問のある女官に教育を受けて、女官になった例も、また逆に、女官制度によって入宮しながら、天子に寵幸せられて皇后になった例もないわけではないが、しかしそれらは多くはなく、もともと皇妃嬪御になるコースと、女官になるコースとは別であった。秀女は民間の端荘貌美の女子から選ばれたが、女官は学識と品行をもって内宮の教育に責任を負う一種の知的技能者であったので、容貌よりも、品行端正、富有才学、健康優良などを基準として、女子は十三～十九歳の未婚の者、婦人は三十～四十歳の夫のない者のうちから選ばれた。女官は強制的な選抜ではなく、また尊敬も受けたので、江南の者が多かったという。しかし、清代になると、この女官制度は実質的には廃止された(10)。

二　清代における「選秀女」の実態

清代に行なわれた「選秀女」は、おおむね明代のやり方を襲っているが、大きく異なる部分もある。最も大きな違いの一つは、明朝の「選秀女」がおおむね漢族を対象にしているのに対して、清朝のそれは満洲・蒙古・漢軍の「八旗」の女子に限定されていることである。従って、「選秀女」といっても、実質的には「八旗の秀女を選ぶ」ことにほかならなかった。『大清会典事例』巻一一一四に、

閲選秀女、順治年間定、八旗満洲・蒙古・漢軍官員・另戸軍士・閑散壮丁秀女、毎三年一次、由戸部行文八旗二十四都統・直隷各省八旗駐防及外任旗員、将応閲女子年歳、由参領・佐領・驍騎校・領催及族長、逐一具結呈報都統、彙咨戸部。戸部奏准日期、行文到旗、各具清冊、委参領・佐領・驍騎校・領催・族長及本人父母、或親伯叔父母兄弟・兄弟之子、送至神武門、依次序列、候戸部交内監引閲。有記名者、再行選閲。不記名者、聴本家自行聘嫁。如有事故不及選者、下次補行選閲。未経閲看之女子及記名女子、私相聘嫁者、自都統・参領・佐領及本人父母族長、皆分別議処。

というがごとくであった。このような挑選秀女の方法は、順治初年には既に実行に移されていたようであるが、ただ典礼がまだ十分に整備されていなかった順治帝の時代には、漢軍八旗（入関以前投降出仕者）以外の漢女（吏部侍郎、石

中の女、恪妃）を妃嬪として入宮させたり、孝荘太后（順治帝の母）が入関後降清の漢官、孔有徳の女《むすめ》、孔四貞を宮中で撫養したりしたこともあった。しかし、清初のわずかな「特例」を除いて、清廷の宮女はすべて、八旗に編入された満洲・蒙古・漢軍の女子の中から選抜するのを原則としていた。後には、他民族の女子をもかなり吸収したが、漢族に関しては、末期になるまで漢軍八旗の女子のみに限られ、「満漢不通婚」の原則が守られていた。

その理由は、「入関の初め、風俗言語或いは多く未だ喩らず。是を以て著して禁令と為す」（『東華録』光緒二七年十二月上諭）というが、実際には、満漢通婚によって膨大な人口を擁する漢民族に呑み込まれてしまい、満洲族としての民族的アイデンティティを喪失することを恐れたのであろう。ただ、明代と異なるのは、清代には「宮女子を選ぶには、貴人以上は世家の女より選ぶ得《べ》し。貴人以下は但だ拜唐阿以下の女より選ぶ」（『清史稿』后妃伝）というように、后・妃・嬪・貴人などの上位者は殆ど八旗中の世家の女子の中から選ばれた。

漢女の入宮を禁止するもう一つの手段としては、「不準纏足女入宮」が挙げられる。『清稗類鈔』（宮闈類「不准纏足女入宮」）に、「順治初年、孝荘后諭していう、〈纏足の女子を以て宮に入れし者あれば、斬す〉と。此の旨旧《も》と神武門内に懸《か》く」といっているが、この布告は以後も厳しく施行されたようである。『東華録』に「光緒二十七年十二月の上諭に、漢族の婦女は率《おおむ》ね纏足多し。由来已に久しく、造物の和を傷うあり。……如《も》し選秀女の年份《とし》に遇うも、八旗より挑取し、漢人を呆及するを得ざらしめば、前明の弊政を踏むを免がる」というがごとくである。なお、弁髪に関しても、「宮女は皆な辮髪なり。必ず寵幸を得るを俟《ま》ちて、而る後に位号を加え、始めて上額《あげまき》にす」（『清稗類鈔』宮闈類）というように、宮中ではあくまでも満族の風習を守ろうとしたようである。

また、宮女の人数も、康熙帝が康熙四十八年十一月十七日に大學士等に与えた布告に、「明季には、宮女は九千人に至り、内監《かんがん》は十万人に至る。飯食も遍く及ぶ能わず。日《ひ》び餓死者あり。今は則ち宮中（の宮女）は四、五百人に過ぎざるのみ」（『国朝宮史』巻二、訓諭二）というように、明朝に比べて遙かに少なかった。選ばれた秀女は、すべて入宮したわけではなく、しばしば皇族皇親にも分配された。またその生活も、「宮女の粧は皆な紅の襖《うわぎ》・緑の裩《ズボン》にて、常服は惟だ藍布の衫《うわぎ》のみ。粗劣已に極まる。以て歴史の伝うる所に視《くら》ぶれば、奚《なん》ぞ啻《た》だ霄壌のみならんや」（『旧京瑣記』巻四「宮闈」）というごとく、きわめて質素であったようである。

以上のようなわけで、清朝では、明朝とは異なり、「按ずるに本朝の定制、従《かつ》て天下の女子を揀択せず。惟だ八旗の秀女のみ、三年に一たび選び、其の幽嫻貞静なる者を択びて後宮に入る」（『嘯亭雑録』巻十）を規則としたので、「選秀女」によって、民間（漢族を中心とする一般人民）を擾がすことは殆どなかった。従って、たとえば、兵部給事中の季開生が、旨を奉じて揚州で女子を買っているという噂を聞いて、奏諫したところ、順治帝は、順治十二年七月三日に、「使者は乾清宮に陳設する器皿を買っているのだ。決して買女のことはない。また、太祖・太宗の制度でも、宮中にはかつて漢女がいたことはない。朕は不徳と雖も、常に法を賢聖の主に倣《なら》わんと思い、朝夕焦労している。女子を買って宮中に入れるようなことをしたら、どんな君主といわれようか」、と激怒している。順治帝の逆鱗に触れた季開生は、官職を削られ、杖一百を課され、さらに尚陽堡へ流刑に処せられ、戍所で人に殴殺されている（『清世祖実録』巻五二）。これからみると、清宮に八旗以外の漢族の女子を入れたことは、ごく最初の頃と末期とを除いて全くなかったかのようである。

ただ、それでも民間では、「選秀女」が行なわれるという流言による騒擾が、順治・康熙年間にはしばしば起こった。たとえば、郭松義・李新達・楊珍著の『中国政治制度通史』（第十巻清代）や朱子彦の『後宮制度研究』には、順治四、五、十、十一、十三、十五年、康熙二十六、三十一、四十五年に江南地方で起こった「選秀女」騒ぎの例が挙がっている。その他にも、康熙十五年に「一時嫁娶殆ど尽く」といわれるような騒動が起こったことが、毛奇齢の

「李女宗守志記事」や馮景の『解春集文鈔』巻十二「貞女陳三淑伝」に載っている。これらの騒動は、すべて訛伝によって生じたものである。おそらく順治・康熙のころまでは、一般の漢人は、漢族（漢人八旗以外）の女子を徴選入宮しないという清廷の方針を知らなかったであろうから、「選秀女」が「実は民間と毫も干渉せざるに、愚夫愚婦に謂《いわ》れなきの驚惶あるを奈《いか》んともするなし」（姚廷璘『暦年記』康熙三十一年）というような情況を生じたのであろう。いずれにせよ、「選秀女」や「選宮女」が、八旗の人たちにさえ、「富家は多く女《むすめ》の入宮を願わず。或いは賄《まいない》して選に入らざらしむ。或いは醜陋者を以て応名《とうろく》して落選を冀う。亦た事の恒に有る所なり」[11]といわれるほどに嫌われていたのであるから、このような騒動が起こるのは当然であったかもしれない。

三　明清時代の戯曲・小説に用いられた「選秀女」

以上見てきたように、「選秀女」は、中国王朝史のなかでも明清の両朝を特徴づける社会風俗の一つともいうべきものとなっているのであるが、それではそれは、当時の戯曲や小説にどのように取り込まれているのであろうか。まず、「選秀女」を用いた当時の戯曲小説をあげ、それらの中で「選秀女」がどのように用いられているかについて見ることにしよう。管見の及ぶ限り、それには次のような作品がある。

○明代の作品

戯曲

謝讜『四喜記』。　周履靖『錦箋記』。　無名氏『贈書記』。

小説

凌濛初『拍案驚奇』第十巻「韓秀才乗乱聘嬌妻、呉太守憐才主姻簿」。『隋煬帝艶史』。『大隋志伝』。

○清代の作品

戯曲

朱佐朝『艶雲亭』。朱佐朝『双和合』。李玉『意中人』。朱寄林『倒鴛鴦』（『閙鴛鴦』）。朱雲従『児孫福』。周稚廉『双忠廟』。程瀛鶴『蟾宮操』。張瀾『万花台』。双渓鷹山『芙蓉楼』。呉震生『万年希』。呉震生『天降福』。李本宣『玉剣縁』。董榕『芝龕記』。張源『桜桃宴』（雑劇）。作者不詳『鳳奇縁』。作者不詳『四美図』。作者不詳『十全福』。作者不詳『月中桂』。

小説

『生綃剪』第八回「挑脚漢強奪窈窕娘、巧丹青跳出閻羅網」。『載花船』第三巻。『続金瓶梅』第五三回。『定情人』。『巧聯珠』。『鉄花仙史』。『白圭志』。『紅雲涙』。『八洞天』第七巻「勧匪躬」。褚人獲『隋唐演義』。劉省三『躋春台』別集「心中人」。

右に挙げた作品以外にも、まだあるかもしれないが、現在のところ、これぐらいしか見いだせないので、一応これらの作品をもとに検討することにするが、その前にことわっておかねばならないことがある。その一つは、右の作品中、戯曲『意中人』と小説『定情人』、戯曲『万花台』と小説『載花船』、戯曲『双忠廟』と小説『八洞天』第七巻「勧匪躬」とは、同類、同想の作品であり、本事とバリエーションであると見られることである。これらを同じ作品と見なすこともできようが、それぞれの内容や描かれた時代、人名、地名などに多少の違いがあるので、ここでは別々の作品と見なして取り挙げた。

その二つは、内容的に見て、右の作品中には、「選秀女」を描いた通常の作品とは異なる一風変わったものが含まれていることである。たとえば、秀女ではなく、女学士の挑選を描いた『芙蓉楼』、則天武后が宮女ならぬ「宮男」の挑選を男装の女学士に行なわせることを描いた『載花船』『万花台』『月中桂』、「選秀女」よりもむしろ浄身の男子（宦官）の点選を多く描いた『桜桃宴』などが、それである。これらは「選秀女」そのものを描いたものではないが、しかし、「選秀女」の趣向の流行が生み出した一種の変型であると見られるので、同類作品としてここに取り上げた。

では、これらの作品において、「選秀女」がどのように描かれているかを見ることにしよう。まず「選秀女」は、女主人公にとって歓迎すべきものとして肯定的に描かれているのだろうか、それとも歓迎すべからざるものとして否定的に描かれているのだろうか。その答えは明白である。右の作品の中、「選秀女」によって入宮し、皇帝の寵愛を得て皇后に冊立され、至幸至福を獲得するさまを描いた徹底的「団円劇」ともいうべき『児孫福』と『天降福』を除いた、その他の作品はすべて、濃淡強弱の違いはあるけれども、「選秀女」を朝廷による人民虐待の象徴として悪し様に描いているからである。その描き方はたとえば、「選秀女」が行なわれることがわかると、女主人公は、男装して逃亡したり、自分に代わって侍女を「代選」させたりし、また、やむを得ずこれに応じても、途中、水に飛び込んで自殺を図ったり、あるいは入宮しても幽怨を抱きつつ放出される機会を窺ったりするなど、これから逃れるために悪戦苦闘し、艱難辛苦を嘗めるというものである。当時の人々がいかに「選秀女」を「悪《あ》しきもの」の代表のごとく見なしていたかがわかるであろう。

しかしそれだけに、「選秀女」は当時の戯曲小説の作品構成にとって欠くことのできないものの一つであった。というのは、筋の展開をいかに面白くするかを目的としていた当時の戯曲や小説においては、中途に大きな波瀾を生じさせる「悪役」が是非とも必要であったからである。悪役には、種々の奸策をめぐらして、主人公を窮地に追い込む「人物上の悪役」もあるが、不慮の事故や不測の災難といった「背景上の悪役」もある。未婚の女子をもっている親たちに最も恐れられた「選秀女」は、それまで順調に行くかにみえた主人公の運命を暗転させ、波瀾万丈の物語を生み出すための恰好の「背景上の悪役」といえるだろう。従って、「選秀女」は戯曲小説においても、多くの場合、女主人公に突然降りかかる一大災難、恐るべき嫌われものとして描かれているのである。

次に、「選秀女」はこれらの作品中において、実際に行なわれたこととして描かれているか、それとも、行なわれるという風聞、訛伝として描かれているかについて見ることにしよう。すでに第一、第二章で見てきたように、「選秀女」による騒動は殆ど訛言によって引き起こされていたので、作品中でもそのように描かれているものと思われるかもしれないが、調べてみると意外なことに、ただ一篇（『拍案驚奇』第十巻「韓秀才乗乱聘嬌妻、呉太守憐才主姻簿」）を除いて、他はみな実際に行なわれたものとして描かれていた。文学作品では、迫真性や現実感をもたせるために、実際に行なわれたことのようにしたほうがよいからであろうか。また、右のうち三分の二を占める作品が、実際には余り行なわれなかった江南地方において、実際に行なわれたように描かれている。戯曲や小説の舞台としては、江南地方のほうがふさわしいからであろうが、これも実際とはいささか異なるのである。

ところで、朝廷の狂暴な「選秀女」が実際に行なわれ、それによって主人公がさんざん苦しめられるとすると、「選秀女」に関する作品を読んだ読者は、皇帝や朝廷のやり方に対して反感を覚え、憤怒を抱くかもしれないが、そうすると、「まえがき」で述べたように、朝廷や皇帝のやり方を批判しているような事柄が、どうして戯曲や小説の趣向となりえたのかという疑問が起こるだろう。小説『巧聯珠』には、旨を奉じて「選秀女」を行なう太監の触れ文まで載っているが、明清時代においては、皇帝や朝廷のことに関して直接的な批判をすることは、容易ならぬことであるのに、こんな大それたことが、「選秀女」においてはどうして許されたのであろうか。

それについては、右の作品を詳細に調べてみると、皇帝批判と取られぬための手だてが十分に講じられているようにみえる。その一つの方法としては、この種の作品ではよく用いられる手法であるが、「選宮女」の行なわれた時代を、作者の生きている時代と違え、過去の時代に置き換えていることである。「選秀女」の描かれた時代を見ると、たとえば、隋の煬帝のとき五篇（『万年希』『鳳奇縁』『隋煬帝艶史』『大隋志伝』『隋唐演義』）、唐の武后のとき三篇（『万花台』『月中桂』『載花船』）、唐代中期の李希烈のとき一篇（『桜桃宴』）、北宋の真宗のとき一篇（『艶雲亭』）、北宋の仁宗のとき一篇（『四喜記』）、北宋末期・金の海陵王のとき二篇（『続金瓶梅』『八洞天』第七巻）、元代二篇（『錦箋記』『蟾宮操』）、明の憲宗のとき一篇（『十全福』）、明の武宗のとき四篇（『双和合』『双忠廟』『巧聯珠』『躋春台』）、明の世宗のとき一篇（『拍案驚喜』巻十）、明の神宗のとき一篇（『白圭志』）、明の熹宗のとき一篇（『四美図』）、明代全盛期一篇（『鉄花仙史』）、明末二篇（『芝龕記』『生綃剪』第八回）、明清交替期一篇（『倒鴛鴦』）、時代不明のもの五篇（『贈書記』『意中人』『玉剣縁』『定情人』『紅雲涙』）となっている。

これを見てもわかるように、多くを占めるのは清代の作品であるが、清代のこととしているのは一篇しかなく、意外にもすべて明代以前のこととして描いている。また、明代の作品も、一篇を除き、みなそれ以前の時代に設定されている。みごとに朝代を違えているといえよう。しかも、清代の「選秀女」のやり方は普通の時代と異なり、八旗の女子に限られていたので、たとえ描かれた時代が不明の作品でも、朝廷批判には当たらないであろう。

ただ、右の作品の中、明の嘉靖帝即位のときの「選宮女」のことを描いた明末の凌濛初の小説『拍案驚奇』第十巻「韓秀才乗乱聘嬌妻、呉太守憐才主姻簿」と、明清交替期（清代のごく初期）の「選秀女」を描いた清の朱寄林の戯曲『倒鴛鴦（鬧鴛鴦）』とは、作者と同時代の「選秀女」を描いているので、あるいは問題になるかもしれない。しかし、後者の『倒鴛鴦』は、金陵で行なわれているので、南明の弘光帝の「選秀女」を指すものととられるだろうが、万一清廷のそれであったとしても、清代には普通の漢女は「選秀女」の対象にならなかったのであるから、追及されることはないだろう。従って、唯一問題になる可能性があるのは、前者の『拍案驚奇』第十巻であるが、それには次のようにいう。

また一年余りすると、正徳帝が崩御され、遺詔によって興王（嘉靖帝）をお立てすることになった。嘉靖帝は藩邸から召されて天子の位におつきになられたが、お年はちょうど十五歳であった。そこで、良家の子女を選んで、後宮を充実することになった。すると、浙江地方では、「朝廷が浙江各地で繡女を点選しようとしている」という噂（「訛伝」）が紛々として飛び交った。愚民たちはみなそれを信じた。そこですぐに、娘を嫁にやりたい者や、息子に嫁を取りたい者たちが、慌てふためき、儀礼などお構いなしに結婚を急いだ。

「選秀女」に関するこの部分の記述は、第一章で引いた明の田藝蘅の『留青日札』（巻九、風変）の記事に依拠しているように思われるが、『留青日札』では隆慶二年の穆宗のときのこととしているのに対して、『拍案驚奇』では、それを一代早い皇帝である嘉靖帝即位のときのこととしている。これはほんの少し朝代を換えたにすぎないが、重要なことは、『留青日札』では、「選宮女」が実際に行なわれたものではなく、行なわれるという噂、すなわち「訛言」によるとしているのに対して、この小説の場合もやはり「訛伝」として、それにおびえ、うろたえる民衆の姿を描いていることである。実際に、騒動といえば、既に見てきたように、「訛伝」によってしばしば引き起こされたようであるが、それればかりではなく、直接的な朝廷批判を避けるという意味でも、この「訛伝」という言葉は有効な説明法と

なりえたのであろう。というのは、朝臣の上奏文を見ても、「選秀女」を批判するときには、「民間相伝」の噂とした
り、[12]悪徳の宦官のやり方を批判したりして、[13]皇帝自身には関わりのないようにしているからである。「訛言」であれ
ば、皇帝とは直接的には関係ないので、大不敬には当たらないのである。
以上見てきたように、明清時代の戯曲や小説に取り込まれている「選宮女」は、朝廷や皇帝の為すことを批判的に
描いているように見えても、朝代姓氏を換えたり、「訛言」に託したりして、申し開きの立つように巧妙なカムフラー
ジュがなされているが、そうすることによって、当時の戯曲や小説においてしばしば用いられる趣向の一つとなり得
たのである。

四　清朝の後宮制度と『紅楼夢』
――元春貴妃の省親や大観園の築造はあり得たか

ところで、当時の後宮制度（「選秀女」や「女官」の制度）は、清代最高の小説である『紅楼夢』とも関わりがある。
『紅楼夢』の場合は、それが他の戯曲や小説のように一種の趣向として直接的に用いられているわけではないが、『紅
楼夢』の作品構成に重要な意味をもっている「元春省親」や「大観園」の築造が、当時の時代情況の中で実際にあり
えたのか、それとも、現実には全くありえないフィクションなのかという、非常に大きな問題とも関係しているので、
それについて考察せざるを得ないのである。それによって、『紅楼夢』がリアリズムによる（写実的）作品なのか、虚
構的な作品なのかを定める目安ともなるからである。
『紅楼夢』の佳人のうち、後宮と関係のある者は、元春貴妃と薛宝釵であるが、作者が彼女たちの入宮に関して、

明代以前のやり方をモデルにしたとすれば、彼女たちが入宮することには全く問題がない。しかし、清代のやり方をモデルにし、彼女たちが普通の漢人だとすると、これはあり得ないことである。だが、清代でも、普通の漢人ではなく、作者とされる曹雪芹の家のような漢軍八旗の出だとすると、彼女たちの入宮はあり得ることになる。

では次に、彼女たちの入宮方法について見ることにしよう。まず薛宝釵について述べると、薛宝釵は、金陵の名門、薛氏の出で、賈宝玉の表姐に当たるが、彼女は、「近ごろ、天子さまが詩や礼などの学問を尊ばれ、才能のある者を召し出すために、世にも稀な隆恩を降され、妃嬪を聘選されるほかに、高官名家の女子においても、みなその名前を役所に届け出させ、その中から公主や郡公主が先生について学問をなさるときの勉強相手を選び、それに才人とか賛善といった女官の職を授けられた」ので（第四回）、それに応ずるべく都にやってきて、賈府に寄寓して待選している身である。これからすると、宝釵は「聘選妃嬪」の「選秀女」ではなく、「女官」制度によって女官になるために入京したようである。前にも述べたように、「選秀女」は容貌を重視したが、女官は品行端正、知書識理、身体健康などを重んじ、また「選宮女」よりも一般に尊敬されていたので、宝釵にはふさわしいといえるかもしれないが、何にせよ、もし宝釵を清代の人として描いているのであれば、すでに第一章の最後で述べたように、清代には女官制度は実施されなかったのであるから、たとえ彼女が漢軍八旗の出であったとしても、入宮はあり得ないはずである。従って、宝釵が女官候補として待選中という話は、明代あたりの女官制度を借用して創作した虚構であって、当時の実情にはそぐわないのである。

一方、元春貴妃の場合も、第二回に「賈政さまの長女の元春さまは、いま賢孝才徳によって、宮中に選入せられて女史となっていらしゃいます」といっているところをみると、やはり「選秀女」によるものではなく、「女官」として入宮し、女官のポストである「女史」になったものと思われる。その後、彼女は「才もて鳳藻宮（尚書）に選ばれ」

（第十六回の回目）、貴妃の地位にのぼったのであるが、女官から入宮して后妃になることは、ほんの僅かだが明代には例があり、[14]決してあり得ないことではない。しかし、清代においては、今述べたように女官制度は清末に至るまで全く行なわれなかったので、元春妃を清代の人として描いているのであれば、彼女がたとえ漢軍八旗の出身であったとしても、そのような女官からの入宮は現実にはあり得ないのである。従って、賈元春の入宮や貴妃への昇進も、宝釵の場合と同様に、明代あたりの女官制度を参考にして案出した虚構ではないかと思われる。

いずれにせよ、『紅楼夢』を自伝説の立場で捉え、賈家が漢軍八旗の曹家をモデルにしたものと見るならば、元春や宝釵ばかりではなく、元春の妹たちや林黛玉など、開国の功臣の女孫とされるかなりの数の同年齢の女子たちが、漢軍八旗の女孫であると考えられるので、彼女たちはみな「選秀女」や「選宮女」の対象となるはずである。しかし、『紅楼夢』には、元春と宝釵以外には、その種のことは全くあらわれていない。しかも、元春と宝釵にしても、清代には行なわれなかった女官制度からの入宮ということになっている。そのようなわけで、『紅楼夢』の賈家と作者とされる曹雪芹の家とをあまりに強く結びつけて『紅楼夢』を理解することには、清代の後宮制度から見る限り、かなり問題があるのである。

ところで、賈元春は入宮後、皇帝の覚えめでたく、次第に昇進して貴妃に冊立され、さらに、皇帝の特恩によって、「省親」（帰寧、里帰り）を許されることになる。これに対して実家の賈家では、大庭園（大観園）を築造して貴妃の省親を迎えるのであるが、賈家の栄華の絶頂を象徴するこの「元春省親」と「大観園の築造」は、『紅楼夢』の作品構成の中でも最も重要なものの一つであるといわれている。その第十六回には、次のようにいう。

今上陛下が仰せられるには、「後宮の嬪妃や才人などはみな入宮してより幾年もの間、父母の膝元を離れて対面することもできないでいるが、どうして親を恋しく思わないわけがあろうか。娘として父母を慕うのは当たり前のこと、もしまた父母が家にあってひたすらその娘を思いやっているのに、ついに対面することがかなわず、そのために病気になるとか、はては死亡するというようなことが起こったならば、それはみな朕《ちん》がみずからその娘を閉じこめて親子の願いを遂げさせなかったからであって、はなはだ天の和を傷なうことになる」、と。……

そこでついに大いに便宜のお慈悲を垂れさせ給われ、「それぞれの后妃の眷属には、二の日、六の日に参内を許されるばかりでなく、およそ重宇別院を有する家で、み車を留めたり警護をしたりすることのできるところがあれば、内廷に申請して后妃のみ車を私邸に入れることも苦しからず、それにていささかなりとも骨肉の私情、天倫の至性を尽くすことができよう」というご諭旨が特別に降だされた。

かくして、その翌年の正月十五日、上元の日に、賈妃の省親をさし許すとのご沙汰が下され、元春妃は、正月十四日の午後七時ごろ宮中を出発し、その夜、賈家にて元宵節の燈火や大観園を見物し、翌十五日の午前三時ごろ実家を離れて帰宮するという慌ただしい里帰りが実現するのであるが、それでは、そのような「后妃省親」は果たして現実にあり得たのであろうか。

実は私は最初、『紅楼夢』の「后妃省親」は全くのフィクションだと思っていた。というのは、先秦時代には諸侯夫人の帰寧が行なわれた例がわずかながら見られるようであるが（顧頡剛『読書筆記』高春瑣記巻五「買婦与帰寧」）、後世には后妃貴嬪の里帰りの例が全く見いだせなかったからである。ところが、その後調べてゆくうちに、明代初期に后妃の帰寧が行なわれた例のあることがわかった。談遷の『棗林雑俎』智集逸典「宮妃帰寧」には、「永楽二十年（一四二二）、恭順榮穆麗妃陳氏（寧陽侯陳懋女）入宮、受冊、尋命帰寧父母、賚予甚厚」とある。たった一例であるが、全くないわけではなかったのである。(15) しかしながら、これはあくまでも極めて珍しい些小な事例であって、一般的には、后妃が実家に帰省するなどということは全くあり得ないことといってよいだろう。

清朝においても同様で、「凡そ已に宮を出でし女子は、復た宮に進みて出入し、妄りに内外一切の事情を伝うるを許さず。亦た人を差《つかわ》して宮門に至りて本主《ほんにん》と請安するを許さず」(『国朝宮史』巻八、宮規)というように、宮女は一旦宮中を出たら、二度と宮中に戻ることはできなかったのである。いわんや、后妃のような高い身分の者が里帰りすることなどできるはずもなかったのである。ただ、面会については、特旨を得れば肉親眷属が不定期に宮中に出向き、許可を得た宮女と監視つきでわずかの時間会うことができた。

内庭等位父母年老、奉特旨許入宮会親者、或一年、或数月、許本生父母入宮、家下婦女不許随入。其餘外戚一概不許入宮。(『国朝宮史』巻八、宮規)

公主・福晋・格格及外戚眷属、歳時有賜、入内謝恩、謂之会親。宮門外施以黄羃、謂之関防。(『清稗類鈔』恩遇類「会親」)

というがごとくである。右に引いた『紅楼夢』の文中に「毎月二の日と六の日には、后妃の眷属の参内をさし許す」という記述が見えるが、その部分のみはほぼ当時の事実に即しているといえよう。

これに対して、記録に残っていないからといって、ひそかに宮中を抜け出して帰寧する可能性もあり得たのではないかという向きもあるかもしれない。しかし、下層の宮女ならいざしらず、后妃ともあろう者が、しかも、『紅楼夢』のように、省親用の大庭園である大観園を築造して、豪奢華麗に飾り立て、そこに宦官が仰々しく先触れするようなことをして、公然と里帰りするなどということは、どう見てもあり得ないことである。また、『紅楼夢』では、賈家だけではなく、他の何人かの妃嬪の家でも省親のための別院を築造するというほどに、后妃省親が大々的に行なわれたことになっている。もしこのように壮麗な后妃の省親が実際に行なわれたならば、記録に残らないはずはないだろう。ただ、皇后や后妃が、皇帝の巡幸・巡遊や皇太后の謁陵・避暑などにつき従ったりすることはたまにあったので、それをモデルにしたということも考えられないことではないが、少なくとも后妃嬪御が自分だけで実家に帰寧する例は全くないに等しいといってよい。『紅楼夢』の第十六回に、王熙鳳が、「してみると、今上陛下のありがたいお恵みは、これまでのお講談《はなし》やお芝居にもない、古今未曾有のことですね（「可見当今的隆恩、歴来聴書看戯、従古至今未有的」）」といっているのは事実なのである。

そのようなわけで、賈妃省親や大観園の造営は、当時の小説や戯曲において普通には殆ど行なわれていないことを趣向として用いるのと同じように、作者が賈家の最盛期の象徴として案出した壮大なフィクションであるといえよう。むしろあり得ないことを描いたフィクションだからこそ、禁忌に触れる恐れのある朝廷のことも、かえって小説に取り込むことができたといえるのである。よしんば前例があるとしても、文献に徴する限り、先に挙げた明代初期の事例がほんの一例あるに過ぎず、清代には全く見出し得ないのである。

ところが、陳詔氏はそれに対して、「有清一代は、宮闈の禁例が頗る厳である。皇后・皇妃も一旦深宮に入ると、ただちに世と隔絶する。だから、一般の史学家はみな、『紅楼夢』の描く賈妃省親は、小説家の虚構の筆によるものであって、事実上はあり得ないことであるとみなしている」と述べながら、「しかし、われわれは封建時代の宮廷において、〈殊恩特許〉の例があったことを考慮しなければならない」といい、当時、『紅楼夢』の賈妃省親のようなことがあり得た根拠として、清末の西太后が、同治帝の誕生後九ヶ月を経た咸豊六年の冬（一八五七年一月）に皇帝の特恩を蒙って、実家に省親した例を挙げている（『紅楼夢小考』、上海古籍出版社、一九八五）[16]。朱子彦氏の『後宮制度研究』などにも、それを肯定するかのような説明がなされている。しかしながら、清末の西太后の省親は、むしろ『紅楼夢』の影響によるものと見るべきであって、それをもって『紅楼夢』の賈妃省親のようなことが行なわれていた根拠とするのは、むしろ本末転倒というべきであろう。

ところで、宮女との関係で、もう一つ究明しなければならないことがある。それは、賈元春をはじめとする『紅楼夢』の佳人たちが、「纏足」をしていたのか、それとも「天足」（纏足していない足）であったのかということである。既に清代の「選秀女」の説明のところで見たように、清代の宮女は、満洲・蒙古・漢軍八旗の子女のなかから選ばれたのであるが、彼女たちはみな天足であった。先に引いた、順治初年の孝荘后の告諭に、「有以纏足女子入宮者、斬。此旨旧懸神武門」（『清稗類鈔』宮闈類「不准纏足女入宮」）とあるように、纏足の女子の入宮は厳しく禁ぜられていたからである。『履園叢話』（巻二十三「裹足」）にも、「明季の后妃宮人は皆な足を裹《つつ》む。本朝は足を裹まざるをもってこれ（王朝）を得たり。此れ従《よ》り永く万世に垂る」といっている。

従って、もし『紅楼夢』の作者が賈元春を清代の人とみなしていたとすれば、彼女は必ず「天足」であったはずである。清宮に入宮できる漢女は、既に述べたように、漢軍八旗の女子に限られていたが、それらの子女は纏足していないので、賈元春の妹たち、迎春・探春・惜春も天足であったということになる。また、林黛玉も、列侯に封ぜられた勲門の出だから、当然、天足であり、その他、王熙鳳・薛宝釵も、開国の功臣たる名門大族の出であるから、天足でなければならない。さらに、賈の後室（史氏）・奥方の王夫人・薛未亡人などもそうである。そうすると、『紅楼夢』の主要な女性の大半は、天足であったということになる。

しかしながら、『紅楼夢』の女性たちが、「大脚」（天足）であったか、「小脚」（纏足）であったかは、一九二九年四月六日の『益世報』に芙萍が「紅楼夢脚的研究」という論文を発表して以来、時おり甲論乙駁の激論が闘わされているにもかかわらず、未だに決着のつかない事柄である。[17] というのは、『紅楼夢』では、二、三の脇役的女性を除き、大部分の女性たちについて、足の様態がはっきりとわかるようには描かれていないので、両説とも、決定的な根拠を見出だすことができないからである。『紅楼夢』の作者が曹雪芹であり、作品をリアリズム的手法によって描いたものであるとすれば、「天足」（大脚）であることを明記してもよさそうに思えるが、そうはなっていない。その理由についてもいろいろ考えられるが、いずれにせよ、後宮制度から見る限り、『紅楼夢』の世界は清初の実情を反映していないことが多く、清代よりもむしろ明代あたりの後宮制度を参照しながら、虚構的に構築されたものと見るべきであろう。

以上見てきたように、明清時代の「選秀女」制度や「女官」制度は、この時代の戯曲や小説において、作品構成上の一趣向として決して軽視することのできないものとなっている。それらは歴史事実を踏まえたもののごとく見えても、決して事実をそのまま写したものではなく、細かく見れば実態と違えていたり、虚構であったり、また朝廷批判とみられないように、いろいろと細工を施したりしていることがわかるのである。とりわけ、それを巧妙に用いている『紅楼夢』においては、民族や地域や時代が特定されないように細心の注意が払われて創作されていることにもう少し目を向けるべきであろう。

注

（1）皇帝のお声掛かりによって、または皇帝の「作伐」（媒妁）によって結婚するということは、明清時代においても全くないわけではない。たとえば、明の永楽帝が解縉の子と胡広の娘との婚約の仲立ちをしたことが、江盈科の『皇明十六種小伝』

巻一女節類「吉慶奴」（『江盈科集』下冊所収、岳麓書社、一九九七年）に見える。しかし、そのようなことは極めて少ない。清朝では、乾隆四十八年（一七八三）に山西省の馮起炎という一秀才が、詩経と易経の二経を注解した正文に添えて、遠縁の娘を娶りたいが、お金がないので、乾隆帝に仲人になってもらいたいという主旨の手紙を上呈したところ、狂妄不法の罪で黒竜江方面に奴隷にされて流されるという厳しい処罰を受けていることを見てもわかるように（『清代文字獄檔』「馮起炎注解易詩二経欲行投呈案」）、皇帝が結婚の仲立ちをするというようなことは実際には殆どなかった。

（2）清の平歩青の『霞外攟屑』巻九「双娶」に、「伝奇戯劇、一生多娶二旦、且有三・四・五・六不止者、人率以為無稽非真事置之。……前朝似此者、実多有之」といい、いくつかの例を挙げている。確かに、動乱のときなどには二人の妻を娶る例がないわけではないが、戯曲や小説に見られるように複数の佳人を正妻にするようなことは、実際上、殆どありえないことである。また、子がなく、兄弟の子を養子（嗣子）にするとき、兄弟の子が一人の場合、その子が二軒の家の跡継ぎになって、二人の妻をもつことができるという極めて特殊な便法的な制度（「兼祧」）もあったが、これも法律上は両妻並立ではなく、後娶の者を妾と見なす立場を取っているという（滋賀秀三『清代中国の法と裁判』三二〇頁）。さらにまた、『清代閨閣詩人徴略』巻六「王湘娥」によれば、王湘娥姉妹の父は林模という者に「遂以両女並妻之」という。しかし、これも同時に娶《めあわ》せたのではなく、妹の王湘鬚は継妻として娶せたもののようである。

（3）女扮男装・男扮女装の趣向は、明清時代の戯曲小説弾詞などには、しばしば用いられているが、私の調べた限りでは、バリエーション的な作品を除いても、少なくとも戯曲百四十種、小説八十六種にそれが見られる。実際生活にも、男装女装はないわけではないが、文学作品のそれは、余りにも現実を遊離した形で、頻繁に用いられている。詳しくは、小論「明清時代の戯曲小説における男装と女装」（『明清時代の女性と文学』所収）を参照されたい。

（4）「選秀女」と「選宮女」とは、どちらも宮女を選ぶことであるが、前者がどちらかといえば皇妃貴嬪などを選抜するときに用いられるのに対して、後者は妃嬪に服事したり、宮内の清掃などの仕事をする下級の宮女を選ぶことをいうようである。清代には区別して用いられることが多いが、明代では、「選秀女」「選宮女」「選繡女」「選綵女」などを区別せず、挑選宮女の意でおおまかに用いることが多い。

（5）武宗の荒淫ぶりについては、多くの記録があるが、たとえば、正徳十三年九月には、「時、車駕所至、貴近多先掠良家女子以充幸御、至数十車在道、日有死者。左右不敢聞、猶載以随。且令有司餼廩之外、別具女衣・首飾為賞賚費。遠近騒動、故多逃匿。上未必尽知也」（『武宗実録』巻百六十六）、また正徳十四年（一五一九）十二月に武宗が揚州に巡幸したときには、宦官が「（太監呉経）矯上意、刷処女寡婦、民間洶洶、有女者一夕皆適人、乗夜争門逃匿不可禁。……有匿者、破垣毀屋、必得乃已、無一脱者、哭声振遠近」（『武宗実録』巻百八十一）というような乱暴な「搶美」「掠美」（美女狩り）をたびたび行なっている。

（6）『留青日札』の外、『花当閣叢談』巻五「選宮女」、査継佐『罪惟録』（五行志）、陸心源『帰安県志』巻五十引徐復祚『三家村老委談』、『全浙詩話』、『雲間雑誌』など。

（7）明、鄭元勳『媚幽閣文娯』（記）、黄宗羲『明文海』所収。

（8）『三垣筆記』（下、弘光）に、「京師選淑女、人疑為宮嬪、競規避、後知備后選、方競出、五城毎城不下百人、命監臣彙選。乗輿魚貫、金彩紅紫奪目」という。

（9）中国人民大学出版社『清史編年』第一巻（順治朝）に引く徐鼒『小腆紀年附考』巻七。計六奇『明季南略』巻六。

（10）明の制度を踏襲した清では、女官制度も清初にはなお制度としては存したが、実際には全く行なわれないまま、まもなく廃止され、清末になってまた復活し、わずかに行なわれたという。朱子彦『後宮制度研究』（華東師範大学出版社、一九九八）による。

（11）夏仁虎『旧京瑣記』巻四（宮闈）。

（12）『武宗実録』巻百二十、正徳十年春正月丁亥、監察御史張翰の言。

（13）王鐸『擬山園選集』巻十二「選択淑女速当厳禁事」。

（14）孝宗弘治帝の生母の孝穆紀太后は、もともと蛮土の官女であったが、明の征蛮によって俘囚として入宮し、女史を授けられ、内庫の管理をしていたとき、たまたま内庫を訪れた憲宗の目に留まって寵幸を得、孝宗を生んだ。

（15）談遷『棗林雑俎』義集彤管「孝慈高皇后無子」には、宮女が帰省を賜った例がもう一つある。明初の洪武廿年（一三八七）

に番禺の陳二妹という女官が、「帰省を賜って」実家に帰り、十余年後、永楽帝が即位すると、再び召されて原職に復したというのである。ただ、これは女官であって、宮妃ではない。

（16）陳詔氏が引く資料は、英国人の濮蘭徳・白克好司著『慈禧外紀』中の記述であるが、同様の記録は、やや短いが、『清稗類鈔』巻十二宮闈類「孝欽后省親」にも見える。なお、陳詔氏の文章は、『紅楼夢研究集刊』第七輯「《紅楼夢》小考（六）」を原載とする。

（17）その他、張笑侠「読紅楼夢脚的研究以後」（北京『益世報』、一九二九年五月二十九・三十・三十一日）、張笑侠「紅楼夢的脚有了鉄証」（北京『益世報』、一九二九年六月二十九・三十・七月一日）、金易「漫談紅楼夢中之脚」（北京『新民報日刊』、一九四六年十二月一日）、劉夢渓『紅学』（文化芸術出版社、一九九〇年十二月）中の第七章「擁擠的紅学世界」、周策縦『首届国際紅楼夢検討会論文集』（香港中文大学出版社、一九八三）など参照。

（なお、本文の初出は、『日本中国学会報』第五十一集、一九九九年十月。拙著『明清時代の女性と文学』、二〇〇六年二月、汲古書院刊に再録）

あとがき

『紅楼夢』は非常に大きな小説なので、それがどのような小説であるかは、立場や視点の違いによって、いろいろな見方ができる。かつて私は『「紅楼夢」新論』（汲古書院、一九九七）において『紅楼夢』仙女崇拝説を唱え、天界の仙女がこの世に降りてきて薄命の佳人となり、この世の薄命の佳人が死後、天界に昇って仙女になるという作品構成上の枠組み（「天界の仙女⇅この世の薄命の佳人」の図式）を中心にして考察した。この本を著した際には、『紅楼夢』の全体像をほぼ解明できたのではないかと思ったが、ただ、男子でありながら女子の世界に主人公としてただ独り入り込んでいる賈宝玉のありようや、彼を中心にして営まれる大観園生活のような不思議な世界がどうして構想されたのかについて十分に把握することができず、一抹の不安をおぼえていた。やはり、作品の根幹や核心が解明されなければ、『紅楼夢』を真に理解したことにはならないからである。

しかし、その後、『紅楼夢』研究からは少し距離をおこうと思ったのと、定年が迫って何かと忙しくなったのとで、『紅楼夢』のことはあまり考えないようにしていた。ところが、その間に、わが国において性同一性障碍（ＧＩＤ）のことが急速に知られるようになり、二〇〇三、四年ごろには、医療の面でも、法的な面でも、ＧＩＤに関する整備がなされ、トランスした人やカミングアウトした人のことなどがしばしば話題になっていた。しかし、その時にはまだ、『紅楼夢』の主人公の賈宝玉がＧＩＤではないかということには、全く気づいていなかった。『紅楼夢』研究を中断する気持ちがなければ、おそらくもっと早く気付いていたかも知れないが、わたしが薄々そうではないかと気付いたのは二〇〇八年の夏ごろ、『源氏物語』千年紀や古典の日の制定運動で大変にぎわっていた時期であった。私は『源氏物語』と『紅楼夢』についてある会で話をしなければならなかったので、『源氏物語』のことを急いで調べていたが、『源氏物語』と『紅楼夢』とはよく似たところが多いにもかかわらず、光源氏と賈宝玉という主人公の性格が余りにも違うことに驚いた。私にとって光源氏はわかりやすいが、賈宝玉の正体はどうしても説明できなかった。そのとき、新聞か何かでＧＩＤに関する記事を見て、賈宝玉はＧＩＤではないかという気持ちがよぎったことをおぼえている。

その会が終わってすぐの二〇〇八年十月から、性同一性障碍について本格的に調べはじめた。そしてＧＩＤの診断基準を目にするやいなや、賈宝玉は性同一性障碍者であると直感的に確信した。賈宝玉の不可思議な性格や行動はおおむねそれに当てはまるように思われたからである。しかし、そのころにはあちこちで性別適合手術が行なわれたといったことが新聞などに報告されていたので、そのことはもう誰かが気づいて論文などに発表しているのではないかと思って調べてみたが、ＣＮＫＩや万方数据などの主要な論文データベースを見る限り、賈宝玉と性同一性障碍（中国語では、「性别認同障碍」）とを結びつけて論じたものは見当たらなかった。

そこで、それ以後、『紅楼夢』の研究動向にときおり注意しながら、少しずつ自分の研究を進めてゆき、二〇〇九年八月号の東方書店の雑誌『東方』の研究ノートの欄に、「性同一性障害者小説としての『紅楼夢』―賈宝玉の人物像をめぐって」という小文を載せて、日本中国学会での発表を予告し、二〇〇九年十月十日に「『紅楼夢』賈宝玉の人物像と性同一性障害」という題で発表した。これは後から気付いたことであるが、中国の検索サイトの百度で「性别認同障碍」と「賈宝玉」というキーワードを入れて検索してみると、発表の翌日に、中国人の留学生と見られる人が、一人の「老頭児」がとんでもないことを発表した、といった内容の感想を書き立てていた。その文は、長い間、百度のその項目の一番上に掲示されていた。その影響があったのかどうかはわからないが、二〇一〇年の三月ごろから、賈宝玉の性的倒錯やＧＩＤに関する感想的な意見や小論文がわずかながら見られるようになったようである。

以上のような状況の中で、わたしは次のような点に留意して、作業を行なった。

(1)　賈宝玉の性格や行動の特徴が現代のＧＩＤの特徴と合致しているか否かを、単なる感想ではなく、現代の精神医学の成果を踏まえて分析し、またそれを当事者にたずねて確認し、賈宝玉が間違いなく性同一性障碍者であるということを、できるだけ実証的に示すこと。

(2)　賈宝玉が性同一性障碍者だとすれば、それによって、『紅楼夢』の文学世界がどのようにして成り立っているのかを明らかにし、最終的に『紅楼夢』がいかなる小説なのかを示すこと。

(3)　『紅楼夢』には解決しなければならない多くの謎や懸案があるが、賈宝玉が性同一性障碍者であるということによって、それらの多くを解決し、『紅楼夢』研究に新たな展望を見出すこと。

以上のような心構えで取り組んだために、区切りがつくまでかなり時間がかかったが、ようやく賈宝玉がＧＩＤであることをほぼ証明でき、そしてその結果、賈宝玉や『紅楼夢』に関する多くの不可解、不分明な部分はおおむね説明可能になったように思う。たとえば、それは次のような疑問（謎）である。

＊　賈宝玉はなぜ女性の化粧品や持ち物を愛好し、女性の行為を真似たがるのか。

＊　賈宝玉はなぜ、林黛玉に劣らず涙をよく流し、またよく泣くのか。

＊　賈宝玉はなぜ紅《べに》を食べたり、紅《あか》い色を愛好したりする癖があるのか。

＊　賈宝玉は大観園において、数十人の美女に囲まれた生活を何年間も送りながら、なぜ性的欲情を起こさず、

性行為に及ばないのか。

＊賈宝玉はなぜあのように女子たちと遊び戯れることを好み、女子たちが去ってゆくことをひどく恐れるのか。

＊賈宝玉はなぜかくも強い男性蔑視、男性嫌悪、自己卑下、自己嫌悪をもち、なぜかくも強い女性賛美、女性崇拝の言葉を発するのか。

＊賈宝玉はなぜ男子でありながら、天界の女子の簿冊に入っており、また女子の情榜に名を列ねているのか。

＊賈宝玉は頭もよく、文芸の才能にも恵まれているのに、なぜ学校を嫌い、科挙の勉強を嫌い、男性としての性役割を嫌い、男性社会に出てゆこうとせず、閨中でばかり過ごしたがるのか。

＊賈宝玉はなぜ「名」も「字」もなく、「乳名」（幼名）しかもっていないのか。

＊警幻仙姑はなぜ賈宝玉をこの世に降世させるときに、性行為を行なわない「意淫」の人として降世させたのか。

＊作者はなぜ、太虚幻境と大観園という二つの理想郷を一小説の中に設定したのか。また、なぜそれらを女仙や女子だけの世界にしたのか。さらにまた、なぜその中に男性の宝玉のみを住まわせるようにしたのか。

＊当時のきびしい男女分離社会に生きながら、作者はなぜかくもこまやかに女子の心理を描写できたのか。

＊作者はなぜ長い年月をかけて、あのように長い小説を書きつづけたのか。その創作上のモチベーションや目的は何だったのか。

一応これぐらいに止めるが、主人公の賈宝玉及び作者の曹雪芹が、今日のいわゆる性同一性障碍者であると見ることによって、『紅楼夢』の文学世界の本質的部分に関する謎や疑問は、おおむね解決されたといえるのではないだろうか。

さて、本書を著すに当たっては、とくに次のような方々にお世話になった。

まず真っ先に感謝の意を表さねばならないのは、K．S．さんである。GIDに関する書物などでいろいろと調べ、賈宝玉がほぼ間違いなくGIDだと思っても、やはり、絶対的な確信まではどうしてもたどり着けない。確信が深まると同時に、疑問もまた現れるという状態が続いていた。そのとき、さる人の紹介でK．S．さんと知り合いになることができた。二〇〇九年五月のことである。お会いする前は、わたしの意図をいぶかって、話に乗ってくださらないのではないかと恐れていたが、いざお会いすると、恐縮するほど丁寧に、大体のことを説明してくださり、さらに自分は余り研究していないので、自分よりももっとGIDのことを研究している知り合いの方に紹介しようということであった。それが、本書の中で最も多くコメントをいただいたN．M．さんであった。

N．M．さんは、実に聡明な方で、わたしのぶしつけな質問に、おそらくは内心不愉快に感じられたこともあっただろうが、実に率直に、あっさりと、且つ的確に答えてくださった。わたしはそのたびになるほどと思うばかりであった。わたしがくどくどと的はずれな疑問を繰り返しても、にこやかに応対してくださり、また、わざわざ『紅楼夢』の訳書を買って読まれ、予備知識を得た上で答えてくださった。このご恩に答えるためには、どうしてもこの研究を中途で挫折させるわけには行かないという気持ちにさせられた。N．M．さんとのやり取りの中で、いろいろ忘れられないことがあるが、そのうち一つを記しておこう。

わたしが賈宝玉にはモデルがあるのかないのか、あるとすれば、結局、最も考えられるのは、作者の曹雪芹ということになる。とすると、曹雪芹は性同一性障碍者ということになるが、それでよいのかどうか、一応の理屈付けをしたものの、長い間決断できないでいたとき、わたしはＮ・Ｍ・さんに、「それにしても、作者、または宝玉にもし知覚があって、私が今やっているようなことを知ったならば、どのように思うだろうかと想像するとおかしくなります。ついにやっと本当の自分が知られてしまったなあと思うだろうか、あるいは、またぞろ変な説を言い立てる者があらわれるとは、何とも仕様のない連中だ、と思うか、どちらでしょうか？……」と、質問ともぼやきともつかぬことを書いて出した。すると、Ｎ・Ｍ・さんから、「作者以外の人がモデルというのは、やはり無理がありますね」という言葉とともに、「本当に、楽しんで研究なさっている様子が目に浮かぶようです。文学には全く無縁な理系でコンピューターを生業としている私ですので、いつも、〈目からうろこ〉の連続で楽しく回答させていただいていますが、それこそ文学研究のおもしろさではないでしょうか。『紅楼夢』のほうもやっと六巻までできました。せっかくのご縁ですのでゆっくり楽しんで行きたいと思います」という返事が返ってきた。それを読んで、私のもやもやも吹っ切れたような気分になった。歴史事実の有無のみにとらわれて臆病になっていては文学研究もおしまいだ、文学研究の醍醐味は想像力を発揮することにあるのだ、というある種の開き直りにも似た気持ちになった。大方の批判を受けることも覚悟して、あえて曹雪芹ＧＩＤ論まで踏み込むことにした所以である。

Ｓ・Ｍ・さんも、Ｎ・Ｍ・さんも、それぞれの世界で忙しく活躍されており、こんな閑文学の研究につき合う暇はないであろうに、貴重な時間を割いて、いろいろとご教示くださったばかりか、私の質問に対する回答を本書に収載することもお認めくださった。お二人のＧＩＤ（ＭｔＦ）の方の真摯なご協力を得ることなしには、この本は上梓できなかったといっても過言ではなく、いくら感謝してもしきれるものではない。ただ、残念なのは、ＧＩＤは、今では一般に広く認知され、相当に理解が増しているとはいえ、実名ではなく、こうしてイニシャルでしか感謝の言葉を語れないことである。というのは、まだまだ性同一性障碍者のおかれたきびしい現実があるからだ。感謝の思いは限りなく深いが、今はただ自分の胸の奥深くにとどめて、終生忘れないことにしよう。

また、原稿がほぼ完成したころ、賈宝玉と神経症との関係を述べた部分で、宝玉の病的な精神状態が現在のどんな病名に相当するのか、わたしには判断がつかなかったので、一応、それらしき病名を書きつらねて、九州大学医学部心療内科講師の瀧井正人先生にその部分の文章の修正をしていただいた。瀧井先生は、もともと早稲田大学文学部文芸学科の御出身であるが、卒業後しばらくして医学の道に進むことを志し、九州大学医学部に入り直された方である。教養部時代にわたしのゼミに参加されたが、その時お歳はすでに二十代後半になっておられたかと思う。以来、瀧井氏の温厚誠実な人柄に魅せられて、ずっと親交を結んでいるが、のちに心療内科に進まれたと聞いて、まさにうってつけの道を選ばれたと思ったものである。ご自分の研究論文以外に、絵本や童話ふうの『こころの絵物語』（時事通信社出版局、二〇〇九）や若い女性と心療内科医との公開往復書簡集『ひとりぼっちを抱きしめて』（医歯薬出版、二〇〇一）など、一般人向けのやさしい解説書も著しておられる。今回は、超多忙中にもかかわらず、私のためにわざわざ貴重な時間を割いてくださった。はじめ、二十分間ぐらいの約束であったが、気がついてみると、一時間半も話し込んでいた。誠にありがたく、また申し訳ないことをしてしまったが、私にとってはこれもまた忘れ得ぬ思い出となった。

最後に、わが同年の畏友である西南学院大学教授の王孝廉先生についても触れないわけにはいかない。九大退職後も、西南学院大学で一こまだけ非常勤講師を務めてきたが、一限目の私の授業の終わったあと、二時限目の王先生の授業が始まる前に、チャペルの時間があって、その間、わずか三、四十分間にすぎないが、ずっと以前から、毎週、コーヒーを飲みながら、浮世離れした文学談義や世間話を重ねてきた。二〇〇八年の秋ごろだったと思うが、わたしが賈宝玉ＧＩＤ論を述べたところ、王先生がそれは面白い、前にわたしが唱えた仙女崇拝説よりも一般性があって面白いかも知れぬ、といってくれた。そこで、わたしはＧＩＤに関する本を読んだり、また『紅楼夢』を読み直したりして、新しく得た知識を毎週のように王先生にぶっつけて、どうだろうと意見を聞き、王先生の承認を得たら、また意を強くして先に進むという具合であった。しまいには、わたしが一方的に、そんな話ばかりするので、辟易されたかも知れないが、王先生は忍耐強く、わたしの話を聞いてくださった。本書の著述をなんとかやりおおせたのは、身近なところに王先生のようなよき師友がいたからであり、実にありがたいことだと思っている。

その他、ここには一々ご尊名を挙げないが、多くの方々にご協力や励ましを賜った。おしなべて、深甚なる謝意を表したい。なお、出版に際しては、汲古書院の石坂叡志社長、編集部の小林詔子さん、柴田聡子さんに大変お世話になった。これら多くの方々のご支援やご厚意のおかげで、この本もほぼ予定通り刊行することができた。衷心より厚く御礼申し上げる。

二〇一〇年十月十日

合山　究

著者略歴

合山　究（ごうやま　きわむ）

1942年大分県生まれ。

九州大学名誉教授。

著書

『明清時代の女性と文学』（2006年、汲古書院）

『「紅楼夢」新論』（1997年、汲古書院）

『雲烟の国―風土から見た中国文化論』（1993年、東方書店）

『故事成語』（1991年、講談社現代新書）

訳書『蘇東坡』（林語堂原著、1978年、明徳出版社。1987年、講談社学術文庫）など。

『紅楼夢』
――性同一性障碍者のユートピア小説

平成二十二年十一月十日　発行

著　者　合　山　　究
発行者　石　坂　叡　志
整版印刷　富士リプロ㈱

発行所　汲　古　書　院
〒102-0072　東京都千代田区飯田橋二-五-四
電　話　〇三（三二六五）九七六四
ＦＡＸ　〇三（三二二二）一八四五

ISBN978 - 4 - 7629 - 2886 - 4　C3097